Never Forgive

À PROPOS DE L'AUTEUR

Auteur de nombreux best-sellers, Monica Murphy est originaire de Californie où elle vit au milieu des collines de Yosemite avec son mari et leurs trois enfants. Depuis plusieurs années, cette accro au travail a su imposer sa voix parmi la multitude des romances New Adult : une écriture juste, des émotions brutes et un *happy end* — mais seulement après avoir fait traverser les pires tourments à ses héros. Sans doute la recette de son succès.

MONICA MURPHY

Never Forgive

roman

Traduit de l'anglais (États-Unis) par
TYPHAINE DUCELLIER

Titre original : NEVER LET YOU GO

Ce livre est publié avec l'aimable autorisation de Bantam Books, une marque de Random House, un département de Penguin Random House LLC, New York, USA.

HARPERCOLLINS FRANCE

83-85, boulevard Vincent-Auriol, 75646 PARIS CEDEX 13.
Service Lectrices — Tél. : 01 45 82 47 47

www.harlequin.fr

ISBN 978-2-2803-8962-4

Il vaut mieux être blessé par la dure vérité qu'être confortablement trompé.

Anonyme

Note de l'auteure

Chers lecteurs,

Je suppose que vous lisez Never Forgive parce que vous avez lu Never Forget et que vous voulez savoir ce qui se passe ensuite pour Ethan (Will) et Katie. Là encore, je me dois de prévenir le lecteur dès le début : ce livre traite d'un sujet difficile. Katie a été la victime d'un violeur/ tueur d'enfants en série et c'est une histoire dure. C'est impossible de faire autrement.

Néanmoins, j'ai le sentiment que cette nouvelle partie de l'histoire de Will et Katie est pleine d'espoir. Ils tentent tous les deux d'aller de l'avant et d'accéder au bonheur. En dépit de la façon dont ils se sont rencontrés, malgré le fait que tout le monde leur dit qu'ils ne devraient pas être ensemble, ils ne peuvent pas résister à l'attirance qu'ils exercent l'un sur l'autre. Ils veulent être ensemble. Ils sont amoureux. Et personne ne peut se dresser sur le chemin du véritable amour, pas vrai ?

Merci de lire leur histoire. Merci de comprendre que cette histoire avait besoin d'être racontée en deux parties et de ne pas m'en avoir voulu pour la fin pleine de suspense de Never Forget. Un grand merci à mon éditrice et à la maison d'édition d'avoir cru en moi et en cette histoire.

Une fois de plus, j'aimerais remercier Elizabeth Smart, Jaycee Dugard et Michelle Knight d'avoir eu le courage de raconter leur histoire et la souffrance éprouvée aux mains de leurs ravisseurs, ainsi que la façon dont elles ont survécu. Ma Katie a eu de la chance, si on peut dire : son ravisseur l'a maintenue captive quelques jours seulement. Jaycee et Michelle ont été portées disparues pendant des années. Je n'en reviens toujours pas qu'elles aient survécu et qu'elles aient été capables de raconter leur histoire avec autant de courage.

J'aimerais aussi mentionner le Centre national pour les enfants disparus et exploités. Les employés travaillent dur pour aider à retrouver des enfants disparus et pour que nos enfants soient en sécurité. Pour en savoir plus, rendez-vous sur www.missingkids.org.

Je pleure. Je n'arrive pas à m'arrêter. Je pleure le soir avant de m'endormir. Je pleure dans la journée quand je fais tout et n'importe quoi, quoi que ce soit qui me rappelle que je suis en vie. Je devrais être occupée à vivre.

Mais, au lieu de ça, je pleure sur ce que j'ai perdu.

Je pleure sur ce que j'ai trouvé.

Puis, un jour... Il n'y a plus de larmes. Elles se sont taries, à croire qu'elles n'ont jamais existé.

La fille que j'étais n'est plus là. De même que la femme que j'étais lentement en train de devenir.

Maintenant, il n'y a plus que ce vide. Et une personne, une seule, est à blâmer pour ce que je suis devenue.

Son nom, son vrai nom, c'est Will Monroe.

Ethan

Elle me traque sans relâche. Les appels, les textos, les messages vocaux et les e-mails ne s'arrêtent jamais.

Lisa Swanson me gonfle sérieusement.

Pas étonnant qu'elle soit une des meilleures journalistes d'investigation.

Après trois semaines de harcèlement ininterrompu, je cède et je réponds à un de ses appels. Elle paraît surprise d'entendre ma voix. Ça me fait plaisir de constater que je suis capable de la choquer. Il n'y a pas grand-chose qui la touche.

— Vous avez répondu.

— C'était soit ça, soit vous éviter pendant encore trois semaines.

Je tente d'avoir l'air blasé, mais en réalité je suis une vraie boule de nerfs. Je ne suis quasiment pas sorti de chez moi depuis le moment où Lisa m'a envoyé un message et où Katie…

Les battements de mon cœur résonnent sourdement dans mes oreilles, comme s'il était sur le point d'exploser. J'ai l'estomac tellement retourné que j'ai l'impression que je vais être malade. Rien que le fait de penser à Katie me bouleverse.

Quand elle a découvert le texto de Lisa et qu'elle m'a quitté, je me suis enfermé pendant des jours, physiquement et émotionnellement. Ce n'est qu'au cours de la semaine qui vient de s'écouler que j'ai tenté de reprendre ma routine.

A l'extérieur, je donne le change, mais à l'intérieur… Je suis comme vide. Brisé en tellement de petits morceaux que je pense que rien ni personne ne peut les recoller. J'ai perdu la seule chose qui comptait à mes yeux, la seule personne que j'aie jamais aimée.

Elle doit me détester. Et elle a raison. Aucune excuse ne pourrait justifier mes actes.

— On va bientôt diffuser l'interview de votre père.

La voix déterminée de Lisa me sort de mes pensées.

— J'ai reculé la date autant que possible, mais je ne peux plus la reporter davantage, ajoute-t-elle.

— Pourquoi l'avoir retardée ?

Je connais déjà la réponse. Je suis juste curieux de savoir comment elle va la formuler.

— Parce que je voulais avoir votre version de l'histoire, Will.

Je tressaille en entendant mon ancien nom. Je ne suis plus Will et j'aimerais qu'elle arrête de m'appeler comme ça.

— Je vais être honnête avec vous.

L'honnêteté. Un drôle de concept qui semble m'être totalement étranger. La déception et le mensonge, ça, c'est mon credo. Je fais semblant. Je ne sais même pas comment être moi. Il n'y a qu'avec Katie que je me sentais proche de celui que je suis vraiment.

Et maintenant elle est partie.

— Votre père a dit des choses pas très… sympathiques à votre sujet.

Sa voix est hésitante et je me redresse.

— C'est-à-dire ?

Je suis encore dans mon lit. A quoi bon me lever ? Je peux tout faire depuis mon lit, même travailler. Mon ordinateur portable est sur la couette, mon iPad se trouve sur ma table de nuit. Je suis en sous-vêtements, je n'ai rien avalé de la matinée et il est déjà midi passé. Je ne me souviens pas de la dernière fois où je me suis rasé, encore moins regardé dans un miroir. J'ai peur de ce que je risque d'y voir. La vérité dans mon regard, la déception sur mon visage.

Je ne sais pas qui a dit qu'il n'y a que la vérité qui blesse, mais cette personne avait sacrément raison.

— Il vous accuse, dit simplement Lisa.

Qu'est-ce qu'elle ne veut pas me dire ? Je sais qu'elle fait exprès d'être vague. Une méthode pour me faire parler en premier.

— Ça ne sera pas joli à voir quand ses déclarations seront diffusées sur une chaîne nationale à une heure de grande écoute. Je vous promets que c'est dans votre intérêt de me parler.

Je laisse tomber ma tête en arrière avec un soupir. Je ne sais pas quoi dire. Ça me mettrait en danger de faire une interview avec elle, après m'être tapi dans l'ombre pendant aussi longtemps. Mais, si je ne lui parle pas, je risque de passer pour un sale violeur de mèche avec son père.

Dans tous les cas, je suis perdant et Lisa le sait. Elle prend le risque en espérant que je décide que, foutu pour foutu, je préfère encore lui parler.

Mais je ne suis pas sûr que ce soit la bonne solution. Alors je pose la seule question qui m'intéresse vraiment.

— Est-ce qu'elle a accepté de vous parler ?

— Qui ça ?

Lisa est très douée quand il s'agit de jouer les idiotes.

— Vous savez très bien de qui je parle.

— Je lui ai dit que je vous avais retrouvé.

Je pourrais jurer que mon cœur vient de lâcher.

— Et qu'est-ce qu'elle a dit ?

— Pas grand-chose. Ça m'a surprise, d'ailleurs. Je pensais qu'elle serait contente d'apprendre la nouvelle.

Elle s'éclaircit la gorge avant de reprendre la parole.

— Parlez-moi, Will. S'il vous plaît. Vous ne le regretterez pas.

Je vais le regretter amèrement, bien au contraire, et elle le sait pertinemment. Simplement, elle fait semblant d'avoir mes intérêts à cœur.

— Je n'en sais rien.

— L'interview de votre père doit être diffusée dans dix jours. Si vous me parlez, je peux obtenir un délai supplémentaire. Les dirigeants de la chaîne seraient ravis d'entendre votre version. Et, si je pouvais trouver un moyen d'impliquer Katherine à un moment donné, je...

— Non.

C'est sorti tout seul. Rien que l'idée que Katie puisse être mêlée à ce cirque me rend malade.

Hors de question.

— Comment ça, non ?

Sa voix est cassante. Lisa n'aime pas qu'on lui dise non.

— Elle ne peut pas être impliquée.

— Et pourquoi pas ? demande-t-elle, incrédule. Son

point de vue est capital. Elle prendrait votre défense. Elle a dit tellement de bien de vous dans le passé. A moins que, bien sûr, vous ne m'ayez pas dit la vérité…

— Allez vous faire foutre.

Je refuse de me défendre contre ses accusations. Je n'en ai rien à faire de ce qu'elle pense de moi.

En revanche, j'en ai quelque chose à faire de ce que pense Katie. Elle va me haïr si j'accepte de parler à Lisa Swanson. Je le sais.

Et, par conséquent, je ne peux pas accepter.

— Si vous parlez, peut-être qu'elle le fera aussi. En ce moment, elle refuse. Elle ne veut pas me voir. Mais si je lui offre une chance de pouvoir vous parler après toutes ces années…

Elle laisse sa phrase en suspens. On dirait qu'elle agite une carotte devant mon nez, certaine que je vais me jeter sur l'opportunité de parler à Katie.

Elle ignore que je l'ai déjà fait. Que je me suis délecté de sa présence, que j'ai savouré le son de sa voix, de son rire, la caresse de sa main. La douceur de ses lèvres, l'odeur de ses cheveux, le goût de sa peau, la façon dont elle se tortille quand je la caresse à l'endroit qu'elle aime. Mon nom qui franchit ses lèvres quand je la fais jouir…

Ce n'est pas mon vrai nom, cependant. C'est celui d'un imposteur. Ethan n'est personne et Will est le diable.

Quel côté choisir ? Qui suis-je réellement ?

— Je ne veux pas lui faire subir ça. Ça ne m'intéresse pas.

Je suis sur le point de raccrocher quand la voix de Lisa retentit de nouveau. Légèrement paniquée.

— Réfléchissez bien. Je peux arrêter la machine, au moins pour un temps, et vous laisser raconter votre version de l'histoire. Mais, si vous choisissez de ne pas me parler, l'interview sera diffusée dans dix jours, que cela vous plaise ou non. Et je ne pourrai pas être tenue pour responsable des attaques dont votre réputation souffrira sans doute ensuite.

Lisa la reine hautaine recommence à montrer les dents.

— Eh bien, allez-y.

Je raccroche.

Je pose mon portable sur ma table de nuit.

Je ferme les yeux.

Will

J'ai coupé les ponts, et pas parce que c'est ce que mon avocat m'a conseillé de faire. Enfin, pas seulement. Il n'a pas arrêté de me prendre la tête, de me demander tous les jours si j'étais encore en contact avec elle. J'ai menti et j'ai dit non. J'avais vraiment du mal à trouver la force de dire à Katie que je ne voulais plus lui parler. C'était affreusement difficile, mais il le fallait. J'ai coupé les ponts avec Katie Watts parce que je ne suis pas assez bien pour elle. Je ne mérite pas d'être son ami. Je ne mérite surtout pas d'être son héros.

Je ne mérite même pas de faire partie de sa vie.

Je l'ai sauvée, mais elle n'a pas besoin qu'on le lui remémore. Et être présent dans sa vie signifie lui rappeler constamment que lorsqu'elle avait douze ans, en plein été, un sale enfoiré l'a kidnappée, violée, et gardée enchaînée comme un animal dans un abri de jardin suffocant et crasseux. Je l'ai peut-être secourue, mais, à l'échelle de sa vie, ça n'a pas d'importance. Elle est en sécurité. Mon père est en prison et, même si le procès n'est pas terminé, je pense déjà savoir comment ça va se finir.

Il est coupable, on le sait tous. Il l'a presque avoué

après avoir été arrêté à Las Vegas, puis il est revenu sur ses déclarations et a réclamé un avocat. Il a aussi fait face à des accusations là-bas, mais je suppose que, si l'Etat de Californie le condamne à mort, ces poursuites-là seront sûrement abandonnées. Je n'en sais rien, en fait. Je ne comprends rien au système judiciaire. Je n'ai que dix-sept ans.

Je ne suis qu'un gamin. Un gamin sans espoir, sans attache et sans personne pour l'aider.

Faire sortir Katie de ma vie était sûrement la meilleure chose à faire pour elle, mais… et pour moi ? Et si moi, j'avais besoin d'elle ? Mais ça, tout le monde s'en fout. Une fois de plus, je me retrouve tout seul. Mes amis n'en sont pas vraiment. Je ne partage pas mon passé, mon histoire avec eux. C'est le bordel. Dans ma vie et dans ma tête. Ils savent tous ce que mon père a fait, de toute façon. Personne n'en parle jamais, mais je sais ce qu'ils pensent. Je sais ce qu'ils se demandent.

Est-ce que Will ressemble à son père ? Est-ce que ce type a vraiment violé et tué des petites filles ? Quel genre de tordu fait ça ? Est-ce que Will est comme son père ?

Toutes ces rumeurs me font du mal. Tout me fait mal. Sans exception.

Katherine

— Donc.

Le Dr Sheila Harris marque une pause lourde de sous-entendus. Son iPad sur les genoux, elle me regarde, dans l'expectative. Je suis venue à ce rendez-vous à contrecœur. Je suis épuisée de devoir constamment analyser mon attitude, analyser ce que je *ressens*. Ça ne s'arrête jamais, ce fameux « Comment vous sentez-vous ? ». « Et, sinon, comment vous sentez-vous ? » Et bla-bla-bla.

J'en ai assez.

— Donc ?

J'accompagne ma réponse d'un haussement de sourcils et un semblant de sourire se forme sur les lèvres de Sheila. Ravie que ça l'amuse.

— Comment vous sentez-vous ?

Et voilà. Je vous l'avais bien dit. Ça ne rate jamais.

Qu'est-ce que je fais ? Est-ce que je mens, ou est-ce que je dis la vérité ? Je suis censée être totalement honnête avec Sheila. Elle est la seule personne dont l'objectivité ne fait aucun doute lorsqu'elle me donne son avis. Ma mère et Brenna sont toujours de mon côté, à me défendre envers et contre tout. Quant à Ethan, ou Will, appelez-le comme vous voudrez, autant l'oublier. Il m'a menti. Il m'a trompée. Jamais je ne lui accorderai une seconde chance.

C'est facile de prendre ce genre de résolutions quand je ne le vois pas et que je n'entends pas sa voix. S'il était là, devant moi, ici et maintenant, comment est-ce que je réagirais ? Est-ce que je laisserais exploser ma colère en lui hurlant des choses horribles ? Ou est-ce que je me jetterais sur lui en priant pour qu'il me prenne dans ses bras ?

Voilà le combat que je livre au quotidien. Je pensais que ce serait facile de l'oublier, d'aller de l'avant, d'être dans une rage folle après ce qu'il m'a fait. La plupart du temps, c'est exactement ce que je ressens. Sa trahison me blesse comme jamais je n'ai été blessée.

Mais une partie de moi, secrète, obscure et bien cachée, a envie de pardonner. Elle a envie de le faire revenir dans ma vie. Voilà ce qui se passe quand les sentiments sont aussi forts.

Ces temps-ci, je regrette d'avoir un cœur. Si je n'en avais pas, on ne pourrait pas me le briser.

— Je me sens…

Mal. Dévastée. Au fond du trou. *Seule.*

— Bien.

Je prends une grande inspiration, que je retiens un instant avant d'expirer, dans une tentative pour purifier mon esprit, mon cœur et mon âme.

Sauf qu'il n'y a rien à faire. Je suis en colère. Irrémédiablement.

Le problème est que plus personne ne veut l'entendre, surtout pas ma mère et ma sœur. Elles pensent que tout cela devrait m'être égal, à présent.

Facile à dire. Ce n'est pas elles qui doivent digérer un mensonge aussi énorme.

— Bien, c'est tout ? La dernière fois qu'on s'est vues, vous n'aviez vraiment pas le moral.

Sheila affiche un air parfaitement neutre. Elle est très douée pour ça. Je regrette de ne pas avoir les mêmes talents d'actrice.

Pas le moral, c'est le moins qu'on puisse dire. J'étais complètement déprimée. Là, j'ai dépassé ce stade. Depuis, je me suis concentrée sur ma colère et c'est ça qui m'a fait avancer. Ça m'a encouragée à faire ce dont j'avais envie, pour une fois, et même à être un peu impertinente. La dernière fois que j'ai été impertinente, j'avais douze ans.

Je hausse les épaules crânement.

— J'ai fini par en avoir assez de pleurer.

Ce n'est pas peu dire. Si je continue comme ça, je vais finir par ressembler à une momie.

Sheila sourit.

— Vous n'êtes pas comme d'habitude.

— C'est-à-dire ?

— J'ai presque envie de dire que je vous sens rebelle, mais je ne sais pas si c'est le terme adéquat.

Elle se tapote la bouche du bout de l'index tout en m'observant. Je suis assise sur ma chaise, les bras croisés, le visage impénétrable. Je la regarde, parfaitement immobile, et j'attends la suite. « Rebelle » me semble être le terme parfait, pour le coup.

— Têtue ? Nonchalante ? Comme si ce qu'Ethan vous a fait n'était pas grand-chose.

Bien sûr, il fallait qu'elle parle de lui. Mon crétin de cœur s'arrête de battre chaque fois que j'entends son nom et j'ai un nœud à l'estomac. Ce foutu truc de roman à l'eau de rose se produit à tous les coups et je déteste ça.

C'est terriblement rageant d'avoir envie de voir quelqu'un tout en étant en colère contre cette personne. Ces deux émotions opposées semblent se livrer une bataille continuelle.

— C'est plutôt tout le contraire.

Ma voix est bien moins assurée, d'un coup. Je décroise les bras pour frotter mes mains glacées l'une contre l'autre.

— Est-ce que vous lui avez parlé ? Face à face ?

Je secoue la tête. J'ai reçu un texto il y a une semaine. Ça a été le premier et le dernier. Voir son nom s'afficher sur l'écran de mon portable m'a presque rendue malade.

Parle-moi, s'il te plaît.

Je ne savais pas comment réagir ni quoi répondre. Qu'est-ce que je pouvais bien lui dire ?

Au bout du compte, je n'ai rien répondu du tout. Pour quoi faire ? Il m'a menti. *Menti.* Encore et encore. Il prétendait se soucier de mon bien-être, alors qu'en réalité il ne pensait qu'à lui pendant tout ce temps.

Au bout d'un moment, je me suis calmée. J'ai réfléchi à tête reposée et j'ai pris conscience de plein de choses. Notamment du fait que j'étais une pauvre idiote d'être tombée amoureuse de lui alors qu'il jouait un jeu.

Je me rappelle avoir regardé le vieux film *Superman* avec mon père quand j'étais petite. Avant les « événements », à l'époque où on passait du temps ensemble et où il ne me considérait pas comme si on m'avait salie ou abîmée. Alors qu'on visionnait ce film qu'il adorait quand il était enfant, je n'avais pas pu m'empêcher de penser que Lois était vraiment cruche de ne pas s'apercevoir qu'en réalité Clark Kent et Superman étaient la même personne.

Je suis devenue Lois Lane. Will était mon Superman et Ethan est mon Clark Kent.

Les sourcils froncés, je me concentre de nouveau sur Sheila.

— A-t-il tenté de vous contacter ?

Le message d'Ethan m'est parvenu après notre dernière session hebdomadaire. Par conséquent, Sheila n'est pas au courant.

— Il m'a envoyé un texto.

— Est-ce que vous avez répondu ?

Je secoue à nouveau la tête, sans dire un mot. Je repense à la voix de Will. Chaleureuse, grave, sincère. Je repense à la façon dont il prononçait mon prénom. J'ai l'impression de l'entendre.

« Katie. »

A part lui, j'interdis à tout le monde de m'appeler comme ça. Après tout ce qui s'est passé, Katie était morte et enterrée. A mon retour à la maison, je suis devenue Katherine. Jusqu'à ce qu'Ethan arrive dans ma vie, qu'il commence à m'appeler Katie et que je me rende compte que ça ne me dérangeait pas. Maintenant, je comprends mieux pourquoi il m'a appelée comme ça dès le début.

Pour Will, c'est Katie, mon prénom.

C'est tellement douloureux de penser à lui. Je revois son beau visage, ses yeux qu'il plisse légèrement quand il sourit. Je repense à tout ce qu'il m'a dit, aux promesses qu'il m'a faites, à la façon dont il me touchait, presque comme si j'étais si fragile que je risquais de me briser.

Il avait raison. J'ai l'impression que je pourrais tomber en miettes d'un instant à l'autre.

— Et Lisa Swanson ? Est-ce qu'elle vous a recontactée ? demande Sheila d'une voix douce.

— Oui. Elle tient absolument à ce que je prenne part à une nouvelle interview. Une espèce de réponse à Aar…

Ma voix se brise. Je ne peux même pas dire son nom. Même après toutes ces années.

— A *sa* première interview depuis qu'il est en prison.

— Sa seule interview, me reprend Sheila.

— Oui.

— Vous n'êtes pas curieuse d'entendre ce qu'il a à dire ?

— Pas vraiment, non.

Une toute petite partie de moi l'est, bien sûr, mais surtout ça me répugne qu'il ait l'indécence de s'exprimer. Et pourquoi maintenant ? Est-ce que c'est parce qu'il a vu mon interview avec Lisa ? Je ne vois pas d'autre explication.

Qu'est-ce qu'Ethan pense de tout ça ? Ça devrait m'être égal, mais j'ai encore du mal à imprimer qu'il est en réalité le fils d'Aaron Monroe. Jamais, en passant du temps avec lui, je n'ai surpris le moindre signe de violence ou de haine en lui. Il était toujours gentil, doux et respectueux.

Durant le peu de temps que j'ai passé avec Will, et au cours des échanges qui ont suivi (quand on s'écrivait, qu'on s'appelait et qu'on s'envoyait des messages), lui aussi était toujours gentil avec moi. Mais il y avait en lui un soupçon de… ressentiment, presque. J'avais l'impression qu'il avait besoin d'être en contact avec moi tout en détestant ça.

C'est difficile de me souvenir du Will du passé sans laisser l'Ethan du présent influencer mes souvenirs. Je sais ce qui s'est passé entre nous quand on était enfants, mais mon histoire actuelle avec Ethan envahit le passé et tout se mélange. Tout est confus, et ça me met en colère au point de m'obséder.

Je suis fière de constater que je n'ai pas envie de pleurer. Je me sens inutile quand je suis triste, alors je préfère me raccrocher à la colère. Ça m'aide à faire le tri dans ma tête et à y voir plus clair.

— Ça doit être très difficile de se dire que les gens ont à ce point envie d'écouter ce qu'il a à dire.

— Ça l'est, oui.

A tel point que je laisse échapper un soupir irrité.

— Pourquoi est-ce qu'il fascine autant les gens ? Je ne veux surtout pas l'entendre, le voir ou…

— Vous souvenir de lui ?

Des larmes me montent aux yeux et je serre les dents. Je *refuse* de pleurer. C'est hors de question.

— Est-ce que c'est pour ça que la trahison d'Ethan vous fait aussi mal ? Parce que ça réveille des souvenirs chez vous ?

Je hoche la tête et je déglutis avant d'essuyer le coin de mes yeux.

— Je me suis sentie utilisée. Pour la première fois, j'avais l'espoir de pouvoir recommencer une vie normale, vous comprenez ? Mais je ne m'étais pas rendu compte que je recommençais avec…

Je m'interromps avant de dire Will.

Ils sont la même personne. Interchangeable.

C'est juste dingue.

J'ai fait un cauchemar la nuit dernière. J'étais de nouveau dans cette pièce étouffante, avec de lourdes chaînes accrochées à mes poignets et à ma cheville, coincée sur ce matelas puant. J'étais seule. Il n'y avait pas de garçon effrayé pour me secourir. Je savais que Will était là, quelque part, mais il n'apparaissait jamais et je pleurais encore et encore, consciente de ce qui allait m'arriver. J'allais mourir.

Heureusement, je me suis réveillée avant.

Je change de sujet et je parle de ma sœur et de ma mère. Je joue le jeu de la parfaite petite patiente, tout en prenant bien soin d'éviter le regard perçant de Sheila. Je n'ai plus envie de parler d'Ethan ou de Will, d'Aaron Monroe ou de Lisa Swanson et de ses interviews. Je suis lasse de tout ça. Lasse qu'on me définisse uniquement à travers ça.

Récemment, j'ai lu quelque part qu'on choisit sa vie. Si je choisis d'être triste et malheureuse, alors je le serai. Si je choisis d'être heureuse et forte, c'est pareil. Après huit années passées à faire le mauvais choix, j'ai enfin eu un aperçu du bonheur, de ce que pouvait être une vraie relation solide, tendre… aimante. Mais tout s'est cassé la figure. On m'a arraché mon bonheur tout neuf et je me retrouve sans rien, à part la déception et les mensonges.

Lorsque je quitte le cabinet de Sheila, quarante-cinq minutes plus tard, le ciel est maussade et je suis accueillie par des gouttes de pluie. Je me précipite vers ma voiture. L'odeur familière de mon propre parfum flotte dans l'habitacle.

Je ferme les yeux et j'inspire profondément, en quête de courage et de sérénité. Je ne dois pas oublier que c'est *moi* qui choisis. Moi qui décide. Par conséquent, c'est en moi que se trouve le pouvoir de m'épanouir. Ça fait psychologie de comptoir, dit comme ça, mais c'est vrai. Si je décide d'être malheureuse, alors je le serai. Si je décide d'être en colère et de laisser ma colère me pousser, c'est aussi mon choix.

Pour une fois dans ma vie… c'est moi que je choisis.

Ethan

Le message me parvient un mardi, en fin d'après-midi. Le bip familier résonne dans la pièce.

Je suis tellement surpris par le nom qui s'affiche sur l'écran que j'en laisse tomber mon téléphone par terre.

Katie.

De quoi est-ce que tu veux parler ?

Je lui ai écrit il y a une semaine, pendant un moment de faiblesse, alors que j'étais triste et particulièrement déprimé. Je me suis toujours débrouillé tout seul ou presque. Je ne me souviens pas de ma mère, mon père n'était pas souvent là et il n'en avait rien à faire de moi. Je m'en sortais, pourtant. Je réglais mes merdes tout seul et ça me convenait très bien.

Mais Katie est réapparue dans ma vie, telle une lumière brillante à laquelle je ne pouvais pas résister. Sa chaleur, sa douceur, l'impression qu'elle me donne d'être un héros chaque fois qu'elle me regarde… Je n'avais jamais connu ça avant. J'ai commencé à avoir besoin d'elle… puis je l'ai perdue.

Et, depuis, je ne me suis jamais senti aussi seul.

Ça veut dire que tu acceptes de m'écouter, alors ?

J'appuie sur « envoyer » puis j'attends nerveusement sa réponse. Qui arrive au bout de quelques secondes.

Oui.

Je me passe la main dans les cheveux et je me rends compte que je transpire. *Et merde.* Comment est-ce qu'on est censés faire ça ? Comme deux adultes civilisés alors qu'on arrive à peine à se parler ? Est-ce qu'elle va vouloir me rencontrer dans un lieu public ? Parce que, si c'est chez elle ou chez moi, ce n'est même pas la peine d'y penser. Je suis foutu. Je serais incapable de garder les mains dans mes poches. Je ne pourrais pas m'empêcher de la toucher.

Est-ce que tu veux qu'on se retrouve quelque part ?

Voilà. Dans un endroit public, ça vaut mieux. Comme ça, je ne risque pas de faire un truc débile qui pourrait l'effrayer et la faire fuir. Sa réponse ne se fait pas attendre.

Qu'est-ce que tu penses du café où tu m'as emmenée la première fois ?

Parfait. C'est devenu notre point de rendez-vous, apparemment. C'est près du parc d'attractions, qui est désormais fermé pour l'hiver. Près de la mer. Un lieu public, où je serai obligé de bien me tenir. J'ai tellement envie de la toucher que mes doigts me démangent littéralement. Je serre les poings pour reprendre mon calme avant de taper ma réponse.

Bonne idée.

Demain, 15 heures ? Ou alors c'est trop tôt ?

Son message me fait sourire. Trop tôt ? Il n'est jamais trop tôt pour revoir Katie.

Demain 15 heures, c'est parfait.

Katherine

Je n'ai dit à personne que j'avais rendez-vous avec Ethan, tout simplement parce que c'est inutile. Ma mère flipperait et Brenna me barricaderait chez moi pour m'empêcher de sortir. J'ai commis l'erreur de me confier à elles juste après avoir découvert la vérité : le choc et l'horreur que j'ai lus dans leurs yeux ont achevé de me convaincre de m'éloigner de lui.

J'en avais besoin, car j'étais submergée par le doute après tout ce qui s'était passé. Les jours suivants, j'étais dans le brouillard le plus complet. Seule la colère quasi suffocante que j'ai fini par éprouver m'a permis de reprendre le dessus.

Mais à présent une partie de moi regrette d'avoir parlé à ma famille de ce qui s'est passé entre Ethan (enfin, Will) et moi. Elles lui en voudront pour le restant de ses jours, et je les comprends. Mais il y a une différence entre parler à sa famille de ce qui nous arrive pour qu'elle nous réconforte et nous console, et lui en dire trop. Et moi, je lui en ai trop dit. Je n'aurais pas dû, mais ce qui est fait est fait. Je ne peux pas revenir en arrière.

Sur la route, je suis horriblement nerveuse et mon cerveau

tourne à mille à l'heure. Est-ce que j'ai bien choisi ma tenue ? Est-ce que je suis jolie ? Est-ce que j'ai *envie* d'être jolie ?

Oui. Je veux qu'il me remarque. Je veux qu'il ressente la même douleur que celle qui me noue l'estomac, qu'il souffre de me sentir tout près de lui tout en sachant qu'il ne peut pas m'avoir.

Est-ce que j'en fais trop ? Qu'est-ce que je vais lui dire ? Qu'est-ce que je fais en m'approchant près de lui ? Est-ce que j'arriverai à le regarder dans les yeux, à lui parler, ou est-ce que j'aurai envie de me sauver en courant ? Pire encore, est-ce que je vais péter un plomb et tenter de lui faire du mal ? Pas physiquement, bien sûr, il ne lui faudrait qu'une fraction de seconde pour prendre le dessus. Mais je pourrais le blesser avec des mots, lui dire des choses horribles qui le détruiraient. Est-ce que c'est ça que je veux ? Est-ce que c'est vraiment ça que je recherche ?

J'ai peur de la réponse.

J'ai conscience que rien ne pourra plus jamais être pareil entre nous. Et pourtant, en dépit de ma colère, je suis triste de savoir que ce qui s'est passé a créé un obstacle impossible à franchir.

Du moins pour moi.

Je finis par arriver au café sans trop savoir comment. Je me rappelle à peine avoir garé la voiture, avoir remonté la rue et être entrée à l'intérieur. Il fait chaud, des odeurs de pâtisseries et de café flottent dans l'air, les clients semblent joyeux tandis qu'ils papotent autour de leurs tasses fumantes. Je regarde partout autour de moi, mais je ne le vois pas.

La déception m'envahit, mais je tente de me contrôler. Je suis en avance. Un coup d'œil à mon portable me le confirme : on est censés se retrouver dans un quart d'heure seulement. Je retourne dehors et je laisse l'air frais et iodé rafraîchir ma peau brûlante.

Je m'installe sur un banc et je rentre la tête dans les épaules pour enfouir mon menton dans mon écharpe. Je porte un legging noir, un sweat gris foncé oversize, et une écharpe d'un rouge écarlate. J'ai ramené mes cheveux en chignon, j'ai mis les boucles d'oreilles en perle que ma grand-mère m'a offertes pour mes douze ans, mais je ne me suis presque pas maquillée.

Moi qui ne voulais pas me faire remarquer, j'ai sans doute tout faux avec l'écharpe. Je relève la tête et j'inspecte les alentours, en espérant repérer Ethan à l'horizon, mais je ne le vois nulle part.

Et s'il ne vient pas ?

Reprends-toi. Tu t'inquiètes pour rien.

Je sors mon portable de mon minuscule sac à main en bandoulière pour m'occuper. Je consulte mes e-mails, mais il n'y a rien d'intéressant, juste un nombre impressionnant de pubs. Je ne suis pas sur Facebook, ni Instagram, ni quoi que ce soit. Je vérifie mes textos, même si je n'en ai pas de nouveau, et je finis par relire les échanges entre Ethan et moi. Les doigts au-dessus du clavier, j'hésite à lui écrire, mais pour dire quoi ?

Je suis là !

Trop impatient.

Tu viens ou pas ?

Trop anxieux.

Où es-tu ?

Trop exigeant.

Je range mon téléphone en soupirant. Je suis ridicule. Plus j'attends, plus j'ai envie qu'il arrive, alors que sur le trajet je me demandais carrément si ce ne serait pas mieux qu'il ne vienne pas.

Clairement, je suis complètement paumée.

— Katherine ?

La voix familière me fait relever la tête et j'écarquille les yeux en reconnaissant la personne qui se tient devant moi. Lisa Swanson.

— Lisa ? Qu'est-ce que vous faites ici ?

Je regarde autour de moi en priant désespérément pour qu'Ethan ne choisisse pas cet instant pour débarquer. Autrement, on est fichus. Lisa se jettera sur le scoop comme un requin qui a flairé du sang dans l'eau, et elle s'acharnera jusqu'à nous mettre en pièces tous les deux.

Elle me lance un regard que je ne parviens pas à déchiffrer.

— Je pourrais vous retourner la question.

Je la fixe, bouche bée. En quoi ça la regarde ?

— Je prends un café.

Elle baisse les yeux sur mes mains vides.

— Vous prenez toujours un peu l'air avant d'aller chercher votre tasse ?

Je ne réponds pas. Ça ne sert à rien de tenter de me défendre, je ne ferais que bafouiller et passer pour une menteuse (et c'est exactement ce que je suis).

— C'est intéressant que vous ayez choisi de venir ici.

Elle regarde à gauche, puis à droite, comme si elle essayait de trouver quelqu'un. Une boule se forme dans ma gorge et je serre les dents.

— On est tout près de la scène du crime. Est-ce que vous tentez de vous confronter à vos démons, Katherine ? Ça ferait un bon sujet de reportage, si vous voulez mon avis.

L'angoisse qui m'étreignait est remplacée par une irritation croissante. Je me lève et elle recule d'un pas. Je me rends soudain compte que je suis plus grande qu'elle — pourtant, on ne peut pas dire que je sois bien grande au départ. Je me redresse et je rassemble toutes mes forces pour lui tenir tête.

— Autrement dit, tout et n'importe quoi est un sujet potentiel de reportage ?

— Exactement, répond-elle en souriant. Et c'est parce que je le sais que je suis aussi douée dans mon travail.

Je recule d'un pas et je bute contre le trottoir. Un couple doit faire un pas de côté pour m'éviter et je leur bafouille un mot d'excuse avant de me tourner de nouveau vers Lisa.

— Vous me suivez ?

Elle bat des paupières — l'innocence incarnée.

— Qu'est-ce qui vous fait croire ça ?

Elle me suit. Nom de Dieu. Mais comment *ose*-t-elle ?

— Vous me suivez, donc.

Je n'attends même pas de réponse. Elle aura beau me raconter tout ce qu'elle veut, je ne la croirai pas.

— Vous n'en avez pas le droit.

— J'ai tous les droits, au contraire, réplique-t-elle sèchement.

Elle hausse les sourcils d'un air de défi. Elle croit sûrement qu'elle fait peur à la pauvre petite fille docile que je suis. Sauf qu'elle se met le doigt dans l'œil.

— Acceptez de participer à l'interview et je vous laisserai tranquille.

— Vous pensez vraiment que c'est en me harcelant que vous arriverez à me faire collaborer ? Certainement pas.

Je tourne les talons et je suis sur le point de partir quand je l'aperçois.

Ethan.

Il avance à pas lents sur le trottoir. Je le vois car il dépasse d'au moins une tête tous les autres passants. Nos regards se croisent, se rivent l'un à l'autre, et un sourire naît sur ses lèvres au moment où j'esquisse une grimace. Il fronce les sourcils et je secoue imperceptiblement la tête en espérant qu'il comprenne que mon regard veut dire « ne t'approche pas ». Mon cœur bat à toute vitesse, comme s'il voulait quitter ma cage thoracique pour se lancer à la poursuite d'Ethan. Comme s'il savait que c'était là qu'était sa place.

Assez.

Je déglutis et mon regard croise de nouveau celui de Lisa. Heureusement, elle n'a pas remarqué Ethan. Elle est trop occupée à parler pour faire attention à lui.

— Vous faites tout pour compliquer les choses, Katherine, et je dois dire que je ne comprends pas pourquoi. Mon patron tient désespérément à ce que vous fassiez une apparition.

Pitié. Son patron n'est pas désespéré. C'est elle qui l'est.

— Même si ce n'est que pour dix minutes.

Je lève les yeux au ciel et elle rectifie aussitôt.

— Cinq minutes. *Deux* minutes. Le temps qu'il vous faudra pour donner votre avis sur Aaron Monroe et ses déclarations.

Je secoue la tête tout en faisant de mon mieux pour garder mon calme.

— Je refuse de vous laisser continuer à me manipuler. Je vous ai donné votre chance. Maintenant, laissez-moi tranquille.

Je m'éloigne sans lui jeter un regard. Je peux presque sentir ses yeux courroucés qui me suivent. Les ondes de frustration qui émanent d'elle sont palpables. Mais je ne ressens pas que ça. Il y a autre chose, un mélange de nostalgie et de confusion. Tout mon corps semble en alerte et je frotte mon avant-bras pour chasser la chair de poule qui recouvre soudainement ma peau.

Aussi subtilement que possible, je regarde par-dessus mon épaule et j'aperçois Ethan qui m'observe de loin. Personne ne semble le remarquer, pas même Lisa. Il est juste un promeneur parmi d'autres. Un promeneur à la mâchoire tendue et aux yeux remplis d'une douleur infinie.

Nos regards se croisent pendant une fraction de seconde et je peux le sentir. Je peux sentir sa présence, ses forces, ses faiblesses, mais surtout je sens le désir sans équivoque qu'il éprouve pour moi. Pour nous.

Mon corps, ce sale traître, réagit immédiatement. J'ai chaud et mon sang pulse dans mes tempes. Je me détourne aussitôt, le souffle court, le cœur battant. Il suffit d'un regard pour que je sois perdue. Son emprise sur moi est si déconcertante et dangereuse que je ne sais pas quoi faire.

Je ne sais pas comment lui résister, même si je sais que je le dois.

Au lieu de retourner à ma voiture, je me précipite dans l'allée qui sépare le café du bâtiment adjacent. Adossée contre le mur en brique, les yeux clos pour faire le tri dans mes pensées chaotiques, je tente de reprendre ma respiration.

Est-ce que j'ai vraiment cru que je serais capable de résister à Ethan en le retrouvant dans un lieu public ? Ça ne fait aucune différence. Un regard et j'ai l'impression d'avoir reçu une décharge électrique en dépit de la distance physique qui nous sépare. Qu'est-ce qui se serait passé s'il m'avait touchée ?

Je ne sais pas si j'aurais survécu.

— Katie.

Cette voix masculine et profonde me caresse, glisse le long de mon échine pour aller se nicher dans mon ventre. J'ouvre les yeux et je retiens mon souffle en le voyant devant moi. La panique, l'angoisse et le manque se mélangent et me laissent sans voix.

Ethan.

Ethan

Bon sang, qu'est-ce qu'elle est belle. Je n'arrive pas à croire qu'elle est là, qu'on respire le même oxygène. On se regarde dans les yeux et je peux sentir son parfum flotter dans l'air. Je suis si proche d'elle que je pourrais la toucher.

Elle écarte ses lèvres parfaites, les yeux écarquillés, avant d'enfin prononcer mon prénom. Immédiatement suivi de :

— Il faut que tu t'en ailles.

Je m'attendais à tout, sauf à ça. C'est pourtant bien elle qui m'a demandé de la retrouver ici, non ?

Je fais un pas vers elle. Elle ne peut pas s'échapper, le dos collé au mur du café. Elle me regarde avec méfiance et avec ce qui ressemble à… de l'excitation ?

C'est ça qui m'encourage, me fait penser que j'ai une chance. J'ai besoin qu'elle m'écoute, qu'elle me parle.

J'ai besoin qu'elle fasse de nouveau partie de ma vie.

— Je ne vais nulle part. Il faut qu'on discute.

Mon ton est ferme, sans appel.

— Tu n'as pas vu qui était en train de me harceler devant le café ?

Qu'est-ce qu'elle raconte ? Elle pousse un soupir exaspéré.

— Lisa Swanson !

— Quoi ?

Je passe la main sur ma mâchoire. Je ne me suis toujours pas rasé. Je ressemble sans doute à un homme des cavernes, mais je m'en fiche.

— C'est pour ça que tu t'es sauvée ?

Je l'ai bien vue secouer la tête et articuler quelque chose à mon intention avant de tourner les talons, mais je n'ai pas compris, sur le coup. J'ai cru qu'elle paniquait et changeait d'avis. J'ai bien failli tomber dans les pommes de soulagement quand je l'ai retrouvée cachée dans l'allée.

— *Oui.*

A en juger par son regard et son intonation, elle me prend clairement pour le dernier des attardés.

— Il faut que tu partes, insiste-t-elle.

Alors, ça, certainement pas. Maintenant que je suis avec elle, il est hors de question que je m'en aille.

— Je ne vais nulle part.

Je tends la main pour la poser sur son bras et elle frémit, avant de s'écarter aussitôt.

— Katie…

— Arrête.

Sa voix tremble et elle garde la tête baissée, comme si elle ne supportait pas de me regarder.

— Il faut que tu t'en ailles, Ethan. C'était une erreur.

— Une erreur ?

Elle plaisante ? Mon sang bat dans mes tempes et tout autour de nous s'évanouit : les bruits, les gens dans la rue, l'allée… Mon monde se résume à sa présence. Il n'y a plus que Katie et moi, rien d'autre.

— Je n'aurais jamais dû te proposer qu'on se voie, marmonne-t-elle.

Elle secoue la tête, comme si elle se parlait à elle-même plutôt qu'à moi.

— Imagine si elle te voit ? Si elle *nous* voit ?

— Elle peut bien nous voir, je m'en fiche.

C'est la vérité. Que Lisa Swanson nous surprenne, qu'elle nous filme même si ça lui chante, je n'en ai rien à foutre. Je ne peux pas tourner les talons. Pas maintenant.

Plus jamais.

— Peut-être que *moi*, j'en ai quelque chose à faire, rétorque-t-elle en me fusillant du regard. Réfléchis un peu aux conséquences que ça aurait.

— Comme quoi ? Nous forcer à admettre que, oui, on entretient une relation ? Qu'est-ce qu'il y a de mal à ça ?

— Cette pseudo-relation existe uniquement parce que tu m'as menti !

Sa voix est perçante, elle tremble de tous ses membres. Elle est furieuse.

— Je n'ai jamais voulu…

Je m'interromps devant son expression hostile. Elle est prête à se jeter sur moi. Peut-être qu'elle a raison et qu'on n'aurait pas dû se voir. La douleur qu'on ressent est encore trop vive.

— Tu penses vraiment que c'était une erreur de se voir aujourd'hui ?

Même si la réponse risque de ne pas me plaire, j'ai besoin de savoir.

Katie me dévisage, les lèvres pincées. J'attends, le souffle coupé et le cœur battant.

— Ça ne marchera pas, assène-t-elle enfin.

— Qu'est-ce qui ne marchera pas ?

— Nous. Nous deux… ensemble. Il faut qu'on se rende à l'évidence.

C'est comme si elle venait de me briser le cœur en mille morceaux. Elle-même a les yeux brillants, pleins de larmes, mais elle parvient à se retenir de pleurer.

— On ne devrait pas être vus ensemble en public. Si quelqu'un nous reconnaît, ça va prendre des proportions inimaginables, et bientôt tous les médias ne parleront que de ça. De nous et de notre relation tordue. Je ne veux pas de ça et je pense que toi non plus.

Je me raidis malgré moi et je recule, les mains levées devant moi dans une position défensive. Comme si ça pouvait me protéger du coup fatal que ses mots viennent de m'asséner.

Je pensais que mon père était bon à ce petit jeu, doué pour dire pile ce qu'il fallait pour me faire saigner à l'intérieur. Mais quelques mots de Katie Watts et je suis presque mort.

— Tu veux que je m'en aille ? Parfait. Je m'en vais.

Néanmoins, je ne bouge pas d'un pouce parce que j'espère qu'elle va m'arrêter. En dépit du mal qu'elle me fait, je ne veux pas la laisser, et tant pis si elle vient de me briser le cœur. De toute façon, elle l'a déjà fait quand elle est partie après avoir découvert qui j'étais vraiment. Elle est sortie de ma vie comme si elle n'y était jamais entrée.

La partie rationnelle de mon cerveau comprend pourquoi elle ne veut pas être vue avec moi en public et pourquoi elle ne veut pas que Lisa soit au courant. Mais l'autre partie, la partie irrationnelle, émotionnelle, est à l'agonie. Et cette partie-là n'a qu'une envie : lui faire mal en retour.

Mon côté revanchard me fait penser à mon père.

Et merde. Je me frotte le torse pour atténuer la douleur qui irradie dans ma poitrine, mais ça ne sert à rien. Et la façon dont Katie me regarde n'aide pas non plus.

— C'est mieux comme ça, murmure-t-elle. A la seconde où elle nous repérera, elle le dira à tout le monde et on aura des problèmes. Ils transformeront notre relation en un truc tordu et bizarre, et je ne le supporterai pas. J'ai déjà trop souffert et toi aussi. Tout ça, nous, ça… ça ne vaut pas le coup.

Je suis bouche bée. On ne vaut pas le coup ? Elle est la seule personne dans ma vie qui vaille quoi que ce soit.

— Je… Je suis désolée, dit-elle d'une voix étranglée.

Je suis incapable de lui répondre. Elle tourne les talons et s'éloigne à pas rapides. Je la regarde partir sans réagir. Je ne l'arrête pas, je ne l'appelle pas, je ne bouge pas. Je suis comme paralysé.

Même si je suis sous le choc, je sais qu'elle a raison. Les médias déformeront notre relation, ils la décriront comme quelque chose de tordu, de contre nature, et ils auront raison. Cette histoire entre nous n'aurait jamais dû voir le jour. Et pourtant c'est quand même arrivé.

Mais à présent elle est partie. Presque en courant. Et je n'ai rien fait pour la retenir.

Les yeux fermés, je m'exhorte à être fort et à me battre. Même si ça ne marche pas, je dois essayer. Je veux désespérément conserver cette connexion entre nous.

Mais, dans le même temps, il faut aussi que je comprenne et que je respecte ses sentiments. De mon côté, je dois trouver un moyen de lui pardonner de m'avoir abandonné aussi facilement, et c'est très compliqué. Le petit garçon en moi, le gamin vulnérable qui ne s'est jamais senti aimé et qui a passé la plus grande partie de sa vie tout seul…

Il est dévasté.

Katherine

Le restaurant est bondé. Les clients parlent fort. Ce sont surtout des familles avec des enfants turbulents qui courent entre les tables comme s'ils avaient pris du speed.

Moi, je suis toute seule. J'attends. Mon portable est posé sur la table devant moi, mais je ne le consulte pas. Je me tortille sur mon siège, je lisse ma robe… J'ai mis du gloss, mais je ne suis pas habituée à en porter et j'ai peur qu'il ne soit déjà en train de couler.

Je me suis mise sur mon trente et un pour ce rendez-vous. Enfin, ce n'est pas un vrai rendez-vous, plutôt une réunion de négociation. J'ai eu un déclic sous la douche hier soir. Une idée folle et rebelle, mais c'est comme ça que je me sens en ce moment. J'en ai marre d'être une marionnette qui veut toujours faire plaisir à tout le monde. Alors, là, c'est moi qui prends les rênes. Je suis tellement convaincue que mon idée va fonctionner que la première chose que j'ai faite en me levant a été de lui téléphoner. Naturellement, elle avait hâte de me rencontrer et d'écouter ce que j'avais à lui dire.

A la seconde où elle entre dans le restaurant, c'est comme si je pouvais sentir sa présence. En relevant la tête, je l'aperçois qui se fait escorter jusqu'à notre table par le même serveur qui m'a accueillie un peu plus tôt. Elle semble parfaitement sereine, comme si elle était la reine, et nous rien d'autre que ses vils serviteurs. Je me lève lorsqu'elle arrive à mon niveau.

— Katherine.

Elle me fait la bise sans que nos joues se touchent, un grand sourire aux lèvres. Elle est tellement bizarre… à l'opposé de la femme hostile que j'ai vue il y a quelques jours. Elle devait être sur les nerfs. Elle fait volte-face sans arrêt et ça m'agace de ne pas réussir à la cerner.

— Lisa.

Je lui offre un petit sourire et je me rassois. Le jeune serveur tire la chaise de Lisa, qui lui offre un sourire de star de cinéma. Il l'admire béatement, sous le charme. Le pauvre. On voit bien qu'il ne sait pas à qui il a affaire.

Heureusement, moi, oui.

— J'étais tellement contente que vous appeliez.

Un autre serveur apparaît et remplit le verre d'eau de Lisa avec des gestes élégants et précis. Elle attend qu'il s'éloigne pour reprendre la parole.

— Je suis ravie que vous souhaitiez discuter de la possibilité d'une interview avec moi.

Ça m'arrange qu'elle ne tourne pas autour du pot. Je n'ai pas envie de parler de la pluie et du beau temps pendant qu'on déjeune comme deux bonnes copines. Je suis là pour l'impressionner. J'ai enfilé ma nouvelle tenue comme une armure, prête à aller au combat. Prête à me battre pour obtenir ce que je veux.

— J'ai des conditions.

Je pose les avant-bras sur la table et elle boit une gorgée d'eau sans me quitter des yeux.

— Si vous voulez que je fasse l'interview, il faudra les accepter au préalable.

— Très bien. Je vous écoute.

Je lui souris, même si mon sourire est forcé.

— Je ne parlerai pas à Aaron Monroe.

J'ai répété son nom je ne sais pas combien de fois ce matin pour m'assurer que je parviendrais à le prononcer sans tremblements dans la voix. Je suis fière de réussir à le dire aussi normalement.

— N'essayez pas de me piéger en organisant une confrontation entre nous. Si vous faites ça, je me lève et je m'en vais. Je n'aurai aucun scrupule à vous planter là.

Le vacillement dans son regard m'indique qu'elle y pensait. Ah ! Incroyable.

— Bien sûr que non, m'assure-t-elle d'une voix suave.

— Je ne veux pas que l'interview dure plus de dix minutes. Je ne vois vraiment pas ce que vous voulez que je vous dise, de toute façon.

Elle se penche en avant et tout dans son attitude trahit son impatience. J'ai le sentiment que ça fait des jours qu'elle attend de discuter avec moi. Peut-être même des semaines.

— C'est surtout un droit de réponse. Je souhaite vous poser des questions sur ce que Monroe m'a dit pendant notre interview le mois dernier.

— Est-ce que je devrai l'écouter ?

Je ne veux pas entendre sa voix. Je ne veux pas d'extraits de son interview diffusés en boucle pendant que je suis assise là à l'écouter, avec son air arrogant tandis qu'il me dénigre et me traîne dans la boue.

— Non. Je vous lirai les questions. Elles sont déjà prêtes. On a prévu d'ajouter des extraits de ses déclarations au montage avant la diffusion, mais vous n'êtes pas obligée de les regarder si vous ne le voulez pas.

Elle sourit et boit une autre gorgée d'eau, sans toutefois regarder le menu. Je n'y touche pas non plus. Aucune de nous deux n'est là pour manger.

Pas moi, en tout cas.

— Il y a autre chose.

— Je vous écoute.

Je me demande vraiment comment elle va réagir. Je ne sais même pas si je fais le bon choix, mais quelque chose me dit que c'est ce que je dois faire, alors je me lance.

— Je ne ferai l'interview que si Will Monroe y participe. S'il n'est pas là, alors, moi non plus.

Je dois lui reconnaître ça : elle reste d'un calme olympien. Son visage est impassible, parfaitement stoïque.

— Jusqu'à présent, il a toujours été très réticent chaque fois que je l'ai contacté.

Ça ne m'étonne pas. Je connais Ethan. Il a sûrement carrément refusé de lui parler.

Le serveur apparaît comme par magie et nous demande si nous avons des questions, sommes-nous prêtes à commander, désirons-nous autre chose à boire ? Lisa commande un dry martini et je reste à l'eau.

J'attends que le serveur s'en aille pour reprendre la parole.

— C'est important qu'il puisse raconter sa version de l'histoire. Il y a trois versions : la mienne, celle de Monroe et celle de Will. Et je pense qu'Eth… que Will doit avoir un tas de choses à dire.

Je retiens mon souffle, inquiète d'avoir gaffé, mais Lisa semble n'avoir rien remarqué. Alors, je continue.

— Je pense qu'il est réticent parce qu'il a probablement peur d'avoir l'air coupable.

— Est-ce qu'il l'est ?

Je déteste qu'elle pose cette question. Ça me fait enrager que tout le monde parte du principe qu'il est un monstre comme son père. Ma réponse véhémente ne se fait pas attendre.

— Non. Il est innocent à 100 %. Il m'a sauvée, je vous l'ai déjà dit.

— Est-ce que vous avez tapé son nom sur Google ? Vous avez vu ce que les gens disent de lui sur les forums ?

Je suis de plus en plus irritée. Bien sûr que oui. Ça peut sembler difficile à croire, mais il existe des sous-forums entiers consacrés à Aaron Monroe et à ses crimes, des discussions sur l'implication de son fils qui visent à déterminer s'il est innocent ou non… La plupart des ragots ont fini par cesser avec les années, mais, depuis mon interview et celle d'Aaron Monroe, le sujet a généré un certain regain d'activité.

Surtout que personne n'a jamais réussi à localiser William Monroe… jusqu'à maintenant.

— Je sais ce que les gens racontent, mais rien de tout ça n'est vrai. Il m'a sauvé la vie. Je ne sais pas combien de fois il faut que je le répète. La seule raison pour laquelle je suis encore vivante, c'est que Will Monroe était là. Et je donnerai cette interview uniquement s'il participe.

Lisa remercie le serveur lorsqu'il pose son cocktail devant elle. Elle s'empare du pic sur lequel sont embrochées plusieurs olives et les mange une par une, tout en m'observant. Elle essaie sûrement de me mettre mal à l'aise avec son fameux regard de journaliste à qui on ne la fait pas. On l'a tous vu à la télévision à un moment donné, mais c'est différent quand c'est directement à vous qu'il s'adresse.

Néanmoins, je ne me laisse pas impressionner. Je tiens bon. Il faut à tout prix qu'Ethan soit là.

Je sais que ça peut sembler dingue étant donné que je l'ai repoussé la dernière fois que je l'ai vu, mais j'ai mes raisons. Tout ça fait partie d'un plan. Je pense que ça va marcher, mais, comme toujours, je n'en suis pas entièrement sûre. Sans doute parce que rien ne fonctionne jamais vraiment dans ma vie.

— Je vais voir ce que je peux faire, finit par dire Lisa. J'adorerais que vous preniez part à l'interview tous les deux. Ce serait le coup du siècle pour ma carrière.

Son aveu éhonté ne me surprend même pas. Je me lève, je prends mon sac à main et je lui souris.

— Téléphonez-moi quand vous aurez des nouvelles.

Je suis déjà en train de m'éloigner quand elle m'appelle. Je me retourne et je la vois qui avance vers moi. Tout le monde la regarde, mais elle a l'air de se ficher complètement qu'on la reconnaisse. Ça ne me dérange pas, car je sais que de mon côté personne ne me reconnaît. Ça peut sembler incroyable après être passée à la télé sur une grande chaîne nationale, et pourtant… je reste une parfaite inconnue.

Ça me va très bien comme ça, je dois dire.

— A ce qu'on raconte, il vit près de chez vous. Vous le saviez ?

Je ne réponds pas. Je me contente d'afficher une expression aussi neutre et détachée que possible.

— C'est pour ça que je suis là, poursuivit-elle. Pour retrouver votre trace à tous les deux.

Son honnêteté est admirable.

— Et vous en êtes à un sur deux, c'est ça ?

— Exactement.

Elle me sourit, certainement heureuse que je le prenne comme ça.

— Je vais appeler Will pour lui dire que vous désirez le voir et le remercier pour ce qu'il a fait pour vous.

Elle marque une pause pour guetter ma réaction.

— Ça vous embête si je dis ça ?

Je réfléchis. Je dois faire attention à ce que je raconte. La moindre réaction mal dosée de ma part risquerait d'éveiller ses soupçons.

— Ça ne m'embête pas. Mais dites-lui aussi… dites-lui qu'il me manque.

La tête penchée sur le côté, elle me dévisage, circonspecte.

— Vous n'y allez pas de main morte. Etiez-vous vraiment si proches que ça ? Après tout, vous avez passé combien de temps ensemble ? Deux heures, tout au plus ? C'était il y a presque dix ans, durant un épisode extrêmement traumatisant. C'est à se demander comment vous pouvez même vous souvenir de lui.

Et voilà. Elle est déjà en train de creuser. En même temps, elle creuse toujours, alors ça ne devrait pas m'étonner.

— De toutes les personnes que j'ai rencontrées dans ma vie, je n'ai jamais été aussi proche de quelqu'un.

Là-dessus, je tourne les talons et je me dirige vers la sortie. Lisa ne me suit pas, cette fois.

Une fois dehors, je pousse un profond soupir. Mon plan est en place. Je n'ai plus qu'à espérer qu'Ethan accepte.

Ethan

Il est presque midi et le café, de taille modeste, est presque vide. L'endroit est connu pour ses petits déjeuners, et, même s'ils servent également à déjeuner, ce n'est pas ça qui fait leur réputation.

Non pas que j'aie faim. Je suis bien trop nerveux pour penser à manger.

A peine entré, je la repère aussitôt. Elle est installée dans le dernier box, contre le mur, face à la porte. Elle lève la main pour me saluer, mais à part ça elle est raide comme un piquet. Elle a l'air un tantinet agacée.

Je me dirige vers le fond de la salle et me glisse sur la banquette en face d'elle. La serveuse s'arrête devant notre table, un pichet d'eau à la main.

— Je peux vous servir quelque chose à boire ?

— Juste de l'eau, s'il vous plaît.

Elle remplit rapidement mon verre puis nous laisse seuls.

— Tu es en retard.

Le ton est sec. Accusateur.

— De cinq minutes à peine.

Je suis pourtant parti quinze minutes en avance, mais les bouchons m'ont retardé. Non pas qu'elle mérite une explication. Elle trouverait un moyen de me la renvoyer à la figure, de toute façon.

— Je pensais que tu ne viendrais pas. Il faut dire que tu as la réputation de disparaître de temps à autre, d'après ce que m'a dit ma sœur.

Elle accompagne sa remarque d'un petit sourire hypocrite. Naturellement.

Brenna Watts me rappelle vaguement Katie. Même forme de visage, mêmes yeux. Même leurs voix sont similaires. Mais, sinon, la ressemblance s'arrête là. Il y a quelque chose chez cette femme qui n'existe pas chez Katie. Une espèce de lassitude semble l'animer. Elle donne l'impression qu'elle est fatiguée de… de tout.

J'ignore sa pique (ce qui va sûrement l'énerver encore plus) et j'enchaîne.

— De quoi est-ce que tu voulais parler ?

Elle se penche au-dessus de la table et pose sur moi un regard glacial.

— Je veux que tu arrêtes d'essayer de contacter ma sœur.

Je hausse les sourcils. Depuis nos retrouvailles ratées au café il y a plusieurs jours, je n'ai pas contacté Katie. Je me suis dit qu'il valait mieux que je la laisse respirer et que je mette de l'ordre dans mes idées, par la même occasion.

— C'est toi qui décides qui elle a le droit de voir ?

Elle tape sur la table du plat de la main, et le bruit est si fort qu'on sursaute tous les deux.

— Ce n'est pas toi qui poses les questions. Arrête de faire comme si tu savais ce qui est bon pour elle, ou comme si tu tenais à elle. Tu passes ton temps à lui briser le cœur et à en piétiner les morceaux. Je n'en peux plus de te voir jouer avec elle comme ça, alors tu vas la laisser tranquille.

Mon cœur bat à toute vitesse et je bois une gorgée d'eau pour tenter de me calmer. Je n'ai pas envie qu'on se hurle dessus, même si je vois bien qu'elle n'attend que ça. Je sais que, si ça se produit, Brenna racontera tout à Katie à la minute où elle sortira d'ici et Katie me détestera encore plus.

— C'est une adulte. Si elle a envie de me voir, elle me verra.

— Je t'en prie. La plupart du temps, Katherine ne sait même pas ce qui est bon pour elle. Sa décision de se lancer dans une relation avec toi montre bien que sa capacité de jugement laisse à désirer. Je sais tout ce que tu lui as fait, la façon dont tu l'as trahie. Elle est venue me trouver pour tout me raconter. Elle pleurait, elle était dans un état lamentable. Et pourtant, en dépit de tout ça, je pense qu'elle est toujours amoureuse de toi. Mais moi, j'en ai assez.

Brenna fait une courte pause pour reprendre son souffle, sans me quitter des yeux.

— Tu n'es qu'un monstre. Tu joues avec ses sentiments, avec son cœur. Avec son corps.

Elle marque un nouveau temps d'arrêt avant de m'asséner le coup fatal.

— Tu es exactement comme ton père.

L'insulte tape en plein dans le mille. Elle vient de poignarder mon cœur déjà mal en point et je me visualise en train de me vider de mon sang sur la table en vieux Formica qui nous sépare. La tête basse, je respire profondément et je pose les avant-bras sur la table.

— Tu ne sais pas de quoi tu parles.

— Justement, je sais exactement de quoi je parle,

connard. Ton père a *détruit* ma famille, ruiné ma sœur, dévasté mes parents, et il m'a rendue invisible.

Je relève la tête et la trouve en train de me fusiller du regard, les yeux brillants d'un éclat haineux.

— Et puis, des années plus tard, tu débarques et tout recommence. Mon père est mort, ma mère ne sait pas comment aider ma sœur et tout le monde se fout de ce que je pense. Tu ne vois pas les dégâts que tu fais ? Pourquoi tu ne te décides pas à lui foutre la paix ?

La réponse franchit mes lèvres dans un murmure.

— Parce que je suis amoureux d'elle.

Brenna reste un moment bouche bée, puis elle se met à rire. Un rire creux et sans joie.

— Je ne crois pas que tu saches ce qu'est l'amour. Et comment pourrais-tu le savoir ? Il n'y a qu'à voir qui t'a élevé.

J'ouvre la bouche pour répliquer, mais elle m'interrompt.

— Tu n'es pas amoureux, tu es *obsédé*. Katie t'obsède depuis que vous vous êtes rencontrés, quand vous étiez gamins. C'est complètement malsain.

— Personne d'autre n'a vécu ce qu'on a vécu, Katie et moi. C'est le traumatisme qu'on a subi ensemble qui nous a rapprochés.

Ma véhémence n'a pas l'air de l'émouvoir, car elle se contente de hausser les sourcils.

— Parfois, je ne peux pas m'empêcher de me demander si tu as participé à son enlèvement. Est-ce que tu la tenais pendant que ton père la violait ? Est-ce qu'il t'a laissé abuser d'elle aussi ?

La colère qui me submerge est si puissante qu'elle m'aveugle presque.

— Retire ça tout de suite.

— Katherine l'a toujours nié, mais il y a trop de questions sans réponse, encore plus maintenant que tu es revenu dans sa vie.

Le regard de Brenna s'assombrit.

— Tu voulais remettre ça ? C'est ça ?

Je sais ce qu'elle essaie de faire : elle me provoque en espérant que je perde mon sang-froid. Je refuse de mordre à l'hameçon.

— Tu ne peux pas comprendre.

— Là-dessus, on est bien d'accord, je ne peux pas comprendre. Je ne comprends pas pourquoi tu voudrais reprendre contact avec Katherine. Sortir avec elle. Coucher avec elle. Et maintenant tu prétends que tu es amoureux ? Qu'est-ce que tu imaginais pour la suite ? En supposant que ça ait marché entre vous, est-ce que tu voyais vraiment un futur pour vous deux ? Un mariage ? Des *enfants* ?

La gorge nouée, je finis mon verre d'eau d'un trait. Je n'ai pas de réponse. Et surtout je sais déjà ce qu'elle va dire ensuite.

— Tu ne crois pas que tu l'as assez perturbée comme ça ? Un avenir avec toi est impossible pour Katherine. Tu la vois épouser le fils de l'homme qui l'a violée et presque assassinée ? Avoir des enfants avec lui ? Ce serait de la folie. Aaron Monroe serait leur grand-père. Tu imagines ?

Elle fait carrément la grimace.

— C'est répugnant. Vos enfants n'auraient aucune chance de vivre et de grandir normalement.

Chaque mot qui sort de sa bouche m'anéantit un peu plus que le précédent. Le pire, c'est que je ne l'ai pas attendue pour penser toutes ces choses-là. Même si je suis amoureux de Katie, quel intérêt ? Comment peut-on continuer quand tout est si bordélique entre nous ?

— Est-ce que c'est ce que Katherine pense ?

— Qu'est-ce que tu veux dire ?

— Est-ce que c'est ce que Katherine pense de nous ? De notre relation ?

J'ai tellement peur de la réponse que j'agrippe le rebord de la table.

— Est-ce qu'elle pense que je suis un monstre ?

Brenna s'adosse contre la banquette. Un petit sourire danse au coin de ses lèvres.

— Tu es le fils d'un monstre, en tout cas.

Je reste figé en attendant la suite, mais l'attaque s'arrête là. Dans le fond, je sais que je mérite d'entendre toutes ces horreurs. Brenna Watts pourrait joyeusement continuer à me réduire en miettes. Mais elle n'ajoute rien. Et c'est au cours de ces minutes figées dans le temps et l'espace que je me rends compte que ce n'est pas nécessaire. Le mal est fait.

« Tu es le fils d'un monstre. »

Je ne peux pas changer qui est mon père. Je peux modifier mon nom et mon apparence, déménager dans un autre pays, ça ne résout rien. C'est mon fardeau.

Je suis le fils d'un monstre.

— C'est tout ce que tu avais à me dire ?

Elle bat des paupières, visiblement surprise.

— Euh… Oui. Je crois.

Je me lève. Brenna garde les yeux fixés sur moi, sur la défensive et en alerte, comme si elle s'attendait à ce que je m'en prenne à elle.

— Alors, on a terminé.

Puis je me dirige vers la sortie, sans un regard en arrière.

Ce n'est qu'une fois sur le parking, adossé à ma portière, que je suis assailli par la nausée. Je me penche en avant et je vomis toute l'eau que je viens de boire. J'ai la gorge en feu et les yeux pleins de larmes. Je n'avais rien avalé avant de venir et mes muscles se contractent pour tenter de faire remonter de la nourriture qui n'existe pas. Les mains sur les hanches, je reste penché en avant et je ferme les yeux, tandis que les paroles de Brenna repassent en boucle dans ma tête.

C'est dur d'affronter la vérité, mais tout ce qu'a dit Brenna est vrai et je ne peux pas le nier. Quand c'est énoncé aussi brutalement, étalé froidement devant moi, je ne peux que comprendre son inquiétude pour sa sœur. Et son dégoût, aussi.

Les souvenirs me reviennent, un par un. Quand j'ai trouvé Katie la première fois. La façon dont j'ai pris la fuite. Le moment où je suis revenu et où elle ne croyait pas que je voulais sincèrement l'aider. La peur dans ses yeux, son hésitation. Elle ne me faisait pas confiance. Pour elle, j'étais un monstre.

Le pire, c'est que j'en suis un. Sauf qu'à la différence de mon père, au lieu de lui faire du mal sur le plan physique, je lui en fais sur le plan émotionnel. Et c'est vraiment dégueulasse.

Je n'ai pas le choix.

Il faut que je laisse Katie tranquille.

Katherine

Il a dit non.

Je fixe l'e-mail que Lisa Swanson m'a envoyé. Objet : *Interview.* Le reste du message ne contient que cette seule et unique phrase.

Il a dit non.

J'appuie sur « répondre », décidée à mettre un point final à tout ça une bonne fois pour toutes.

Dans ce cas, je refuse de participer.

A quoi ça servirait ? Qu'est-ce qu'on en tirerait ?

Je ne sais pas ce que je pensais obtenir en forçant Ethan à prendre part à l'interview. Ce n'est pas comme si je pouvais cracher la vérité et confesser nos secrets les plus sombres. Ce serait totalement idiot de mettre mon âme à nu devant des millions de personnes.

Même moi, je m'en rends compte.

Ça ne va pas faire plaisir à Lisa, mais je n'en ai vraiment rien à faire. Ma mère et Brenna seront soulagées, d'autant qu'elles regrettent déjà la première interview. Moi aussi, je regrette d'y avoir participé. Ça ne m'a apporté que des problèmes et des peines.

Mais pourquoi Ethan a-t-il refusé ? J'attrape mon portable sur la table et je fixe l'écran, en proie à la tentation de lui envoyer un message.

De lui dire qu'il me manque.

Je ferme les yeux et j'attends que la décision s'impose à moi, mais rien ne vient.

Je suis désespérée. Sans défense.

Je suis perdue sans lui, même si je déteste le reconnaître.

Un petit coup est frappé à ma porte et Brenna s'engouffre dans mon entrée. Elle sourit, ferme la porte et tourne le verrou.

— Qu'est-ce que tu fais de beau ? demande-t-elle en me rejoignant sur le canapé.

Je savais qu'elle passerait. Elle m'a appelée ce matin pour me prévenir. Je ne sais pas pourquoi elle n'est pas allée travailler, mais je la trouve agitée. Ça ne lui ressemble pas d'être anxieuse. D'habitude, elle est calme, zen, capable de gérer une classe pleine de gamins bruyants sans broncher. J'ai toujours envié son calme olympien.

— Des devoirs. J'ai pris du retard.

— Pourquoi ? Parce que tu t'es laissé perturber par ce qui est arrivé avec l'autre connard ?

Je la dévisage, surprise par le venin dans sa voix.

— Je te demande pardon ?

Elle lève les yeux au ciel et s'étale sur le canapé.

— Ne joue pas les innocentes, Katherine. Je parle de Will Monroe. Ou d'Ethan, peu importe comment tu veux appeler cet enfoiré.

J'ai raconté toute l'histoire à ma sœur parce qu'elle est la seule vraie amie que j'aie. Ma mère ne fait que s'inquiéter (non pas que je puisse lui en vouloir), tandis que Brenna, elle, offre de bons conseils et une épaule sur laquelle se reposer. Que demander de plus ?

Mais là, le problème, c'est que ma colère a éveillé la sienne et que, même si je me suis calmée depuis, ma sœur, elle, est carrément enragée…

Je referme doucement mon ordinateur et je le pose sur la table basse du salon.

— Je croyais qu'on s'était mises d'accord pour ne plus parler de lui.

Rien que le fait de mentionner son nom nous fait partir au quart de tour, pour des raisons différentes.

— Je lui ai parlé.

Sa confession me fait l'effet d'une bombe atomique. J'ai l'impression qu'on est en train de rejouer Hiroshima dans mon salon. Je la regarde, bouche bée, la gorge sèche, pendant que mon cerveau tente de trouver une réponse.

— Tu lui as… quoi ? Quand ? Où ?

Et surtout pourquoi ?

Elle hausse les épaules et se concentre sur un fil imaginaire qui dépasse de la couture de son jean.

— Je lui ai envoyé un message en lui demandant de me retrouver dans un café. Il a accepté. Je l'ai vu tout à l'heure et je lui ai dit le fond de ma pensée.

Au bout de quelques secondes, j'ai enfin la présence d'esprit de refermer la bouche. Comment a-t-elle trouvé son numéro ? Est-ce qu'elle a fouillé dans mon portable ?

— Je ne comprends pas.

— Je lui ai ordonné de garder ses distances.

Alors là… Je n'en reviens pas qu'elle ait fait une chose pareille.

— Et qu'est-ce que tu comptes faire s'il désobéit ?

Je suis tellement partagée. Je veux le voir puis je ne veux plus. Je l'aime puis je le déteste. En réalité, je l'aime, mais c'est ce qu'il a fait que je déteste. Je suis en train de devenir folle.

Et apparemment je suis aussi en train de rendre folle ma sœur.

— Appeler la police, puis lui arracher les couilles à mains nues.

Elle a l'air absolument furax… Pas étonnant qu'Ethan ait refusé de participer à l'interview. Brenna a dû lui faire peur.

— La police ? Il n'a pas enfreint la loi, Brenna. Tu n'avais pas à faire ça.

A mon grand agacement, ma voix est ridiculement faible, si bien qu'elle n'hésite pas à m'interrompre avant que j'aie le temps d'ajouter autre chose.

— Mais si. Avec tout ce que tu m'as raconté, Katherine, ce n'est pas parce que tu ne lui parles pas qu'il ne va pas tenter de te contacter à nouveau à un moment ou à un autre. Tu recommenceras à lui répondre ou, pire encore, tu accepteras de le rencontrer quelque part, il t'embrouillera avec ses mensonges et, sans que tu saches comment tu en es arrivée là, tu te retrouveras en train de coucher avec lui.

Un frisson de dégoût la parcourt.

— Tu ne *peux pas* permettre ça. Tu ne *peux pas* continuer à être faible jusqu'à la fin de tes jours. Autrement, les gens profiteront toujours de toi.

— C'est ça que tu penses ? Que je suis faible et que les gens profitent de moi ?

Je pose mes questions d'un ton qui ne me ressemble pas. Il y a une dureté dans ma voix qui n'a jamais été là avant.

— Je *sais* que tu es faible, Katherine. Et je *sais* que les gens profitent de toi à longueur de temps.

Elle pose la main sur mon avant-bras, mais la retire en voyant que je tressaille.

— Tu veux des exemples ? J'en ai trois. Le premier, c'est quand tu as laissé Aaron Monroe t'emmener à l'extérieur du parc. Le deuxième, c'est quand tu as laissé Lisa Swanson te convaincre que c'était une bonne idée de faire cette interview débile. Et enfin, en troisième position, nous avons Will Monroe, qui a réussi à s'incruster dans ta vie et même dans ton lit.

— Brenna !

Ce ne sont pas seulement ses paroles qui me choquent. C'est aussi la colère avec laquelle elle les débite.

— Est-ce que tu sous-entends que je l'ai cherché ?

Elle me lance un regard accusateur.

— Tout a toujours tourné autour de toi. Tu ne t'en rends pas compte ? Le jour où tu as disparu, ils ont oublié mon existence. Toute l'attention était concentrée sur *toi*. Tu étais partie et j'aurais tout aussi bien pu me volatiliser dans la foulée qu'ils ne s'en seraient même pas rendu compte.

En huit ans, c'est bien la première fois que ma sœur exprime la moindre rancœur. Les événements nous ont rapprochées. Elle a toujours été mon roc quand j'avais besoin d'elle.

Mais à présent… je ne sais plus quoi penser. Est-ce qu'elle a eu cette amertume et cette colère au fond d'elle pendant tout ce temps ? Est-ce que ça n'a fait que grandir et empirer jusqu'à ce qu'elle ne soit plus capable de se taire ?

J'ai soudain mal à la tête. Je me penche en avant, les coudes sur les cuisses, la tête entre les mains. C'est incroyable de constater à quel point une simple décision sans importance peut avoir un effet domino sur le reste de votre vie. J'avais besoin d'aller aux toilettes pendant un après-midi ensoleillé au parc, et j'ai décidé d'y aller seule. Cette décision a priori sans conséquence a tout changé et pour toujours.

Elle a anéanti mon père et a sans doute contribué à l'envoyer au cimetière bien plus tôt que prévu.

Elle a transformé ma mère en une femme triste et seule.

Elle a rendu ma sœur rancunière, aigrie, en colère.

Elle m'a donné peur de tout, même de mon ombre.

Elle a aussi amené Will Monroe dans ta vie.

Sauf que je ne sais plus si c'est une bonne chose ou pas.

— Je suis l'aînée, mais je resterai toujours dans ton ombre à cause de ce qui t'est arrivé, assène ma sœur en se levant d'un bond. Alors, si tu n'es pas capable de dire à ce connard de garder ses distances, c'est moi qui vais le faire. On n'a pas besoin que les Monroe détruisent davantage notre famille. Je refuse de te laisser le revoir.

Je me lève à mon tour et je la regarde droit dans les yeux, calme, inébranlable.

— Je ne te laisserai pas me dire ce que j'ai à faire, Brenna.

Elle me dévisage.

— Et moi, je ne resterai pas plantée là à te regarder retomber dans ses bras. Si c'est ce que tu veux, alors c'est ton choix. Mais, dans ce cas, sache que je ne ferai pas partie de ta vie tant que tu seras avec lui.

Mon cœur manque de s'arrêter de battre.

— Tu vas vraiment m'obliger à choisir ?

Elle hausse nonchalamment les épaules.

— Ça n'est pas compliqué. C'est soit ta famille, soit le fils de l'homme qui t'a violée à plusieurs reprises quand tu étais petite. Moi, je sais ce que je choisirais.

Si seulement c'était aussi simple.

Après le départ de Brenna, la maison me paraît beaucoup trop vide et froide. Je songe à appeler ma mère, mais j'ai peur qu'elle prenne la défense de Brenna et je n'ai pas le courage de lui faire face.

Alors je reste toute seule, à regretter Ethan en dépit de la colère que j'éprouve contre lui. C'est difficile de se raccrocher uniquement à la colère. Ça vous consume, ça ronge votre joie de vivre, ça vous rend malheureux. La vérité, c'est qu'il me manque. Et que, quand je suis seule avec mes pensées, il me manque encore plus.

Et en ce moment même... je me sens horriblement seule.

Je fais le tour des pièces de ma petite maison pour fermer les volets, verrouiller les fenêtres et tirer les rideaux. Toutes les portes sont fermées, le garage aussi, et ma voisine légèrement intrusive est assise sous son porche, à regarder le monde défiler devant elle tandis que le soleil disparaît à l'horizon. En gros, tout est paisible, comme d'habitude. Et pourtant je n'arrive pas à me débarrasser d'un sentiment désagréable.

Celui d'être observée.

Je vais dans ma cuisine, qui donne sur le jardin. La petite fenêtre qui surplombe l'évier n'a pas de volet ou de rideau. Elle est très haute, et j'aime le fait qu'elle laisse entrer autant de lumière naturelle, en dépit de sa petite taille. A travers, j'aperçois la forêt, juste derrière ma clôture.

Est-ce qu'il y a quelqu'un, caché entre les arbres, qui me guette ? Qui attend ?

Je secoue la tête et je me sermonne intérieurement. C'est mon imagination débordante qui me joue des tours, les souvenirs de ce qui s'est passé. Il n'y a personne dehors. Le méchant est en prison. Il ne peut pas m'atteindre.

Personne ne le peut.

Katherine

Je me rappelle m'être sentie très, très petite après tout ce qui m'est arrivé. Je me trouvais insignifiante. La frénésie médiatique me faisait peur. L'attention dont je faisais l'objet me terrifiait. Papa ne voulait pas que je parle à qui que ce soit et lui-même refusait de parler à quiconque. Il avait même fini par changer de travail.

Il avait honte.

Honte de ce qui m'était arrivé.

Honte de moi.

Quant à ma mère, elle pleurait tellement que j'avais peur de l'approcher.

Alors, je gardais mes distances.

Brenna évitait la maison. Elle est partie vivre chez une amie pendant un temps, pour ne pas se retrouver prise dans la mêlée. Papa ne voulait pas qu'elle devienne une victime, elle aussi.

Je l'ai entendu dire ça à ma mère, un soir. J'étais accroupie derrière la porte de ma chambre, l'oreille collée contre le bois pour entendre ce qu'ils disaient sur moi.

J'étais leur sujet de conversation préféré. Et aussi le pire sujet qui soit.

Je ne pouvais pas m'appuyer sur eux. J'avais essayé, mais je n'arrivais pas à me confier à eux. Ils me regardaient comme si j'étais une plaie béante qu'ils ne pouvaient pas fixer pendant trop longtemps. Chaque fois qu'ils détournaient le regard, un petit frisson les parcourait.

Je le remarquais toujours, ce frisson. *Chaque fois*. C'était ce qui me faisait le plus mal.

Il n'y avait qu'une personne qui était là pour moi pendant ces longs mois de solitude. Quand j'essayais de reprendre ma vie en main, quand je tentais d'aller de l'avant et de faire semblant d'être une ado normale avec des envies, des ambitions, des rêves normaux, il y avait Will.

Will.

J'avais quatorze ans la première fois qu'il m'a appelée. Mes parents avaient fini par m'autoriser à avoir un portable, à contrecœur. On s'écrivait toujours des lettres, avec Will, et, quand je lui ai dit que j'avais un portable rien qu'à moi, il m'a envoyé son numéro en me disant de lui téléphoner.

Je lui ai envoyé le mien, trop effrayée à l'idée d'appeler en premier.

On a convenu d'un jour et d'une heure spécifiques et il m'a téléphoné. Quand j'ai entendu sa voix pour la première fois après tout ce temps…

J'ai plaqué le téléphone à mon oreille, si fort que j'en ai eu une trace sur la joue après. Entendre sa voix grave et bien plus masculine qu'avant me donnait de l'espoir.

Il était une source de lumière, alors que j'avais toujours l'impression d'être plongée dans l'obscurité.

On parlait de tout et de rien. Les appels ne duraient jamais plus de quinze minutes, et je trouvais toujours ça trop court. Mais j'avais peur que mes parents ne se rendent compte de quelque chose si je passais ma vie au téléphone et je ne voulais pas prendre de risques. Je ne voulais pas qu'on me force à couper les ponts.

Jusqu'au jour où c'est lui qui l'a fait. Je l'ai appelé une dernière fois, depuis un autre téléphone. Celui de ma sœur, même si je ne lui ai jamais dit. Il a répondu, m'a dit que ce n'était pas une bonne idée qu'on soit en contact, et c'était fini.

C'était la fin.

La fin de Will et Katie.

Il était le seul à m'appeler Katie. Pour le reste du monde, j'étais devenue Katherine. Will était la seule personne qui me donnait l'impression que ce n'était pas grave d'être Katie. Katie était forte. Katie avait survécu. Katie s'en était sortie.

Grâce à Will.

Ethan

Il fait froid ce matin. Je le sais parce que je suis dehors au moment où le soleil se lève, une tasse de café brûlante à la main. Je porte ma plus grosse veste en polaire, d'épaisses chaussettes et des boots fourrées, et j'ai même un bonnet. J'ai sûrement l'air complètement ridicule, mais je m'en fiche.

Je n'arrivais pas à dormir. Je me suis tellement retourné dans mon lit que j'ai presque fini par arracher les draps du matelas. Aux alentours de 4 heures, j'ai fini par abandonner. J'ai préparé une énorme cafetière et j'ai bu deux grandes tasses en travaillant, pour me forcer à me concentrer pendant un moment.

Ça a marché jusqu'à ce que je voie l'aube d'un gris rosé poindre et illuminer peu à peu mon salon plongé dans l'obscurité. Alors, j'ai rempli mon mug et je suis allé dehors pour regarder le lever du soleil. La pelouse miteuse de mon jardin est couverte de givre et elle brille, comme parsemée de petits diamants, quand les rayons du soleil se posent sur elle.

L'hiver est là. Les arbres ont commencé à perdre leurs feuilles et les premières heures du jour sont de plus en plus froides. La brise fraîche est chargée d'une odeur iodée et je respire profondément le mélange d'océan et de café.

C'est le matin parfait pour se réveiller à côté de la femme qu'on aime, se préparer un café et s'asseoir ensemble dans la lumière douce du soleil levant, à se sourire silencieusement tandis que le chien est allongé à vos pieds.

Je fronce les sourcils en regardant l'espace vide à mes pieds. Je pense qu'il me faut un chien. Quelque chose pour me tenir compagnie. La solitude que Katie comblait si parfaitement est de nouveau là, insondable, qui laisse un vide immense dans mon âme. Un chien m'aiderait peut-être à me sentir mieux.

Bon. Je deviens vraiment pathétique.

Je bois une autre gorgée de café tout en me remémorant pour la énième fois ce que m'a dit la sœur de Katie hier. Brenna a mis le doigt sur mes insécurités les plus profondes et mes inquiétudes les plus tenaces. Sur toutes les choses auxquelles j'essaie de ne pas penser depuis longtemps.

Mais que je ne peux plus ignorer.

Ça rejoint certaines des inquiétudes dont Katie m'a fait part la dernière fois que je l'ai vue. N'importe qui apprenant la vérité trouverait que notre relation est tordue, et à raison. On est à jamais liés l'un à l'autre à cause de mon père, qui l'a violée et a essayé de la tuer. Je ne peux pas effacer le fait qu'il est mon père, ni qu'il l'a bel et bien kidnappée.

Je ne devrais pas ressentir ce que je ressens pour Katie. C'est mal. Je le sais, mais je ne peux pas m'en empêcher. Tout comme je n'ai pas pu m'empêcher de la rechercher, ou de la suivre. Et une fois qu'on est entrés en contact, qu'on a passé du temps ensemble… Là non plus, je n'ai pas pu m'arrêter. Je l'ai goûtée. Je l'ai vue nue. J'ai été en elle. Et je veux recommencer.

Sauf qu'elle ne veut pas de moi.

Je me sens entier quand je suis avec Katie. Accompli. Bien dans ma peau. Alors que j'ai toujours été affreusement mal dans mes baskets pendant toute ma vie, dans tout ce que je faisais.

On parle toujours du fruit défendu en disant qu'on veut ce qu'on ne peut pas avoir. Est-ce que c'est pour ça que je veux autant être avec elle ? Parce que je ne devrais pas ? Si c'est le cas, c'est un peu tordu.

Complètement tordu.

Si on décidait d'essayer de vivre notre histoire, alors notre passé devrait être tenu secret. Si Lisa Swanson entendait dire qu'on est ensemble, elle le crierait sur tous les toits et personne ne comprendrait. Les gens penseraient qu'on est malades.

Tu parles d'un scandale.

Je soupire et je me frotte le visage. J'ai la peau glacée et ma barbe de trois jours chatouille la paume de ma main. J'ai enfin attrapé un rasoir il y a quelques jours, mais je le regrette, à présent. Au moins, ma barbe m'aurait tenu chaud.

Je sursaute en sentant mon portable vibrer dans ma poche. Qui donc peut bien m'écrire aussi tôt un samedi matin ? Je le prends et me fige en voyant le nom sur l'écran. L'espace d'un instant, je me demande même si je ne suis pas en train de rêver.

Katie.

Tu me manques.

Je ferme brièvement les yeux. C'est la dernière chose dont j'ai besoin… J'essaie vraiment de faire les choses bien, mais il suffit qu'elle m'envoie un message sorti de nulle part un samedi matin pour que j'aie envie de replonger. De lui répondre et de lui dire tout ce que je ressens pour elle.

Un deuxième message vient enfoncer le clou.

Je sais que je ne devrais pas, mais tu me manques quand même.

Je peux presque l'entendre prononcer ces mots de sa voix douce. Qu'est-ce que j'ai besoin d'entendre sa voix, de voir son sourire… De ramener derrière son oreille la mèche de cheveux blonds qui lui tombe toujours devant les yeux et de caresser sa joue par la même occasion…

Mon téléphone vibre à nouveau.

J'imagine que tu dors encore et c'est tant mieux. Parce que, si tu étais réveillé, j'aurais sûrement envie de t'inviter à venir prendre le petit déjeuner.

Je me redresse si brusquement que je manque de faire tomber ma tasse de café par terre. D'une main tremblante, je la pose sur l'accoudoir de mon fauteuil et je réponds à la hâte.

Je suis debout. Je n'arrivais pas à dormir.

Je suis au bord de la crise de nerfs en attendant sa réponse. Il fait un froid de canard, et pourtant j'ai les mains moites.

Moi non plus.

Je ne sais pas quoi répondre. Qu'est-ce que je dis ? Est-ce que j'attends qu'elle renvoie quelque chose ou est-ce que c'est à mon tour de la jouer en mode confession ? Je regrette qu'elle ne soit pas là, assise dans le fauteuil vide à ma droite. Je pourrais la regarder, sentir sa présence apaisante et savoir que je suis en sécurité. Je pourrais tout lui dire.

Et elle pourrait tout me dire.

Toi aussi, tu me manques, et moi non plus je ne devrais pas. Je ne suis pas assez bien pour toi et je ne le serai jamais. Tu mérites mieux.

J'appuie sur « envoyer » avant d'avoir le temps de douter et elle me répond aussitôt.

Tu veux qu'on prenne le petit déjeuner ensemble ?

Aucune réaction à mon dernier message. Mon cœur bat tellement fort que j'ai l'impression qu'il va sortir de ma cage thoracique. Elle me donne une autre chance. Qu'est-ce qui a bien pu se produire de son côté pour qu'elle fasse ça ? Elle me tend la main alors que la dernière fois qu'on s'est vus, elle m'a repoussé.

Je la comprends. Ce que j'ai fait, l'énormité de mon mensonge… Tout ça fait qu'elle ne devrait pas me donner une chance de me rattraper. Et pourtant…

Où ?

Je me lève, je prends ma tasse et je rentre dans la maison. Comme je suis déjà habillé, je n'ai qu'à attraper mes clés et mon portefeuille et je suis prêt. Je peux la retrouver n'importe où.

Chez moi ? Tu peux prendre du café et des donuts sur la route.

Je fronce les sourcils. Elle n'est pas sérieuse. Elle m'invite *chez elle* ? Qu'est-ce qui lui prend ? J'ai trahi sa confiance, alors que c'est la chose la plus importante qui soit à ses yeux. Elle ne fait pas confiance à grand monde et, après ce que je lui ai fait, elle ferait mieux de ne faire confiance à personne.

Surtout pas à moi.

Tu en es sûre ?

Je fourre mon portefeuille dans ma poche et j'attrape mes clés. Je suis en train de sortir de chez moi quand sa réponse me parvient.

Absolument sûre. J'ai juste envie de te voir et de te parler.

Sa sincérité me fend le cœur. Un autre texto arrive un instant plus tard.

Au fait, pour les donuts, mes préférés sont ceux au chocolat avec les vermicelles multicolores.

Je ne peux pas m'empêcher de sourire. Aussitôt, je me sens plus léger.

J'en prends combien ?

Une douzaine.

Je suis en train de monter en voiture quand je reçois un nouveau message.

Oh ! et prends aussi quelque chose pour toi :-)

Katherine

Je fais les cent pas chez moi. Je suis anxieuse. Un peu perdue. Excitée. Nerveuse.

J'ai été incapable de trouver le sommeil la nuit dernière. Je me suis retournée dans mon lit, obnubilée par la dispute avec ma sœur. J'ai cherché des indices pouvant indiquer qu'elle était malheureuse toutes ces années, pleine de rancune, qu'elle se sentait négligée, mais je n'ai rien trouvé. Cela dit, je ne faisais pas très attention à elle à l'époque. J'étais trop concentrée sur mon nombril, trop consumée par ma propre souffrance pour m'inquiéter pour quelqu'un d'autre. Et, pendant cette période chaotique, Brenna m'a toujours soutenue.

Avant mon enlèvement, notre relation était catastrophique. Elle avait quinze ans et c'était une ado irritable et caractérielle. Quant à moi, j'étais la petite sœur chiante qui voulait absolument se faire accepter et je ne comprenais pas pourquoi Brenna ne voulait pas avoir affaire à moi. Elle était tellement odieuse qu'avant tout ça c'était moi qui étais pleine de rancœur. Ce jour-là, au parc d'attractions, j'étais furieuse contre elle, et je sais qu'elle était en colère contre moi, elle aussi.

Enfin, pas forcément en colère… Disons plutôt qu'on se tapait sur les nerfs à longueur de temps. C'était une guerre constante à la maison et ça rendait nos parents complètement dingues.

Ce qui m'a empêchée de dormir toute la nuit, c'est l'idée que c'était peut-être moi la plus égoïste, dans tout ça. Je n'ai jamais réellement pensé aux autres. Tout tournait toujours autour de moi.

Moi, moi, moi.

Je n'ai jamais vraiment songé à ce que Brenna avait subi, ou mes parents, ou même Will. J'étais trop bouleversée par ma propre douleur pour remarquer celle des autres. Et je me sens horriblement mal, à présent.

J'ai honte.

N'empêche, je suis toujours en pétard que Brenna ait débarqué chez moi pour m'annoncer que je ne pouvais plus voir Ethan. Pour qui se prend-elle ? Je suis une adulte et j'ai le droit de faire autant d'erreurs que je veux. Je refuse qu'elle me donne des ordres. Si j'ai envie qu'Ethan fasse partie de ma vie, c'est mon choix. Elle ne peut pas m'en empêcher.

D'humeur provocatrice, j'ai décidé de lui écrire, juste pour voir s'il allait répondre. Enfin… Au fond de moi, je savais qu'il répondrait. Et il ne m'a pas déçue. Le fait que j'aie été culottée au point de l'inviter chez moi montre bien que je n'ai pas les idées claires. Mais je ne pense pas que Brenna soit beaucoup mieux que moi ces temps-ci.

Alors. Est-ce que je veux Ethan précisément parce que je ne peux pas l'avoir ?

C'est possible.

On ne vit pas dans la même ville, et pourtant il n'hésite pas à tout laisser en plan pour venir me voir. Est-ce que je suis en train de le tester ? Pour voir jusqu'où il est prêt à aller pour me voir, m'aider, passer du temps avec moi ?

Je prends une douche rapide et je me maquille avec soin, même si je ne veux pas que ça se voie trop. Après m'être lissé les cheveux, je fais la grimace en me regardant dans la glace. Ça se voit trop.

Je ne suis qu'à moitié habillée quand on frappe à la porte. Je mets la main sur un legging et je l'enfile tandis qu'un nouveau coup retentit.

— Une seconde !

J'arrive dans l'entrée essoufflée, je défais le verrou et j'ouvre la porte. Ethan est là, une boîte rose dans une main et un plateau dans l'autre contenant… quatre gobelets de café. Quand il me voit, un sourire sensuel naît lentement sur ses lèvres parfaites.

— Le petit déjeuner est servi, dit-il d'une voix cérémonieuse qui contraste avec l'éclat malicieux de son regard.

J'ouvre grand la porte et je m'écarte pour le laisser passer.

— Entre, je t'en prie.

Il hésite avant de franchir le seuil.

— Tu en es sûre, Katie ?

Cette fois, il ne plaisante pas, et ça me touche qu'il pose la question. Je hoche la tête, rougissante, et il murmure un « merci » en passant à côté de moi.

Je referme la porte et je l'observe tandis qu'il se dirige vers la cuisine. Ou plutôt je le dévore des yeux. La dernière fois qu'on s'est vus, j'étais encore en colère, et paniquée à cause de l'arrivée de Lisa Swanson. Tellement perturbée que j'ai été incapable d'apprécier pleinement sa présence. De toute façon, j'étais trop furieuse contre lui pour ça.

Mais là je laisse mes yeux se balader sur ses fesses,

parfaitement moulées par son bas de jogging gris. Il a une grosse veste polaire et un bonnet recouvre ses cheveux, à l'exception de quelques mèches qui s'échappent sur sa nuque. Après avoir posé son chargement sur la table de la cuisine, il se tourne vers moi et j'admire les traits de son visage.

D'un coup, c'est comme si je prenais conscience pour la première fois que cet homme, qui a totalement envahi ma vie, est également mon passé. C'est Will. *Mon* Will. Le garçon qui m'a sauvée a grandi pour devenir un homme attirant et attentionné. Il m'a peut-être dupée pour revenir dans ma vie, mais je commence à comprendre que ce n'était pas dans le but de jouer un jeu cruel.

Plutôt pour trouver un moyen de se rapprocher de moi.

— Tu es ravissante, dit-il alors que je le rejoins.

Je ne lui retourne pas le compliment. Soudain, je suis rongée par la timidité.

Je montre du doigt les quatre gobelets en carton.

— Soit tu avais drôlement soif, ce matin, soit on a des invités- surprises.

— Je ne savais pas de quoi tu avais envie, explique-t-il avec un sourire.

— Alors tu as pris un assortiment ?

— Deux pour toi, deux pour moi. Enfin, j'ai sans doute déjà bu assez de café pour aujourd'hui. J'ai attaqué ma première cafetière à 4 heures du matin.

— 4 heures ?

J'attrape un des gobelets et je lis ce qui est inscrit sur le côté.

— Un *latte* à la vanille. J'adore.

Ethan hoche la tête en direction de la boîte rose.

— Ne te réjouis pas trop vite. Vérifie d'abord que le reste te convient aussi.

Je pose le *latte* et je soulève le couvercle de la boîte. En voyant son contenu, je retiens mon souffle. Il n'y a que des donuts au chocolat, d'un tas de variétés différentes. Je salive rien qu'à les regarder.

Certains sont décorés sur le thème de Halloween, avec des vermicelles orange et noirs. D'autres sont sur le thème de l'automne, avec des vermicelles jaunes et orange. D'autres encore sont roses, ou blancs, ou aux couleurs de l'arc-en-ciel. Il y en a clairement plus d'une douzaine. Je relève la tête vers Ethan.

— Il y en a dix-huit, annonce-t-il comme s'il lisait dans mes pensées. Je préférais parer à toutes les éventualités.

Je secoue la tête, abasourdie.

— Merci. C'est parfait.

— Merci à toi de m'avoir invité. La vérité, c'est que… je pensais que je ne te reverrais jamais.

Il se dandine d'un pied sur l'autre et je m'installe sur une chaise.

— Je pense que ça ne sert à rien de lutter.

J'attrape un donut dans la boîte, que je pose sur une petite serviette en papier.

— Et puis je voulais te parler.

— De quoi ?

Il prend place en face de moi, jette son dévolu sur un donut recouvert de vermicelles orange et le croque à pleines dents.

— De ma sœur. Elle m'a dit qu'elle t'avait vu hier.

— En effet, dit-il à voix basse.

J'ai peur de la réponse, mais je suis obligée de poser la question :

— Qu'est-ce qu'elle t'a dit ?

— Elle s'inquiète pour toi, c'est tout.

Je secoue la tête, frustrée.

— Ce n'est pas ce que je t'ai demandé. Raconte-moi ce qu'elle a dit.

La douleur dans son regard parle pour lui. Elle a dû lui balancer des choses horribles, qu'il n'a pas envie de me répéter.

— Disons juste que Brenna ne m'aime pas beaucoup. Et que la vérité blesse.

Je n'ai rien à répondre à ça, alors on mange nos donuts en silence. Je n'ai pas la moindre idée de ce qu'elle a dit, tandis qu'Ethan, lui, en a sans doute trop entendu.

Après un silence interminable, je finis par reprendre la parole.

— Ce n'est pas moi qui lui ai demandé de faire ça.

— Je sais. Mais je pense qu'on doit tenir compte de certaines choses qu'elle a dites.

Moi qui étais sur le point de me lancer à l'assaut d'un deuxième donut, son ton lugubre me coupe l'appétit.

— Comme quoi ?

— Comme le fait qu'on ne devrait sans doute pas être ensemble.

— Dans ce cas, pourquoi es-tu venu ?

— Parce que, si tu appelles ou que tu envoies un message, j'arriverai toujours en courant, Katie.

A son intonation et à l'éclat dans son regard, je sais qu'il est sincère. Il ferait n'importe quoi pour moi, que je demande son aide ou non. Il sera là, tout simplement.

— Je sais. Et je ne devrais pas profiter de toi comme ça.

Je marque une pause, puis je décide de me jeter à l'eau.

— Qu'est-ce qui s'est passé avec l'interview ?

— Avec Lisa ?

Aussitôt, il semble irrité et sa mâchoire se crispe.

— Je ne veux pas lui parler. Ça ne ferait que rouvrir de vieilles blessures, Katie.

— Tu veux aller de l'avant ?

— C'est ce que j'ai toujours voulu. Pour moi, il n'a jamais été question du passé. Le lien qui existe entre nous s'est formé il y a toutes ces années, mais il y a davantage entre nous que toute cette souffrance partagée. Tu le sais, non ?

Son regard est suppliant et ses mots me touchent en plein cœur. Je sais qu'il a raison, mais c'est encore difficile pour moi de me dire que Will et Ethan sont une seule et même personne.

— Tu en veux un autre ? propose-t-il sans transition en poussant la boîte vers moi.

Bon. Clairement, il n'a pas envie de parler de ça.

— Je pense que je vais attendre un peu. Merci, en tout cas. Ils sont magnifiques.

— C'est bien la première fois que j'entends quelqu'un décrire des donuts comme « magnifiques ».

— C'est vrai, pourtant. Regarde toutes ces couleurs.

Je me laisse aller contre le dossier de ma chaise et je l'observe.

— J'aime bien ton bonnet.

Il porte la main à sa tête et le retire. Il est particulièrement adorable avec les cheveux en bataille.

— J'ai oublié que je l'avais. Il faisait super froid ce matin.

— C'est vrai. Qu'est-ce que tu as de prévu aujourd'hui ?

Ma question semble le surprendre.

— Qu'est-ce que tu veux dire ?

— Ça va être une belle journée. Je me demandais si tu avais quelque chose de prévu.

J'accompagne ma phrase d'un haussement d'épaules nonchalant pour conférer à ma question un caractère désinvolte. Sauf qu'elle ne l'est pas.

— Tu sais ce que j'aimerais vraiment bien faire ? J'aimerais adopter un chien.

Je fronce les sourcils.

— Un chien ?

— Oui. Je voudrais aller au refuge près de chez moi et en trouver un à ramener à la maison. Mais je ne veux pas d'un joli petit chiot comme tout le monde. Je cherche un chien d'un an ou deux qui n'a pas la moindre chance d'être adopté. Je veux celui dont personne ne veut.

Je sais pourquoi. Parce qu'il pense que personne ne veut de lui. C'est logique.

— Enfin, c'est juste une idée en l'air. Je ne le ferai pas, si ça se trouve.

— Tu devrais prendre un chien.

— Tu crois ?

Il se redresse.

— Toi aussi, déclare-t-il.

— Ça, je n'en suis pas si sûre.

J'ai déjà songé à adopter un animal, mais je n'ai jamais vraiment cherché. Et puis un chien, ça risque d'être trop de travail. Je m'en sortirais sans doute mieux avec un chat.

— Ça t'aiderait à te sentir en sécurité. Un chien te préviendrait quand quelqu'un arrive chez toi ou traîne autour de ta maison la nuit. Je n'aime pas me dire que tu es toute seule ici, Katie.

Le malaise que j'ai ressenti la nuit dernière se rappelle à moi.

— Je me débrouille très bien toute seule.

— Tu verrouilles tout, n'est-ce pas ? Et tout le temps, pas seulement la nuit ?

— Bien sûr.

Pourquoi est-ce qu'il me demande ça maintenant ? A croire qu'il sait que j'avais la trouille hier soir. C'est sans doute pour ça que je n'arrivais pas à dormir, en plus de tout ce que j'ai dans la tête. J'ai l'impression que mon cerveau est en surchauffe.

— Je suis plus que prudente, crois-moi.

— Tant mieux, dit-il sur un ton possessif qui me rend nerveuse.

C'est ridicule. Son côté protecteur ne devrait pas m'exciter. Et pourtant c'est le cas.

— Penses-y quand même. On n'est jamais trop prudent, insiste-t-il.

Je n'aime pas me dire que j'ai *besoin* d'un chien pour être en sécurité. Pour détendre l'atmosphère, je hoche la tête et j'attrape mon gobelet de café.

— Je peux t'accompagner au refuge, si tu veux. Pour t'aider à choisir.

— Vraiment ?

— Comme tu veux.

J'aime bien l'idée d'Ethan avec un chien. Il n'a personne. Pas de famille, pas d'amis. Ça fait bien trop longtemps qu'il est seul. Alors j'insiste :

— Ça pourrait être sympa.

— Tu veux venir avec moi et m'aider à choisir mon nouveau chien, Katie ?

— Oui.

Il se penche vers moi et je retiens mon souffle en le voyant poser sa main sur la mienne. Le contact de ses doigts m'électrise.

Aussitôt, j'ai envie de plus.

— Alors on y va.

Il laisse retomber sa main et se lève. Je l'imite en tentant de masquer la déception que j'éprouve dès que sa peau quitte la mienne.

Je me dis qu'il y aura d'autres occasions. Ce n'est pas la fin.

Peut-être même que ce n'est que le début.

Ethan

C'est vraiment une journée magnifique. Le ciel est tellement bleu qu'il paraît artificiel, avec parfois quelques jolis nuages cotonneux qui y flottent paisiblement. Le soleil brille et j'ai réussi à convaincre Katie de m'accompagner au refuge de mon quartier, au lieu d'aller à celui le plus proche de chez elle.

Je voudrais trouver un chien qui vienne de mon coin. Un pauvre clébard laissé pour compte, qui agite la queue, avec un regard amical. Quand je le verrai, je le saurai. Ce sera un chien qui me volera mon cœur à la seconde où je poserai les yeux sur lui.

Un peu comme avec Katie. Dès que je l'ai vue, j'ai su qu'il fallait que je prenne soin d'elle. J'avais la sensation qu'elle m'appartenait.

Il m'a juste fallu plusieurs années pour la retrouver.

Est-ce que c'est mal de vouloir qu'elle oublie le passé pour se concentrer sur ce qu'on est aujourd'hui ? Je sais que c'est difficile. Elle a encore du mal à réaliser que je suis Will, même si je n'aime pas penser que c'est ça, mon vrai nom.

— L'océan est magnifique, murmure-t-elle en regardant

par la fenêtre ouverte, les cheveux au vent. Le soleil brille tellement que la surface de l'eau étincelle comme un diamant.

J'essaie de rester concentré sur la route, mais ce n'est pas facile. Je préférerais admirer Katie, ou l'océan qui s'étend à perte de vue derrière la ville et les collines. J'agrippe fermement le volant et je me force à regarder droit devant moi.

On a papoté de tout et de rien pendant le trajet. Rien de trop sérieux, rien de personnel. C'est plus facile comme ça. J'ai quand même envie de parler de nous. Simplement, je ne sais pas si j'en ai le droit.

Je ne sais même pas s'il y a vraiment un « nous ».

On parle de nos races favorites. Katie googlise différents types de chien et me tend son portable quand elle en trouve un qui lui plaît. C'est agréable de se comporter comme ça, ça fait du bien. C'est juste un samedi normal entre deux personnes qui s'aiment bien. Pas d'angoisse. Pas de pression.

C'est exactement ce dont j'ai besoin en ce moment et je pense que c'est pareil pour Katie.

— Tu ne pourras peut-être pas repartir tout de suite avec le chien, dit Katie en scrutant l'écran de son portable, les sourcils froncés. Ça peut prendre plusieurs semaines.

— C'est nul.

Je voulais ramener le chien à la maison aujourd'hui. Aller dans une animalerie, acheter de la nourriture, des friandises, un panier et un jouet ou deux. Consacrer mon temps et mon énergie à autre chose, pour une fois.

— On va bien voir.

Une fois en ville, il ne nous faut que dix minutes pour atteindre le refuge. Le parking est plein à craquer. On entre ensemble et on se dirige vers la réception pour expliquer qu'on aimerait bien voir les chiens.

La femme qui se tient derrière le comptoir nous sourit et nous tend un papier qui explique les différentes étapes pour adopter, ainsi qu'un dossier de candidature.

Je relève la tête vers elle, les sourcils froncés.

— Un dossier ?

Elle hoche la tête, sans se départir de son sourire.

— Nous devons nous assurer que vous vivez dans un environnement adapté pour accueillir votre futur animal de compagnie. Par exemple, si vous vivez dans un studio, on vous déconseillera d'adopter un berger allemand.

— Je comprends.

La femme me tend un stylo, puis montre les chaises alignées contre le mur.

— Asseyez-vous, remplissez les formulaires, et quand vous aurez fini on vous emmènera au chenil.

Katie s'installe près de moi. Sa hanche est pressée contre la mienne et elle lit les papiers par-dessus mon épaule tandis que je les complète. Les questions sont simples et portent sur ma situation, mon travail, ma maison… Y a-t-il d'autres animaux, est-ce que je vis seul… A lire mes réponses, j'ai vraiment l'impression d'être un loser solitaire.

Une porte s'ouvre et un couple relativement âgé entre dans le hall, accompagné d'un petit chien blanc qui les tire par la laisse. Ils n'ont pas le moindre contrôle sur l'animal, mais ça n'a pas l'air de les déranger. La femme rit tandis que l'homme s'agenouille près du chien pour lui parler et tenter de le calmer. Mais le chien n'en a rien à faire et saute comme un fou, ses pattes avant appuyées sur le genou du monsieur, jusqu'à ce qu'il parvienne à lui lécher la joue. L'homme se met à rire à son tour et je ne peux pas m'empêcher de sourire.

— C'est un chien comme ça que tu veux ? murmure Katie en se penchant vers moi.

Elle est si proche que je peux sentir son parfum. J'ai envie de prendre sa main dans la mienne, de l'attirer encore plus près et de l'embrasser.

Mais je ne le fais pas. Au lieu de ça, je lui souris et je me perds dans son regard bleu.

— Je ne sais pas si j'en veux un aussi hyperactif.

Je finis de compléter le questionnaire et on nous emmène dans la partie du refuge où se trouvent les chiens. C'est une pièce un peu caverneuse, avec plusieurs rangées d'abris grillagés qui accueillent chacun un chien, parfois deux. Katie marche à côté de moi et on parcourt la première allée en examinant chaque chien attentivement. Certains, audacieux, s'approchent aussitôt en aboyant malicieusement. D'autres reculent jusqu'au fond de leur cage, trop effrayés. Il y en a même quelques-uns qui aboient furieusement et qui ont l'air prêts à nous sauter dessus.

Une fois qu'on est arrivés au bout de l'allée suivante, Katie laisse échapper un soupir.

— C'est déprimant. Toutes ces pauvres bêtes dont personne ne veut…

Elle a raison. Si je pouvais, je les adopterais tous, mais malheureusement c'est impossible.

On commence à remonter une nouvelle allée et je m'arrête à mi-hauteur. Il y a un chien qui attire mon attention. Il est de taille moyenne, avec une robe noir et marron et une tache blanche sur la poitrine. Je m'accroupis, le chien colle son nez contre le grillage et je tends la main pour le laisser renifler mes doigts.

— Elle s'appelle Molly, annonce Katie en lisant la fiche accrochée devant la cage. Ils pensent qu'elle doit avoir un an environ.

— Elle est gentille.

Molly me lèche le bout des doigts, puis elle s'assied sur son arrière-train en haletant joyeusement. Ses yeux bruns sont si expressifs que j'ai l'impression qu'elle me parle.

Emmène-moi à la maison avec toi.

— Je pense que c'est elle que je veux.

— Ils ne savent pas exactement quel type de chien c'est, précise Katie.

Je me redresse et je fais signe à un employé du refuge.

Katie est encore en train de lire les informations de la fiche de Molly quand l'employé déverrouille la porte et me laisse entrer dans la cage.

Molly sautille autour de mes pieds et lance un petit aboiement de bienvenue. Je lui caresse la tête, je gratte l'arrière de ses oreilles, et je sens le poids de son corps chaud et solide contre ma jambe. Je m'agenouille à nouveau, je prends sa tête dans mes mains et je la regarde dans les yeux.

L'employé m'assure qu'elle est douce et amicale. Elle en a tout l'air, en tout cas. Sa langue pendouille d'un côté de sa gueule tandis qu'elle halète, et je lui gratouille le menton, puis la tache blanche au milieu de sa poitrine.

— Elle serait parfaite avec des enfants, continue l'employé.

— Je n'en ai pas.

— Oh ! Eh bien, elle sera parfaite le jour où vous en aurez.

— Est-ce que je peux venir la caresser aussi ? demande Katie, qui se tient près de la porte entrouverte.

— Bien sûr.

Elle entre, referme la porte derrière elle et s'accroupit près de moi. Molly se dirige vers elle avec enthousiasme. Katie la caresse jusqu'à ce que Molly parvienne à lui lécher la figure.

— Au secours ! s'exclame Katie en riant. C'était dégoûtant.

— Ça veut juste dire qu'elle t'aime bien.

Elle sourit et Molly revient vers moi avant de carrément tenter de grimper sur mes genoux.

— Je pense qu'elle t'aime encore plus.

Je la caresse tout en l'observant de plus près. Elle n'est pas très grande, mais ce n'est pas un petit chien non plus. Elle est svelte et elle se dandine un peu quand elle marche. Sa queue remue sans cesse, comme si elle était surexcitée, et elle n'arrête pas de donner des petits coups de tête contre mes mains pour que je continue à lui faire des papouilles.

— Qu'est-ce que tu en dis ?

Katie écarquille les yeux, comme si ça la choquait que je lui demande son avis.

— Je la trouve gentille. Elle a l'air d'avoir de bonnes dispositions.

Molly lève ses yeux bruns vers moi et je sais que je suis fichu.

— J'ai toujours voulu un chien.

Mon aveu m'a échappé dans un murmure, et Katie me répond sur le même ton :

— Tu n'en as jamais eu ?

Je secoue la tête.

— Il ne voulait pas que j'aie d'animaux.

La tristesse sur son visage me fait culpabiliser. Je n'aurais peut-être pas dû lui raconter ça. Je ne veux pas de sa pitié et je sais qu'en ce moment même elle a pitié de moi. Même *moi*, j'ai pitié de moi. Encore un peu et je serais presque en colère.

Je n'ai pas eu une enfance normale, c'est clair. Je regardais des séries à la télé avec des familles où il y avait un papa et une maman, des frères et sœurs, et parfois même une mamie casse-pieds qui traînait dans leurs pattes et se mêlait de leurs affaires. Il y avait toujours un chien qui faisait la chasse au chat, ou quelque chose dans le genre. Ce genre de conneries relevait du fantasme absolu pour un gamin comme moi et j'étais scotché à l'écran.

J'étais incapable d'imaginer une vie comme celle-ci. La mienne était à des années-lumière de ça. Ma mère m'avait abandonné, mon père était un minable qui n'était presque jamais là (et que je fuyais comme la peste quand il était présent), et je vivais dans un taudis.

J'avais trouvé un chaton gris une fois, dans le jardin derrière la maison. Il miaulait sans arrêt, perdu dans les mauvaises herbes. Il était tout doux, mignon et câlin et je voulais le garder. J'avais ramené le petit chat dans la maison pour lui donner du lait, mais mon père nous avait surpris dans la cuisine. Il avait commencé à hurler et à dire que ce putain de chat foutait un bordel insupportable. Je cite.

Il m'avait arraché la pauvre bête des mains et il avait ouvert la porte d'entrée avant de la balancer dehors. Il avait pris de l'élan avec son bras, le chaton logé dans sa main comme une balle de base-ball, et il l'avait jeté de toutes ses forces. J'avais commencé à pleurer en entendant le chaton pousser un cri lorsqu'il avait percuté le trottoir. J'avais huit ans.

Après ça, je n'ai plus jamais essayé de ramener un animal à la maison.

Je prends une grande respiration et je regarde l'employé par-dessus mon épaule.

— Je la prends.

Il hoche la tête en souriant.

— Tous ses vaccins sont à jour, ce qui veut dire que vous pouvez la ramener chez vous dès aujourd'hui si vous le voulez. Sauf si vous avez besoin de quelques jours pour préparer son arrivée.

— Non. Aujourd'hui, c'est parfait.

Quand je regarde Molly, je pourrais jurer qu'elle me sourit. Katie observe la scène et je me demande à quoi elle pense. J'espère qu'elle ne regrette pas d'être venue avec moi pour m'aider à choisir mon chien.

— Je ne peux pas partir sans elle.

Ça vaut pour Molly. Mais ça vaut pour Katie aussi.

Katherine

La journée a été longue, intense. Je suis épuisée, mais je ne l'échangerais pour rien au monde. Avec Ethan, on n'a pas parlé de notre passé, ni de nos problèmes, ni de ses mensonges. A la place, on s'est comportés comme deux personnes normales, deux amis qui, par un beau samedi, ont décidé d'adopter un chien.

Après avoir choisi Molly et rempli une tonne de paperasse, Ethan a payé, et on a quitté le refuge avec le chien qui marchait entre nous. La laisse fournie par le refuge était très courte et Molly n'arrêtait pas de tirer dessus, à tel point qu'elle trébuchait presque. On aurait dit qu'elle faisait tout ce qui était en son pouvoir pour se libérer.

Je sais ce que c'est. Pendant des années, j'ai rêvé de réussir à me libérer de moi-même. Simplement, je ne savais pas comment y parvenir.

Après avoir installé Molly sur la banquette arrière de la voiture d'Ethan, on est allés déjeuner en terrasse dans un restaurant de hamburgers. On a tous les deux donné des frites à Molly, même si Ethan a bien insisté sur le fait que c'était juste pour une fois. Ensuite, on s'est rendus dans un magasin pour animaux qu'Ethan a dévalisé. Il a rempli un Caddie entier avec tout ce dont un chien pourrait rêver.

Molly va être un chien sacrément gâté.

Sur la route du retour, j'admire le soleil qui se couche à l'horizon. Molly est endormie à l'arrière. Je n'en reviens pas que la journée ait été aussi… facile. On s'est tellement bien entendus, on a ri ensemble, pris des décisions ensemble. Il n'y a jamais eu la moindre tension, pas de dispute, pas de silence gêné. C'était… agréable.

Quand on a commencé à se voir, au tout début, j'étais toujours en proie à une nervosité dont je n'arrivais pas à me débarrasser. Aucun homme ne m'avait jamais intéressée avant et je n'étais pas sûre de moi quand j'étais avec lui. Lui aussi semblait toujours un peu à cran. Il me traitait comme une petite fleur délicate qu'il ne voulait pas abîmer.

Aujourd'hui, il n'y a rien eu de tout ça. Apparemment, on a enfin trouvé un juste milieu, celui qu'on cherchait sans réussir à l'atteindre. Est-ce que c'est parce qu'Ethan n'a plus à se cacher ? Ou parce que je me sens plus à l'aise avec lui depuis que je sais qu'il est Will ?

Je n'en sais rien. J'aimerais en discuter avec lui, mais je n'ai pas envie de gâcher la fin de journée. Alors je garde ça pour moi.

— Tu ne regrettes pas de ne pas l'avoir laissée chez toi ?

La radio est allumée, mais j'entends quand même de temps en temps Molly qui ronfle doucement. A part ça, tout est calme. La nuit tombe rapidement et le ronronnement du moteur couplé à l'obscurité naissante me berce. Mes paupières sont lourdes et j'ai du mal à garder les yeux ouverts.

— Pas du tout. Dans la maison, elle risquerait de s'en

prendre aux meubles, et dans le jardin elle pourrait se sauver. A moins de l'attacher, mais c'est hors de question.

Il regarde dans son rétroviseur et je sais que ce n'est pas pour surveiller le trafic derrière nous.

— Elle est bien, là. Je suis content qu'elle soit avec nous.

J'aime bien la façon dont il a dit « nous ».

— J'aurais adoré être là quand tu installeras toutes ses affaires.

Il rit, d'un petit rire doux et un peu rauque. J'aime le faire rire. Je sais que ça ne lui arrive pas assez souvent.

— Cette année, pour Molly, c'est Noël avant Noël.

On garde le silence pendant un moment, jusqu'à ce qu'il reprenne la parole.

— Tu devrais venir nous voir demain. Je vais sûrement passer la journée à essayer de la dresser.

— Tu es sûr ? Je ne veux pas m'imposer.

— Ne dis pas de bêtises. C'est juste moi et mon chien, et puis j'aurai sûrement besoin de ton aide. Si ça se trouve, à l'heure où tu arriveras, je serai déjà au bord de la crise de nerfs.

— Je pourrais rapporter les donuts.

— Je ne suis pas sûr qu'il en reste assez, fait-il remarquer ironiquement.

Il en reste des tas…

Une fois de plus, le silence s'installe. Pendant un moment, tournée vers la fenêtre, je laisse mon regard se perdre dans le vague avant de fermer les yeux. Il fait bon dans la voiture. Ethan tapote son volant du bout des doigts, en rythme avec la chanson qui passe à la radio. Son parfum boisé flotte dans l'habitacle et j'inspire profondément. Je ne me souviens pas de la dernière fois que je me suis sentie aussi bien.

— Je voulais te remercier pour aujourd'hui.

La voix d'Ethan me fait sursauter. Je ne dormais pas vraiment, mais j'étais bien partie pour. J'ouvre les yeux et je me tourne vers lui.

— Merci à toi de m'avoir emmenée.

— Je suis content que tu m'aies écrit ce matin, Katie. J'ai… Tu m'as manqué, finit-il par dire tout bas.

— Toi aussi, tu m'as manqué.

Si seulement je pouvais tendre la main et le toucher. Caresser son visage, ses cheveux, ses mains. Je veux sentir sa peau, ses lèvres. Blottir mon visage contre son torse et me laisser enivrer par son parfum.

Mais ce serait trop en demander, et trop lui donner. Je ne sais pas où j'en suis, ni ce que je ressens exactement. J'ai encore mal. Sa trahison est toujours aussi douloureuse. Je veux tenter de panser les plaies de notre relation et aller de l'avant, mais je ne suis pas sûre que ce soit possible.

Peut-être qu'on est condamnés à rester amis.

Il tourne la tête vers moi pour me regarder, mais il fait trop sombre pour que je puisse déchiffrer l'expression sur son visage.

— Tu m'as manqué pendant toutes ces années, et quand j'ai enfin réussi à te retrouver…

Je l'interromps aussitôt.

— Peut-être qu'on ferait mieux de ne pas parler de ça.

J'ai pourtant désespérément envie de l'écouter, d'entendre ses explications. Je veux savoir exactement à quel point je lui ai manqué. Et surtout je me pose plein de questions à la suite de notre « première » rencontre, quand il m'a vue me faire agresser sur les planches et qu'il a volé à mon secours.

Qu'est-ce qui lui a pris de se jeter comme ça dans ma

vie ? Est-ce que c'était plus facile de faire semblant d'être quelqu'un d'autre ? Ou est-ce qu'il détestait me mentir ? Etait-il animé des meilleures intentions quand il a décidé de me retrouver ? Ou est-ce qu'il recherchait autre chose ?

Et qu'est-ce que cette « autre chose » pourrait être ? Je préfère presque ne pas le savoir.

Seul Ethan a les réponses, mais je ne suis pas certaine qu'il soit prêt à me les donner. Pas encore. D'ailleurs, je ne sais même pas s'il est prêt à entendre mes questions.

— Tu as raison, finit-il par dire.

J'espère qu'il comprend. Je ne veux pas qu'il soit fâché contre moi.

— On ferait mieux de juste profiter de la journée, ajoute-t-il.

— Exactement.

On garde le silence pendant le reste du trajet, jusqu'à ce qu'il arrive devant chez moi et coupe le moteur. Molly pousse un petit grognement, mais elle ne bouge pas. Quand je regarde derrière moi, je vois qu'elle a la tête appuyée sur ses pattes avant. On pourrait presque croire qu'elle dort, mais en réalité elle m'observe à travers ses yeux mi-clos.

— Tu veux que je t'accompagne jusqu'à la porte ? demande Ethan, la main sur sa poignée.

Je secoue la tête.

— Ce n'est pas la peine. Mais merci beau…

Le temps que je réponde, sa portière est déjà ouverte.

— Reste là, Molly, lui ordonne-t-il d'une voix ferme.

Je sors de la voiture à mon tour et je lui emboîte le pas jusqu'à mon porche. Il regarde autour de lui, les mains dans les poches de sa veste, avec sur la tête le bonnet qu'il portait en arrivant ce matin.

Ça lui va bien. En même temps, tout lui va bien.

Je sors mes clés de mon sac pour ouvrir la porte.

— C'est un quartier sûr. J'aime te savoir ici.

— Sans compter ma fouine de voisine qui monte la garde. C'est un sacré gage de sécurité.

— Je ne suis pas fan des bois, en revanche.

Il y a effectivement une forêt de gros séquoias au bout de mon jardin. Au début, ça me faisait peur. J'imaginais toujours qu'il y avait des croquemitaines qui m'attendaient, tapis dans l'ombre. Même en plein jour, j'avais du mal à aller dans le jardin.

Mais j'ai réussi à dépasser ça, au point de finir par aimer la forêt qui est derrière chez moi. Il n'y a rien de plus agréable que de se réveiller accueillie par l'odeur des pins. Je peux les sentir en ce moment même, et leur parfum frais me fait penser à Noël.

— Ne t'en fais pas pour ça. Il ne se passe jamais rien ici.

J'ouvre le second verrou et je me tourne vers lui, un sourire aux lèvres.

— Encore merci pour aujourd'hui. J'ai vraiment passé une super journée.

— Moi aussi.

Il lève la main, comme s'il allait me toucher, et je me fige en le suppliant intérieurement de le faire. Si seulement je pouvais sentir ses mains sur moi encore une fois…

Au lieu de ça, il laisse retomber son bras, et la déception m'étreint douloureusement. Pourquoi est-ce que je réagis comme ça ? Pourquoi est-ce que j'ai encore autant envie d'être avec lui ? Je devrais lui en vouloir à mort, non ?

— On se voit demain, alors ?

Je hoche la tête et je me mords la lèvre. Je remarque qu'il scrute le moindre de mes gestes. L'éclat embrasé qui illumine son regard me fait regretter toutes ces barrières dressées entre nous, faites de mensonges et de non-dits. Si elles n'étaient pas là, je pourrais faire ce que je veux, au lieu de faire ce qu'il « faut ».

En à peine quarante-huit heures, je suis passée d'une profonde colère à un désir brûlant. Je suis complètement perdue.

— Je t'enverrai un texto pour te prévenir quand je partirai.

Il acquiesce. On dirait qu'il veut dire autre chose mais qu'il n'ose pas. Enfin, il s'éclaircit la gorge et se lance.

— J'aimerais pouvoir t'embrasser.

Sa voix est si basse, si grave que tout mon corps semble vibrer. Moi aussi, j'aimerais qu'il m'embrasse, mais on ne peut pas. Pas encore. Je ne suis pas prête.

Je suis encore trop fragile. Je me suis totalement mise à nu devant lui, émotionnellement et physiquement. Tout ça pendant que lui s'embourbait dans ses mensonges.

— Tu ne peux pas.

Impossible de passer à côté de la lueur de déception dans son regard.

— Je… Je ne suis pas prête. Je suis désolée.

— Bon sang, Katie, ne t'excuse pas. C'est moi qui devrais m'excuser. Si seulement je pouvais te dire…

Sa voix s'éteint et il secoue la tête, visiblement frustré.

— Me dire quoi ?

— Tout ce que je ressens pour toi. Ce que j'ai toujours ressenti pour toi.

Il garde la tête basse, comme s'il ne voulait pas me regarder. Peut-être qu'il a honte de se confier ?

— J'ai passé ma vie à errer comme une âme en peine,

à chercher la pièce qui manquait au puzzle. Et, quand je t'ai enfin retrouvée, c'était comme si tout était à sa place.

Je suis sans voix. J'ai tellement de choses à lui dire. C'est exactement ce que je ressens, mais j'ai trop peur de le lui avouer. Il pourrait s'en servir contre moi.

— C'est trop tôt, je le sais bien. Je comprends, crois-moi, et jamais je ne te mettrais la pression pour faire quoi que ce soit si tu n'es pas prête. Mais être si proche de toi, avoir passé toute la journée avec toi, c'est de la torture.

— Je vois ce que tu veux dire.

Je referme précipitamment la bouche. Cette minuscule confession me semble déjà trop.

Lorsqu'il relève la tête, son regard est suppliant.

— Est-ce que je peux au moins... te prendre dans mes bras ? Pour te remercier de m'avoir aidé à trouver Molly ?

On se dévisage en silence. J'hésite. Ça serait un soulagement immense que de le laisser me toucher. Et pourtant, en cédant, j'aurais l'impression d'échouer. Il faut que je sois forte. Que je lui fasse payer le prix de sa trahison en le faisant souffrir.

Sauf que quand il souffre... je souffre, moi aussi.

Alors j'abandonne et je me blottis contre lui. Ses bras se resserrent sur moi et je passe les miens autour de sa taille. Il dépose un baiser sur mon front, à la racine de mes cheveux, et je ferme les yeux en m'agrippant à sa veste en polaire.

Ça me rassure d'être dans ses bras. Je me sens protégée et forte à la fois. Il presse son visage contre mes cheveux en inspirant profondément et j'appuie ma joue contre son torse, pour entendre les battements de son cœur.

— Tu ferais mieux d'y aller.

Je n'ai pas envie qu'il parte. Je voudrais qu'il reste, qu'il se glisse dans mon lit et qu'il me serre dans ses bras. Rien que de l'avoir à côté de moi me suffirait.

Sauf qu'il finirait sûrement par en désirer davantage et je sais que moi aussi.

Doucement, je m'écarte de lui et il desserre son étreinte. Il laisse retomber les bras le long de son corps et recule d'un pas. Il semble si triste que j'ai presque envie de lui dire de passer la nuit ici. Presque.

— Oui. Tu as raison.

Il sourit, mais son sourire n'atteint pas ses yeux.

— On se voit demain ?

— Oui. Je t'envoie un message.

— J'y compte bien.

Je le crois sur parole.

Will

J'avais dix-sept ans quand j'ai poussé la porte d'un tatoueur. J'avais économisé de l'argent grâce à différents petits boulots, tous au noir. J'avais une fausse carte d'identité, au cas où on me demanderait mon âge ou une autorisation écrite de mes parents ou d'un responsable légal. Je n'avais pas de parents et les gens qui géraient le foyer d'accueil ne comptaient pas. De toute façon, ils n'auraient jamais signé un truc pareil, non qu'ils se soucient de ce que je pouvais faire de mon corps, mais simplement parce qu'ils n'en avaient rien à foutre de moi. J'étais juste un numéro, un autre gamin rebelle à nourrir, qu'ils devaient surveiller pour s'assurer qu'il ne sorte pas du droit chemin.

La fille à l'accueil ne demanda pas à voir ma carte d'identité, et encore moins une autorisation parentale. Elle se contenta de regarder le carnet de rendez-vous pendant que je la matais discrètement. Elle avait quelques années de plus que moi et son bras droit était complètement recouvert de tatouages. Elle avait un piercing à l'arcade et un autre à la lèvre.

Mignonne, mais pas mon style. Ses cheveux étaient trop

foncés, elle était trop voluptueuse et elle avait un regard qui disait qu'elle en savait trop.

Elle releva la tête, ses lèvres d'un rouge écarlate illuminées par un sourire, et elle me dit de m'asseoir. L'artiste avec qui j'avais rendez-vous n'avait pas encore tout à fait terminé de tatouer son client précédent.

Je pris place dans un petit fauteuil près de la fenêtre et je me mis à feuilleter un magazine. Certains tatouages présentés dans la revue étaient hideux, mais la majorité d'entre eux étaient vraiment beaux. Je savais déjà exactement ce que je voulais. J'avais photocopié le dessin à l'école et j'avais mis la feuille dans une enveloppe. Je n'étais pas très enthousiaste à l'idée de me faire planter une aiguille dans la peau mais, avec toutes les souffrances que j'avais déjà endurées, je savais que j'étais capable d'encaisser.

Au bout de presque un quart d'heure d'attente, on appela enfin mon nom. Le tatoueur, qui se prénommait Otto, m'expliqua d'abord tout le processus, puis je lui tendis le papier avec le dessin. Il l'examina avant de relever la tête vers moi.

— Tu veux le faire où ?

Je soulevai mon T-shirt et je montrai un endroit sur mon flanc, juste sous mes côtes.

— Là.

Il hocha la tête et dessina sa propre interprétation du motif sous mon regard fasciné. C'était un véritable artiste. Chaque plume était détaillée à la perfection et les ailes semblaient prendre vie. C'était mille fois mieux que l'original.

Enfin, l'original était l'œuvre d'une fille de douze ans terrorisée, alors c'était un peu injuste de comparer. Et surtout ça venait du cœur. Du cœur d'une fille qui me manquait encore et toujours, que je ne voulais jamais oublier.

— Je ne veux pas que ce soit trop différent du dessin original, déclarai-je.

Otto acquiesça en guise de réponse, sans s'arrêter de dessiner. Au final, les ailes étaient parfaites : similaires à celles de Katie, mais avec beaucoup plus de détails. La police qu'il avait choisie pour le texte sous les ailes était délicate, sans toutefois être trop féminine. Je n'avais pas envie d'un tatouage de gonzesse, mais je voulais quand même que ça évoque Katie.

— Ça te plaît ? me demanda Otto. Tu es prêt ?

Je hochai la tête et il me dit de m'installer sur la table. Ça ne dura pas très longtemps. Le plus douloureux, c'étaient les détails et les ombres au niveau des ailes, mais je serrai les dents. Pas un seul son ne sortit de ma bouche. Je pouvais encaisser ça.

Je pouvais encaisser n'importe quoi.

Quand Otto eut terminé, il éteignit le dermographe et se tourna vers moi.

— Alors, dis-moi.

Je haussai les sourcils en attendant la suite. Il entreprit de nettoyer ma peau et le contact de l'essuie-tout blanc sur ma chair à vif me fit grimacer.

— Tu fais ça pour une fille, ou pour toi ?

Je regardai droit devant moi en essayant d'avoir l'air nonchalant, mais j'échouai lamentablement.

— Pour une fille, admis-je dans un soupir.

Otto soupira, lui aussi.

— Ouais. C'est toujours pour une fille.

Ethan

Après ma journée avec Katie, j'étais si chamboulé que j'ai oublié de relever mon courrier quand je suis rentré à la maison hier soir. Alors, ce matin, je suis allé à la boîte aux lettres avec Molly sur les talons. Et j'ai cru que j'étais victime d'une hallucination quand j'ai vu l'enveloppe. Etant donné que je paie toutes mes factures en ligne ou presque, je ne reçois presque jamais de courrier. Et encore moins de lettres avec mon adresse manuscrite. Les seules que j'ai reçues dans le passé arrivaient dans une autre boîte et elles étaient adressées à une autre personne.

En proie à un horrible malaise, je prends l'enveloppe et je la retourne pour voir l'adresse de l'expéditeur. Il n'y en a pas.

Cela dit, je n'en ai pas besoin. Je reconnaîtrais cette écriture entre mille.

J'ai regardé un film il y a longtemps, dont j'ai oublié le titre. Un film des années 1980, qui n'avait rien de marquant en soi, à l'exception d'une réplique qui est restée gravée dans ma mémoire. Une réplique qui me revient chaque fois que je reçois une lettre de lui.

« Tu as l'écriture d'un tueur en série. »

La lettre vient de mon père et il me l'a envoyée ici, à

mon domicile. A l'adresse d'Ethan Williams. Une adresse qu'il n'est pas censé connaître.

Et merde.

L'enveloppe serrée dans la main, je retourne dans la maison et je ferme la porte à clé derrière moi. Comme si c'était aussi facile que ça d'empêcher les mauvais souvenirs d'entrer. Molly court autour de moi et je lui caresse la tête distraitement. J'ai le sentiment que l'enveloppe me brûle la main et je suis tenté de ne pas lire la lettre, de la jeter, comme si je ne l'avais jamais reçue.

Mais je ne peux pas. J'ai besoin de savoir ce qu'il dit. Je refuse de le laisser reprendre le dessus. Je me fiche qu'il soit en prison et condamné à ne jamais en sortir. Personne n'est vraiment en sécurité quand il s'agit d'Aaron Monroe.

Surtout pas moi.

Je m'affale sur le canapé et je déchire l'enveloppe. Elle ne contient qu'une page, dont je m'empare en tremblant. L'écriture est petite et serrée, presque carrée. On dirait qu'il a transformé ça en une sorte d'art qu'il parfait au fur et à mesure des années passées en prison.

Je prends une grande inspiration et je commence à lire.

Cher Will,

Ou devrais-je t'appeler Ethan ? Je trouve ça marrant que tu aies changé de nom. Ça ne m'étonne pas vraiment, remarque. J'imagine que tu te caches par peur qu'on fasse le lien entre toi et moi. Je le comprends, et néanmoins ça fait mal. Très mal. Tout père devrait être fier de son fils et tout fils devrait être fier de son père, mais je suppose que je ne t'ai pas vraiment donné de raisons d'être fier de moi.

C'est Lisa Swanson qui m'a dit que tu avais changé de nom

et qui m'a donné ton adresse. J'apprécie son honnêteté. Elle a toujours été gentille avec moi et, ces derniers temps, sa présence dans ma vie est une véritable bénédiction. Et Dieu sait que les bénédictions sont rares.

Est-ce que tu l'as rencontrée ? Elle m'a dit que vous aviez discuté au téléphone mais que les conversations avaient toujours tourné court. Tu fais une grave erreur, fiston. Tu devrais apprendre à la connaître. Elle est vraiment fascinante et elle s'est battue bec et ongles pour me donner ce que je voulais. Elle a réellement compris mon besoin de m'adresser au monde, de partager mon histoire. Personne n'avait jamais entendu ma version auparavant, à l'exception de ce que contiennent les comptes rendus du procès.

Mais à présent, encore plus que raconter mon histoire, ce que je désire le plus au monde, c'est te voir.

Tu me manques, fiston. En y réfléchissant, je me rends compte que je t'ai fait du mal et j'ai besoin de ton pardon. Pendant toutes ces années, tu as souffert en vivant avec moi. C'était injuste. Je passais mes nerfs sur toi alors que tu n'étais qu'un enfant. Je me servais de toi pour évacuer ma frustration. Et, quand ça n'a plus suffi, j'ai commencé à défouler ma colère sur d'autres personnes.

Comme cette pauvre petite Katherine Watts.

Je ne peux pas défaire ce que je vous ai fait à toi ou à ces pauvres âmes, puissent-elles reposer en paix. Je veux confesser mes péchés, Will. Je veux nettoyer mon âme, me réconcilier avec Dieu, avec mes victimes, et avec toi.

Je te l'ai déjà dit, mais je vais te le répéter : j'ai besoin de ton pardon. Je veux aussi le pardon de Katherine. Et la seule façon pour moi de l'obtenir, c'est que vous fassiez tous les deux l'interview avec Lisa. De cette façon, je peux vous adresser un message à tous les deux par son intermédiaire. Et peut-être que je finirai même par réussir à te convaincre de venir me voir en personne. Ça me rendrait tellement heureux… Mais je sais que ce genre de décision prend du temps.

Ça fait des années que je ne t'ai pas vu, que je ne t'ai pas regardé dans les yeux ou que je n'ai pas entendu ta voix. Tu as dû beaucoup changer, je parie. Je suis sûr que je te reconnaîtrais à peine, et ça me brise le cœur. Ça me tue de savoir que je ne peux pas être avec toi, qu'on ne peut pas être une famille. Tu ne veux pas qu'on sache que ton vieux père est en prison et, ça aussi, je le comprends. Mais on reste une famille. Le même sang coule dans nos veines. Et, même si je sais que je devrais te laisser vivre ta vie, je suis incapable de renoncer à toi.

Tu fais partie de moi. Tu es mon héritage. Et je veux qu'on ait une relation avant qu'il ne soit trop tard et que je ne sois plus de ce monde. Pire encore, et s'il t'arrivait quelque chose ? Je ne me pardonnerais jamais de ne pas t'avoir revu.

Je veux que tu réfléchisses très sérieusement à tout ça et à ma proposition. La fille a déjà parlé à Lisa une fois. Ça ne la tuera pas de recommencer. Je pense que je ne demande pas la lune. Le moins que tu puisses faire serait d'honorer ma requête. De m'honorer, moi.

Je suis ton père, après tout.

Papa

Katherine

Mon téléphone me réveille en sursaut vers 8 heures. Moi qui dormais profondément, je me redresse dans mon lit en un éclair. Personne ne m'appelle jamais, je communique toujours par textos. Je préfère. De cette façon, je n'ai pas à trouver le courage de passer un coup de fil.

La sonnerie s'arrête avant que j'aie le temps de répondre et j'attrape mon portable sur la table de nuit pour voir de qui il s'agit.

Ethan.

Je suis sur le point de le rappeler quand mon téléphone se remet à sonner. Je décroche aussitôt et il ne me laisse même pas le temps de dire bonjour.

— Katie, bon sang, je… Excuse-moi de t'appeler à une heure pareille.

Il a l'air épuisé et essoufflé. La panique m'envahit, mon cœur s'emballe dans ma poitrine.

— Est-ce que tu vas bien ? Il est arrivé quelque chose à Molly ?

— Quoi ? Oh, non, elle va bien. Ce n'est pas à propos de Molly.

Il s'éclaircit la gorge sans toutefois reprendre la parole.

On dirait qu'il essaie de gagner du temps. Je me laisse retomber contre mes oreillers, je ferme les yeux et j'attends qu'il m'explique la raison de son appel. Mais rien ne vient.

— Ethan, qu'est-ce qu'il y a ? Tu vas bien ?

— Non. Ça ne va pas du tout. Et tu n'iras pas bien non plus une fois que je t'aurai expliqué ce qui se passe.

Mon cœur se met à cogner encore plus fort.

— J'ai… j'ai reçu une lettre de mon père.

Oh ! Maintenant, c'est mon tour d'être muette comme une carpe. Je n'ai pas la moindre idée de quoi répondre.

— Et il me l'a envoyée ici. A Ethan Williams. Il connaît mon adresse, Katie. Et mon nouveau nom.

— Il t'a déjà contacté auparavant ?

— Il m'a écrit quelques lettres au fil des ans. J'ai gardé une boîte postale au nom de Will Monroe.

Quelque chose se brise en moi en l'entendant dire son vrai nom. On dirait que de minuscules éclats de verre acérés me traversent le corps en perforant tous mes organes vitaux au passage. Je ferme les yeux un instant. C'est encore difficile pour moi de comprendre que c'est à Will que je parle. Que c'est avec lui que j'ai passé autant de temps. Que c'est Will que j'ai embrassé et avec qui j'ai fait l'amour.

— Il ne m'a jamais écrit ici. Je ne lui ai jamais communiqué mon adresse ou mon nouveau nom. Je ne suis pas idiot. J'avais besoin de prendre mes distances. Je voulais lui faire croire que j'avais disparu de la surface de la Terre. D'après lui, c'est Lisa Swanson qui lui a donné mes coordonnées. Comment est-ce qu'elle a pu faire ça ?

Il a l'air furieux, à présent.

— Qu'est-ce qu'elle pense obtenir en faisant un truc

aussi con ? Qu'est-ce qu'un vieux taré comme lui coincé en prison pourrait bien faire pour elle ?

J'essaie de l'interrompre, mais il est trop en colère pour m'écouter, ce que je comprends parfaitement.

— Elle se venge, c'est ça ? Parce que je n'ai pas fait ce qu'elle voulait ? Parce que j'ai refusé de la laisser m'interviewer ? Elle est malade. Egoïste. Ce n'est qu'une manipulatrice qui ne pense qu'à elle.

— Ethan.

J'ai parlé sur un ton ferme, cette fois, et il se tait.

— Qu'est-ce que la lettre disait exactement ?

— Un tas de conneries. Et aussi qu'il veut que je lui pardonne et qu'il espère me revoir bientôt.

Mon estomac se tord. Il veut le voir. Bien sûr, qu'il veut le voir. C'est son fils. Un lien les unit, qui va au-delà de tout ce qu'Ethan (ou Will ?) et moi pourrons jamais partager. Comment est-ce que je peux envisager d'être avec Ethan alors que la possibilité existe qu'il reprenne contact avec son père ? L'homme qui m'a violée ? Je serais incapable de gérer cette situation et de vivre avec ça. C'est impossible.

Je préférerais mourir plutôt que de voir Aaron Monroe revenir dans ma vie.

Mais, si je veux Ethan, alors ça implique aussi son père.

Je ferme les yeux pour empêcher mes larmes de couler. Je refuse de pleurer. Et puis il ne s'agit pas de moi : il s'agit de Will. Enfin, d'Ethan. Peu importe.

— Est-ce que tu veux quand même que je vienne tout à l'heure ?

Je comprendrais qu'il préfère être seul. Il a peut-être besoin de temps pour digérer tout ce que son père lui a écrit. Mais peut-être qu'il a aussi envie que je sois là…

— Si tu étais là, ça m'aiderait sûrement à gérer beaucoup mieux toute cette merde, admet-il. Mais… je comprendrais que tu n'aies pas envie. Ça fait beaucoup.

En effet. Ça fait beaucoup. Et tout revient toujours à ce qui m'est arrivé entre les mains de son père. Je ne suis pas sûre d'être prête à affronter tout ça. C'est déjà assez traumatisant d'avoir découvert qu'Ethan et Will sont la même personne et qu'il m'a bernée sans que je me rende compte de rien.

Ce qui est encore plus dur, c'est de savoir que son père est l'homme qui m'a kidnappée, violée et retenue prisonnière. C'est horrible, mais je ne peux pas résister à la tentation de les comparer. Pourtant, je sais bien qu'Ethan n'a rien en commun avec son père. Il est doux, gentil, drôle, attentionné. Il me protège, il prend soin de moi, il veut ce qu'il y a de mieux pour moi.

Si je pouvais être avec lui, il serait le petit ami idéal. Parfait, compréhensif… Mais comment faire ? On sait tous les deux qu'on ne devrait pas être ensemble. Personne ne comprendrait. Même *moi*, j'ai du mal à comprendre.

Et quelque chose me dit qu'Ethan est du même avis.

— Je ne vais pas te mentir, c'est perturbant, et ça me fait peur qu'il t'ait contacté comme ça, mais je veux être là pour toi. Je veux t'aider. Je reste ton amie, Ethan. J'espère que tu le sais.

— Là, tout de suite, j'aurais bien besoin d'une amie, murmure-t-il.

— J'arrive.

Et je raccroche.

Il me faut près de deux heures pour arriver chez lui. Il y avait du monde sur la route, et je me suis arrêtée en route pour nous acheter du café. Je me suis dit qu'on en aurait tous les deux bien besoin.

Quand j'arrive, il est déjà sur le pas de sa porte. Il porte un jean et une chemise noir et bleu, ouverte sur un T-shirt noir. Molly est à ses pieds, et agite furieusement la queue. On dirait qu'elle va exploser tellement elle est excitée. A la seconde où elle me voit, elle court jusqu'à moi à toute vitesse et se met à renifler mes mollets.

— Du café.

Ethan tend la main pour s'emparer du petit plateau en carton, visiblement éperdu de reconnaissance.

— Merci.

— J'ai aussi apporté les donuts d'hier. J'espère qu'ils auront survécu au trajet.

Je le suis à l'intérieur de la maison et je pousse la porte du pied pour la refermer derrière moi. Quand Molly passe à côté de moi, je lui caresse le sommet de la tête tout en essayant de ne pas faire tomber la boîte de donuts en équilibre dans mon autre main.

— Ça a été avec elle hier soir ?

— Super. Elle a un peu chouiné quand je suis allé me coucher, alors j'ai fini par la laisser dormir sur le lit. Elle a passé la nuit roulée en boule à mes pieds.

Il baisse les yeux, l'air un petit peu embarrassé.

— Je lui ai dit qu'il ne fallait pas que ça devienne une habitude.

— Pourquoi pas ? Moi, je trouve ça adorable.

Je pose la boîte sur la table basse et je me tourne vers lui en prenant soin d'avoir l'air aussi enthousiaste que possible. Je ne veux pas qu'il pense que je suis inquiète à l'idée de lire cette lettre ou de simplement apercevoir l'écriture de cet homme, une feuille qu'il a touchée.

Et pourtant c'est le cas.

On fait comme si de rien n'était. J'apporte les donuts dans la cuisine, Ethan me rejoint avec les cafés et il s'assoit. Il ne me quitte pas des yeux tandis que je virevolte dans sa cuisine, à croire que je connais la maison par cœur. Je prends des assiettes et je lui demande s'il veut un verre de lait, mais il me dit de m'asseoir et de manger.

Je prends place en face de lui et je m'empare d'un donut avec des vermicelles arc-en-ciel.

— Merci d'être venue. Je sais que tu n'as sans doute pas la moindre envie de gérer un truc pareil, alors j'apprécie vraiment que tu sois là.

— Je veux t'aider, Ethan. Je veux être ton amie.

Je baisse la tête. Je suis sûre qu'il déteste m'entendre dire ça. C'est sans doute la pire façon de rompre avec quelqu'un.

— Je sais qu'on va devoir parler de tout ce qui s'est passé à un moment ou à un autre mais… je ne sais pas comment. Je ne comprends pas exactement comment tu es revenu dans ma vie, ou pourquoi tu as cru que c'était nécessaire de cacher ton identité.

— Ça t'aurait plu de savoir que c'était vraiment moi, Katie ? Que c'était à Will que tu parlais ? Que c'était avec lui que tu passais du temps ?

— Je ne sais pas. J'ignore comment j'aurais réagi.

Si j'avais su qu'il s'agissait de Will, je ne sais pas jusqu'où je serais allée.

Je l'entends soupirer, mais je garde la tête baissée. La peur, la nervosité et la colère me font trembler. D'un coup, mon donut ne me fait plus du tout envie. Je ne veux pas faire de mal à Ethan et en même temps, si. Je veux le réconforter, mais j'ai aussi envie de le frapper. De lui hurler dessus. De le laisser parler et de lui dire de se taire.

En résumé : je suis complètement perdue.

— Quand j'ai vu ton interview, ça a été un choc énorme. Entendre ta voix, voir ton visage… Tu n'avais pas changé et en même temps tu étais différente. Adulte, et si belle. J'ai su… J'ai tout de suite su qu'il fallait que j'essaie de te retrouver.

Je ne dis rien. J'attends qu'il continue, déterminée à ne pas laisser ses paroles me toucher ou m'affecter. Il faut que je sois forte. Impassible. Comme si ses mots ne voulaient rien dire.

— Tu veux vraiment entendre ça ? demande-t-il doucement, d'une voix légèrement tremblante.

Je relève la tête. Son regard est chargé de réticence. Et de tellement de douleur…

— J'en ai besoin. Avant de pouvoir avancer, il faut que je sache ce qui a mené à notre rencontre.

Hier, on a fait semblant. On a fait comme si la vie était une partie de plaisir insouciante, alors que ce n'est pas le cas. Je ne pense pas être capable d'être avec lui en ce moment (amoureusement, s'entend), mais je ne peux pas couper les ponts non plus. On a partagé trop de choses, traversé trop d'épreuves ensemble. Ce serait cruel de lui tourner le dos après tout ce qui s'est passé.

Mais ce qu'il t'a fait aussi est cruel. Ne l'oublie pas.

— Après l'interview, j'ai commencé à te chercher sur Internet. Je t'ai trouvé grâce au compte Facebook de ta sœur. Il y avait une photo de toi.

J'en suis bouche bée. J'ai toujours consciencieusement

évité tous les réseaux sociaux pour ne pas me retrouver dans ce genre de situation et pourtant… c'est comme ça qu'Ethan a retrouvé ma trace.

— Je reconnais que j'ai fait quelques recherches illégales. Il existe des manières de pirater certains systèmes et de mettre la main sur des informations que les gens ne tiennent pas à rendre publiques. Mais j'ai trouvé ton adresse légalement. C'était indiqué sur l'acte de vente de ta maison. Alors je suis allé voir où tu vivais.

Mon cœur se serre dans ma poitrine.

— Tu as fait ça ?

Il hoche la tête d'un air sombre.

— Je voulais juste découvrir comment c'était et m'assurer que tu étais heureuse. Rien de plus. Après toutes ces années à souffrir, je voulais seulement… Pfff. Je n'en sais rien. Je mentirais si je disais que mes motivations n'étaient pas égoïstes.

— Comment ça ?

— Je voulais te voir. Te voir en personne, juste une fois. Je ne suis allé qu'une fois chez toi. Ta voisine m'a surpris et elle m'a posé des questions, alors je suis parti. Mais après ça je… J'ai commencé à te suivre.

C'est allé beaucoup plus loin que ce que j'imaginais. Je devrais être terrifiée. Je devrais quitter sa maison en courant sans jamais me retourner.

— Pourquoi ?

— Je me faisais du souci pour toi. Tu paraissais si seule, et tu étais imprudente, comme quand tu es retournée au parc. Je n'arrivais pas à le croire. J'ai voulu continuer ma route, te laisser aller là-bas toute seule, mais à la dernière minute je n'ai pas pu.

— Et ces jeunes qui m'ont agressée ? Ce n'est quand même pas toi qui as manigancé ça, si ?

— Mon Dieu, bien sûr que non ! Jamais je ne ferais un truc pareil. Quand je les ai vus qui essayaient de te piquer ton sac, je me suis senti obligé d'intervenir. Je ne pouvais pas rester là sans rien faire et les laisser te faire du mal. Je ne me le pardonnerais jamais s'il t'arrivait quelque chose.

Après avoir découvert qu'Ethan était en réalité Will, j'ai beaucoup repensé à ce moment. Je me suis demandé si c'était un piège. Je ne voulais pas croire ça, mais je n'étais pas sûre. Je n'étais sûre de rien à ce moment-là. Et c'est toujours le cas.

— Pourquoi avoir coupé les ponts quand on était plus jeunes ? Tu as arrêté de me parler du jour au lendemain…

J'ai besoin de savoir. Ça m'a fait un mal de chien, j'étais dévastée. Je n'ai jamais compris comment il avait pu me rayer de sa vie aussi facilement.

— Katie… J'étais jeune, et stupide, et j'écoutais ce que me disait mon avocat, qui pensait que ça ne m'aiderait pas de rester en contact avec toi. J'ai été idiot au point de lui révéler qu'on communiquait, toi et moi, et il m'a dit que c'était mauvais pour moi. J'ai fini par me convaincre qu'il avait raison et que tu n'avais plus besoin de moi dans ta vie. Je ne faisais que te rappeler les choses horribles qui t'étaient arrivées.

S'il savait qu'en réalité il était la seule chose positive qui était ressortie de tout ça…

— Ça m'a fait mal.

— A moi aussi, mais je pensais que c'était la meilleure solution. J'étais juste un gamin. Je ne voulais pas t'empêcher d'avancer.

— Mais tu t'es quand même lancé à ma recherche après toutes ces années.

Sa façon de me regarder me met mal à l'aise. Ce n'est pas une mauvaise chose. Simplement, je suis un peu trop consciente de l'attirance qu'on exerce l'un sur l'autre et de mon envie de sentir ses mains sur moi.

Il faut que je tienne bon. Si seulement ce n'était pas aussi difficile…

— Je n'ai pas pu résister, admet-il en affrontant mon regard. Quand il s'agit de toi, j'ai découvert que je ne pouvais jamais résister.

— Si tu tenais à moi autant que tu le dis, alors pourquoi n'as-tu jamais essayé de me dire la vérité ?

— Parce que je me disais toujours que c'était la dernière fois. Que je te verrais, te parlerais, passerais encore quelques minutes avec toi et puis disparaîtrais. Mais c'était trop dur. Plus je passais du temps avec toi, plus mes sentiments grandissaient.

Son regard presque suppliant est rivé au mien.

— Je sais que ça ne marchera jamais pour nous. J'en suis conscient. Mais je veux que tu saches que je n'ai jamais été aussi heureux que lorsqu'on était ensemble. Je n'ai jamais voulu te faire de mal et je suis désolé. Je suis désolé de t'avoir menti et de t'avoir induite en erreur.

Ma gorge est tellement nouée que j'arrive à peine à avaler ma salive. J'ai envie de le prendre dans mes bras, de lui dire que je lui pardonne et que je serai toujours là pour lui. Je veux être son roc, je veux qu'il sache combien il compte pour moi.

Mais je ne dis rien de tout ça. Je le regarde avant de baisser la tête, bouleversée par toutes ces émotions contradictoires qui créent un chaos indescriptible en moi.

— Je sais qu'on ne peut pas recommencer à zéro, murmure-t-il. Mais je n'ai personne d'autre. Tu es la seule personne à qui je peux parler de ça. Je ne veux pas te mettre la pression ou te faire culpabiliser mais… j'ai besoin de toi, Katie. Je sais que c'est beaucoup te demander. Beaucoup trop. Alors tu peux me dire d'aller en enfer. Je le mérite.

Il a déjà vécu l'enfer pendant toutes ces années. Comment pourrais-je lui tourner le dos maintenant ?

Ethan

Je ne sais pas comment elle a fait, mais elle a trouvé le courage de lire la lettre. Assise sur le canapé, elle la tient à bout de bras, aussi loin d'elle que possible. A croire qu'elle a peur que mon père sorte du papier pour l'attaquer. Ses mains tremblent et sa respiration est bruyante et irrégulière.

De mon côté, je suis installé dans un gros fauteuil et je me tortille les mains dans tous les sens, horriblement nerveux. J'ai peur de ce qu'elle va en penser.

Je suis un enfoiré de lui avoir demandé de lire ça. Mais j'ai besoin de savoir si c'est le fruit de mon imagination ou si j'ai bien compris ce qu'il disait.

A la seconde où elle a fini, elle pose la lettre sur la table basse, sans me jeter un regard. Elle se frotte les bras pour chasser un frisson et soupire profondément.

— On dirait qu'il te menace, lâche-t-elle d'un ton hésitant.

C'est exactement ce que je pensais.

— Continue.

— Je pense qu'il veut se servir de toi pour passer pour un gentil, explique-t-elle en relevant la tête. Comme si le fait que tu acceptes de lui parler ou de le voir pouvait l'absoudre de tous les horribles crimes qu'il a commis. Ça ne m'étonnerait pas que ce soit Lisa qui lui ait conseillé d'écrire cette lettre. Ça peut très bien être son idée, obsédée comme elle l'est par l'Audimat. Ils vont tous les deux faire en sorte d'attirer l'attention autant que possible.

— Je vois qu'on est raccord.

Elle n'imagine pas ce que ça signifie pour moi qu'elle ressente la même chose.

— Je n'aime pas les menaces voilées.

— Ça ne me plairait pas non plus.

Elle jette un regard en direction de la lettre et replie ses jambes sous elle, comme pour s'éloigner du papier autant que possible.

— C'est incroyable qu'on ait encore l'impression qu'il est dans la pièce avec nous, alors qu'il est enfermé dans une prison de sécurité maximale.

— C'est ce que j'éprouve chaque fois que je reçois une lettre.

— Est-ce qu'il a déjà essayé de t'appeler ?

Je secoue la tête en guise de réponse.

— Est-ce que tu veux faire l'interview ?

J'agite de nouveau la tête, avec davantage de véhémence, cette fois.

— Je ne pense pas que je le supporterai.

— Moi non plus. Je veux rester loin de tout ça.

Soudain, elle se met à pleurer. Les larmes coulent sur ses joues et elle couvre son visage de ses mains.

— Tout ce que mon interview a fait, ça a été de nous apporter de la tristesse et de la douleur, dit-elle d'une voix étouffée.

Ses larmes me fendent le cœur. Je ne veux pas la voir souffrir. Je veux faire tout ce qui est en mon pouvoir pour qu'elle soit bien et heureuse. C'est mon but depuis mes quinze ans et, même si on a passé des années loin l'un de l'autre, j'ai fait la promesse de ne plus jamais laisser mon père lui faire du mal.

Je me lève et je m'approche du canapé à pas hésitants. Je veux la réconforter, lui montrer que je suis là pour elle. Comme elle l'a fait pour moi en venant ici aujourd'hui.

— Katie…

Elle secoue la tête et enfouit son visage dans le coussin de mon canapé tandis que ses larmes redoublent.

Je m'assois près d'elle et je la prends dans mes bras. Elle résiste au début, lève les mains pour me pousser, mais j'insiste doucement. J'ai besoin de la serrer contre moi et elle a besoin que quelqu'un la serre aussi. Petit à petit, elle se laisse aller contre moi, sa tête sur ma poitrine, ses bras autour de mes épaules. Je lui caresse les cheveux, le dos, et je garde le silence. Bientôt, elle est agrippée à moi et elle sanglote furieusement. Il faut que ça sorte, c'est tout.

Molly arrive en trottinant dans le salon et me regarde, la tête penchée sur le côté, comme si elle ne comprenait pas bien ce qui se passe. Elle nous rejoint et pose la tête sur la cuisse de Katie, qui la caresse brièvement avant de retirer sa main. Mais Molly ne l'entend pas de cette oreille et elle nous le fait savoir en léchant la main de Katie, qui se met à rire.

C'est un bruit qui fait plaisir à entendre.

— Tu as vu ce qu'elle a fait ? demande Katie tout bas.

— Elle t'aime bien.

— Moi aussi, je l'aime bien.

Elle relève la tête vers moi. Elle a les yeux et le nez rouges et j'essuie ses larmes délicatement.

— Merci.

— Merci de quoi ?

— De m'avoir consolée. Ça me change de toutes ces années passées à pleurer toute seule.

J'écarte les cheveux qui lui tombent dans le visage. Toutes les excuses sont bonnes pour la toucher.

— Qu'est-ce qu'on va faire, Katie ?

— A propos de quoi ?

Je me rapproche d'elle. Seuls quelques millimètres séparent nos bouches et mon cœur bat à toute vitesse de la sentir lovée contre moi. Je sais que je vais sûrement trop loin, mais je ne peux pas résister quand il s'agit de Katie.

— A propos de tout ça. De nous.

Elle regarde ma bouche et humecte ses lèvres. Je me force à fermer les yeux un instant, pour trouver la force de me contrôler. Mais c'est tellement difficile…

— Je suis toujours en colère contre toi.

— Je comprends, et je respecte tes limites. Mais tu ne vois pas que, dès qu'on est ensemble, on est comme deux aimants naturellement attirés l'un vers l'autre ?

— L'alchimie, ça ne veut rien dire, proteste-t-elle d'une voix qui manque de conviction.

— Ça veut tout dire, au contraire !

— Peut-être mais j'ai peur. J'ai peur qu'on soit nocifs l'un pour l'autre, chuchote-t-elle.

Je me penche vers elle pour l'embrasser sur la joue et sa respiration s'accélère à la seconde où mes lèvres effleurent sa peau.

— Au final, on ne fait rien d'autre que se faire du mal. Et je ne sais pas si je peux supporter davantage de douleur. Il y en a déjà eu tellement dans ma vie…

Mon cœur se serre jusqu'à me faire mal. Moi aussi, j'ai beaucoup trop souffert, à l'exception de ces quelques jours et de cette nuit volés avec Katie.

— Mais peut-être que les moments où on se fait du bien en valent la peine ?

Elle n'acquiesce pas, mais elle ne me contredit pas non plus. Je suis sur le point d'aller trop loin, mais je ne peux pas faire autrement. La présence de Katie, l'odeur de sa peau, son corps dans mes bras… c'est trop.

Trop parfait.

Je m'apprête à l'embrasser quand elle ouvre les yeux.

— Je ne sais même pas comment t'appeler quand je te parle ou que je pense à toi. Est-ce que je devrais dire Ethan ou Will ? J'ai envie de t'appeler Will, mais je sais que tu n'aimes pas ça. Tout se mélange dans ma tête. J'ai l'impression de ne plus savoir qui tu es.

Je soupire, sans savoir quoi dire. Je n'ai aucune réponse à lui offrir alors je m'écarte d'elle. En un instant, un fossé immense nous sépare. Si vaste que je suis terrifié à l'idée de ne plus jamais être proche d'elle à nouveau.

Katherine

Je me réveille tôt et je tente de combattre la tristesse engendrée par ma solitude. Hier, j'ai cru pendant un bref instant que j'allais céder et laisser Ethan m'embrasser. J'en avais envie. J'avais besoin d'être avec lui, aussi proche que possible physiquement. Mais ensuite mes idées se sont embrouillées quand j'ai pensé à Will. Le garçon qui m'a sauvée, qui ne m'a jamais abandonnée… jusqu'au jour où il m'a laissée tomber.

C'est de lui que je voulais être proche. C'est lui que j'avais envie d'embrasser, pas Ethan. J'adore Ethan, mais maintenant le nom sonne faux quand il franchit mes lèvres. Parce que c'est un faux nom, justement. Je me fiche qu'il l'ait changé légalement. Ça reste un mensonge.

Je suis injuste. Il s'est débarrassé de son ancienne carapace, et pourtant c'est cette personne-là que je veux retrouver. Il tente d'échapper à son père, mais il a quand même retrouvé sa trace. On essaie tous les deux de fuir nos démons, mais la réalité continue à nous rattraper.

Au final, il ne s'est rien passé. On a parlé de la lettre, discuté d'une stratégie pour éviter Lisa, et on a fait faire une promenade à Molly. Dès qu'elle est dans l'équation, on est en terrain neutre. A croire qu'on a besoin d'elle pour être normaux.

Je sors du lit de mauvaise grâce, je mets la cafetière en route et j'allume la télé. C'est une émission matinale quotidienne et j'écoute distraitement les voix monotones des intervenants. Ça parle de candidats politiques potentiels, d'un sniper en cavale dans un autre Etat et d'une vidéo qui fait le buzz sur une cérémonie de mariage désastreuse.

Puis, soudain, un nom retentit. Si familier, si précieux que, quand j'entends le présentateur le prononcer, la tasse que je viens d'attraper dans le meuble de ma cuisine me glisse des mains et se brise sur le sol.

— Des sources affirment que William Monroe, le fils du tueur en série condamné à mort Aaron Monroe, vivrait toujours dans la ville où son père a semé la terreur. Il y résiderait sous un nom d'emprunt, dans le souci d'échapper à la célébrité qui va de pair avec les crimes de son père. La suite avec Lisa Swanson.

Je suis immobile, au milieu des débris de ma tasse préférée, ébahie d'entendre la voix de Lisa qui parle de la diffusion prochaine de l'interview d'Aaron Monroe alors que la date de son exécution approche. Un court extrait est diffusé (décidément, cette brave Lisa adore jouer les allumeuses), suivi d'images floues d'un homme de haute taille qui sort de sa maison et monte dans une voiture noire, stationnée dans l'allée devant son garage.

Ethan. Will.

— Dès l'instant où William Monroe, alors âgé de quinze ans, a amené Katherine Watts au commissariat il y a huit ans, il est devenu un suspect dans le cadre de l'enlèvement et du viol de la jeune fille. En dépit de la condamnation de son père dans le cadre de l'affaire Watts et de quatre autres meurtres de jeunes adolescentes, les soupçons ont toujours pesé sur lui et sa possible implication, notamment dans le cas de Katherine Watts. Dans notre entretien, Aaron Monroe raconte toute l'histoire, tout ce qui s'est vraiment passé il y a toutes ces années, et partage avec nous l'étendue de l'implication de son fils dans ses crimes.

Son ton sensationnaliste me hérisse les poils. Elle aurait tout aussi bien pu dire que Will travaillait main dans la main avec son père et qu'ils se répartissaient les meurtres comme d'autres les tâches ménagères.

Un murmure horrifié franchit mes lèvres.

— Nom de Dieu.

Mon portable se met à sonner. Je m'approche prudemment du plan de travail, en prenant garde de ne pas me couper sur les morceaux de porcelaine cassée, et j'attrape mon téléphone.

C'est un texto de ma mère.

Appelle-moi quand tu recevras ce message.

Un autre bip. C'est Brenna, cette fois.

Tu es levée ? Tu as regardé les infos ce matin ?

Je réponds à Brenna en premier.

J'ai vu. Ce ne sont que des mensonges.

Elle répond avant même que j'aie une chance d'appeler notre mère.

On ne sait pas ce que Monroe a raconté dans son interview, donc tu n'en sais rien. C'est vrai, si ça se trouve.

Merci pour ta confiance, Brenna.

Je ne prends même pas la peine de lui répondre. Je préfère appeler ma mère.

— Katherine.

La voix de ma mère est vive. Déterminée. Elle essaie d'endosser son rôle de chef de clan forte et solide, et je lui en suis reconnaissante.

— Je ne sais pas si tu as regardé les infos mais…

Je l'interromps.

— J'ai vu. Elle envahit sa vie privée, maman. C'est mal, de l'exposer comme ça juste pour faire la promo de son interview.

— En tout cas, il est passé aux infos sur une chaîne nationale. Et encore, heureusement qu'ils n'ont pas révélé son nouveau nom.

Elle s'interrompt et je me garde d'ajouter quoi que ce soit. Ce serait une perte de temps que de le défendre, alors pour le moment autant garder le silence. Si elle savait que j'ai passé le week-end avec lui, elle flipperait complètement.

— C'est bien, que tu aies découvert la vérité avant. Comme ça, tu ne te retrouves pas mêlée à ce bazar.

— Oui, tu as raison.

Le pire, c'est que c'est vrai. Imaginez si j'avais appris la vraie identité d'Ethan comme ça, via le journal télévisé du matin ? J'aurais été anéantie.

— N'empêche que je trouve ça horrible que sa vie se

retrouve exposée. Elle fait ça uniquement pour inciter les gens à regarder son émission.

— Et peut-être aussi pour l'encourager à y participer. Rassure-moi, elle ne veut pas te mêler à ça, si ?

Elle est anxieuse, alors que je ne lui ai jamais dit que Lisa avait tenté de me convaincre de revenir sur son plateau.

— Si. Elle a essayé de me persuader de donner une sorte d'interview réponse à la suite de celle de… celle de l'autre.

Ça me rend dingue de ne toujours pas réussir à prononcer son nom après toutes ces années. Il faut vraiment que je dépasse ce blocage.

— Katherine, tu ne peux pas… Tu… Je ne veux pas que tu sois impliquée dans toute cette affaire sordide. Ça ne fera qu'empirer. Davantage de sites et de chaînes vont relayer l'histoire, et tu sais comment ils sont. Ils essaieront de tout déformer. Tu n'as pas besoin de ça. Tu n'en as pas eu assez ? Il faut que tu avances, pas que tu te complaises dans tout ça.

— Je sais, maman.

— Je t'en prie, dis-moi que tu ne vas pas faire ça.

Si elle m'avait posé la question la nuit dernière, je lui aurais promis de ne pas le faire. Même en me réveillant ce matin, je n'aurais pas envisagé une seconde de donner à Lisa ce qu'elle veut.

Mais désormais, après l'avoir vue ruiner la réputation d'Ethan et l'exposer aux yeux du public alors qu'elle sait à quel point il tient à son anonymat ? Alors qu'elle sait qu'il a légalement changé de nom pour ne plus jamais être associé à son père ? J'ai envie de voler à son secours et de le protéger. Et la seule façon que j'ai de le faire, c'est de parler en son nom.

C'est risqué et j'ai peur des questions que Lisa risque de me poser, mais je pense… ou plutôt je *sais* qu'il faut que je le fasse.

— Je n'en sais rien, maman. Mais ce qu'elle fait, ce n'est pas bien.

— Et alors qu'est-ce que tu comptes faire ? Le défendre ? N'oublie pas qu'il t'a *menti*. Il t'a trompée pour pouvoir se glisser dans ta vie et te manipuler, et ça a *marché*. Tu devrais le détester pour ce qu'il a fait.

Ma mère le déteste, ça ne fait aucun doute. Mais moi… Je ne peux pas. Bien sûr, je souffre encore. Mais je tiens trop à lui pour continuer à me barricader derrière ma colère.

— Je ne peux pas le détester. Pas après avoir découvert qui il est vraiment.

— Tu n'es qu'une idiote, Katherine.

Les mots et la violence de son intonation me font l'effet d'une gifle. Je n'en reviens pas, qu'elle me dise une chose pareille.

— J'ai essayé de t'aider. Pendant toutes ces années, j'ai été de ton côté et j'ai fait de mon mieux pour m'assurer que tu étais en sécurité. Mais si tu choisis de te remettre dans une situation dangereuse, je ne peux pas t'en empêcher. Tu es une adulte. Alors vas-y, passe donc du temps avec le fils de l'homme qui a failli te tuer. Défends ses mensonges. Reste à ses côtés et ridiculise-toi sur une chaîne nationale. Sache juste que, si tu le soutiens, moi, je ne peux plus t'aider.

Elle raccroche sans me laisser le temps d'ajouter quoi que ce soit.

J'ai l'impression d'être anesthésiée tandis que je nettoie les morceaux de porcelaine étalés par terre. Je n'ai même pas encore bu de café alors que j'en ai bien besoin.

Ma mère me force à choisir. Elle ne restera pas là sans rien dire, à me laisser protéger Ethan. Si je le fais, je serai toute seule.

Je sais déjà que Brenna sera dans le même camp qu'elle.

Je vais devoir livrer cette bataille-là seule. Sans le soutien ou l'appui de ma famille.

Et ce constat est absolument terrifiant.

Ethan

J'ai réussi à ne pas appeler Katie et à ne pas lui écrire. Je me suis dit que je pouvais gérer cette nouvelle crise tout seul et c'est ce que j'ai fait. J'ai contacté mon avocat et je l'ai vu en fin de matinée. Il m'a expliqué que je ne pouvais pas faire grand-chose : Lisa n'a pas révélé mon adresse ou montré mon visage, et les images de l'enregistrement qu'elle a diffusé étaient floues.

Mon nouveau nom n'a pas été mentionné. En tant que Will Monroe, je suis une « personnalité publique », comme il me l'a rappelé. Si Lisa avait crié ma nouvelle identité sur tous les toits, mon adresse ou d'autres détails de ce genre, là, j'aurais peut-être pu l'attaquer. Mais, dans le cas présent, je n'ai qu'à sourire et à la boucler.

— Je suis sûr que vous pourriez négocier une rémunération en échange de votre participation à l'interview, a suggéré mon avocat. Sinon, publiez un livre. Je suis certain qu'un tas d'éditeurs seraient ravis d'entendre votre version de l'histoire.

Super. Il a sans doute raison, mais est-ce que j'ai réellement envie d'écrire un bouquin sur la vie de merde qui a été la mienne ? Pas vraiment, non.

Quand je rentre chez moi, je m'attends presque à trouver des journalistes devant ma maison, mais heureusement il n'y a personne. Je pensais aussi avoir des nouvelles de Lisa Swanson, mais elle ne m'a pas encore contacté.

La journée a été surréaliste. Je suis apparu aux infos, comme un appât pour l'interview de mon bon vieux papa, mais à part ça tout s'est déroulé comme d'habitude. Je suis presque… déçu. C'est complètement dingue, je sais, mais qu'est-ce que vous voulez… Je suis habitué au cirque médiatique. Ça a fait partie de ma vie pendant des années, alors j'ai cru que les journalistes débouleraient tous en courant.

J'ai presque l'impression que c'est un test, et que je suis en train de le rater.

Je suis vraiment heureux d'avoir Molly. C'est une vraie source de réconfort. Et surtout elle ne me juge pas et n'a aucune attente, à part une gamelle pleine deux fois par jour, des promenades et de l'affection. Pourquoi ai-je attendu aussi longtemps pour prendre un chien ? C'est exactement ce qu'il me fallait, surtout avec l'incertitude qui plane au-dessus de ma relation avec Katie.

Je suis sur le point de lui envoyer un message quand on frappe à ma porte. Molly bondit et se met aussitôt à aboyer furieusement. Elle court jusqu'à la porte d'entrée, avec ses griffes qui dérapent sur le plancher, et je me lève du canapé. Je m'approche de la porte à pas de loup, mon portable serré dans la main. Molly aboie si fort que j'en ai mal aux oreilles, et je dois utiliser mon ton le plus dur pour la faire taire.

— Molly ! Arrête !

Je lui lance un regard sévère et elle opte pour un grognement rauque et ininterrompu. J'ai un sacré chien de garde.

— Qui est là ?

Ça m'apprendra à ne pas avoir installé le judas que je voulais acheter quand j'ai emménagé ici. Quel idiot.

— C'est moi. Katie.

Merde. Je déverrouille précipitamment la porte, surpris qu'elle passe à l'improviste, et je lui ouvre. Elle se précipite à l'intérieur, referme la porte et prend mes mains dans les siennes.

— Est-ce que tu vas bien ? Et toi, ajoute-t-elle en grondant Molly, pourquoi tu aboies comme ça ? Ce n'est que moi.

— Qu'est-ce que tu fais ici ?

Bien joué, Ethan. Maintenant, elle va croire que tu n'es pas content de la voir.

— Ça me fait plaisir que tu sois là. C'est juste que tu appelles, d'habitude.

— Je sais. Désolée. J'étais débordée ce matin avec une dissert que j'avais à rendre, et ensuite j'ai passé une heure au téléphone avec Lisa Swanson. J'étais tellement sur les nerfs après que je suis venue ici.

Elle fait une grimace et paraît hésiter.

— J'espère que j'ai bien fait…

— Bien sûr. Tu peux venir quand tu veux. Mais… comment ça, tu as passé une heure au téléphone avec Lisa Swanson ?

Elle se mordille nerveusement la lèvre.

— J'ai quelque chose à te dire. Ça ne va pas te plaire.

Je l'entraîne jusqu'au canapé et on s'assoit côte à côte. On n'est pas collés l'un à l'autre, mais on est assez proches pour se toucher. Je pense que c'est un progrès. Ça et aussi le fait qu'elle soit venue ici de sa propre initiative. Qu'elle ait parlé à Lisa Swanson, en revanche… C'est tout sauf une avancée. Je sais déjà que ce qu'elle s'apprête à me dire va me foutre en rogne.

— Je t'écoute.

— Ce que j'ai entendu aux infos ce matin m'a mise dans une colère terrible. Alors j'ai voulu faire quelque chose pour t'aider.

— Et donc tu as appelé Lisa ?

La pire idée qui soit…

— Pas tout de suite. J'ai essayé de me convaincre que c'était ton combat. J'avais presque peur de t'appeler pour prendre de tes nouvelles. Je suis désolée.

— Il ne faut pas. Je ne t'ai pas contactée parce que je voulais gérer toute cette merde tout seul. Je ne peux pas venir me réfugier dans tes jupes sans arrêt.

Un sourire doux naît sur ses lèvres.

— Tu aurais pu, tu sais.

— Je sais et je t'en remercie. Mais ça ne me dit pas ce que Lisa a à voir là-dedans.

— J'étais en train de bosser sur ma dissertation et je n'arrêtais pas de penser à elle, à sa proposition de participer à l'interview. On en a discuté à plusieurs reprises. Je l'ai même rencontrée en personne pour passer un accord avec elle.

— Un accord ?

Je fronce les sourcils et elle hausse les épaules, visiblement gênée.

— Je lui ai dit que je ne ferais pas l'interview à moins que tu ne participes, toi aussi. Au début, je voulais faire ça pour me venger, en te forçant à faire l'interview. Je savais que tu ne voulais pas, mais j'espérais que tu accepterais juste pour avoir une chance de me voir.

Elle me connaît bien. C'est vrai que j'ai été tenté.

— Ensuite, je me suis dit que ça pourrait nous aider si on la faisait tous les deux, parce que ça pourrait justifier notre histoire. On se serait retrouvés pendant l'entretien et notre relation aurait commencé après. Personne n'aurait pu nous le reprocher. Enfin, si, sans doute, mais on nous en aurait quand même moins voulu. Je n'en sais rien. Tu parles d'un bazar.

— C'était il y a quelques semaines, c'est ça ?

Elle acquiesce.

— J'ai refusé l'offre de Lisa à ce moment-là et je ne vais certainement pas accepter maintenant. C'est hors de question. Elle me massacrerait.

— Moi aussi, j'ai refusé quand j'ai appris que tu avais dit non. Mais... j'ai changé d'avis.

— Katie, tu...

Elle lève une main en l'air pour me faire taire.

— Ecoute-moi. Elle tente de manipuler tout le monde et j'en ai assez. Ton père est pareil, à essayer d'attirer la sympathie juste avant d'être exécuté. On devrait faire l'interview, pour leur montrer qu'on n'a pas peur. On n'a rien à cacher. C'est ton père, le monstre, pas nous. Toi, tu n'as rien fait de mal. Tu m'as sauvé la vie.

Mon cœur se serre dans ma poitrine, une fois de plus. Je suis profondément touché et honoré qu'elle soit prête à faire ça, à s'exposer à aux questions humiliantes de Lisa pour me défendre. Mais en même temps ça me brise le cœur. Je ne peux pas la laisser faire. Et si Lisa apprend ce que j'ai fait ? Si elle découvre que j'ai menti à Katie ?

— Tu n'as pas à faire ça pour moi.

Elle secoue fermement la tête.

— Tu vas me prendre pour une égoïste, mais c'est avant tout pour moi que je le fais. J'ai besoin de montrer à ton père qu'il ne me fait pas peur, que je peux vaincre mes démons. Naturellement, je le fais aussi pour toi. Si on peut contrôler la situation, alors on peut contrôler ce qui se raconte. Personne n'apprendra ce qui s'est passé entre nous. On ne les laissera pas faire.

— Mais s'ils l'apprennent quand même ? Ils nous mettront en pièces, Katie. Les gens vont flipper en découvrant qu'on a une relation, même amicale. Alors, s'ils savent ce qui s'est vraiment passé…

— Ils ne sauront rien, réplique-t-elle aussitôt. Dans tous les cas, c'est un risque à prendre. Mais je parie qu'ils ne l'apprendront pas et je veux faire ça pour toi. Dis oui, s'il te plaît.

Je ne veux pas l'encourager dans cette voie, mais je ne veux pas la blesser non plus en refusant son aide.

— Je n'en ai vraiment aucune envie.

Elle baisse la tête, ses épaules se raidissent, mais elle ne dit rien.

— Mais, pour toi, j'accepte.

Elle relève la tête et rive son regard au mien.

— On fait ça pour nous, dit-elle solennellement.

— Pour nous.

Le sous-entendu ne m'échappe pas, et je parie qu'elle en a conscience aussi.

Un silence pesant s'installe, que je finis par rompre.

— J'ai emmené Molly chez le vétérinaire.

Un petit sourire se forme sur ses lèvres.

— Déjà ?

— Je voulais m'assurer qu'elle était en bonne santé.

Elle va sûrement me trouver sentimental, mais ça m'est égal. Je le suis, de toute façon. Enfin, seulement quand il s'agit d'elle et de mon chien.

— Elle va bien. Il lui a fait deux vaccins qui l'ont un peu endormie, mais à part ça elle est en pleine forme.

Son sourire s'évanouit.

— Alors, tu vas appeler Lisa ?

Plutôt abrupt, comme changement de sujet.

— Pas tout de suite. Je lui enverrai un texto plus tard.

— Fais-le tout de suite, insiste-t-elle. Autrement, tu ne le feras jamais.

Même si je n'ai pas le cœur à rire, je sens un sourire naître sur mon visage.

— Tu as toujours été aussi têtue ?

— Non. Avant, oui, et puis j'ai arrêté de l'être. Mais j'essaie de redevenir celle que j'étais.

— Je suis ton cobaye, alors ?

— Malheureusement pour toi, oui. Au fait, l'interview se tient à San Francisco.

— C'est prévu pour quand ?

J'ai la trouille. Je n'ai vraiment aucune envie de faire ça. C'est uniquement pour elle que j'accepte. Je préférerais affronter un peloton d'exécution plutôt que Lisa et toutes ses questions.

— Mercredi à 13 heures. L'intégralité de l'interview sera diffusée le jeudi, y compris celle de ton père. Normalement, c'était prévu pour la semaine prochaine, mais ils l'ont avancée. Je pense que c'était l'idée de Lisa depuis le début : t'exposer pour attirer l'attention et changer la programmation.

— Katie, c'est de la folie. C'est dans moins de deux jours.

Elle se tord tellement les mains qu'elle va finir par se faire une entorse, et je secoue la tête. Elle sait que ça ne me plaît pas du tout que ça soit dans si peu de temps. Néanmoins, maintenant que j'ai accepté, je n'ai plus le choix.

— Il faut que je trouve un endroit où laisser Molly. Je vais appeler le vétérinaire pour lui demander s'ils ont de la place dans leur pension canine.

— Super.

— Tu as conscience qu'on se jette dans la gueule du loup ? C'est exactement ce qu'elle veut. C'est un piège.

— Il faut qu'on ait un coup d'avance sur elle, c'est tout. Qu'on réfléchisse et qu'on anticipe plus vite qu'elle. Et puis comme ça, au moins, on sera débarrassés.

C'est une façon de voir les choses, c'est sûr.

— On peut y aller ensemble en voiture. C'est moi qui joue les chauffeurs, si tu veux.

— Tu penses que c'est une bonne idée ?

— C'est idiot de voyager séparément.

— Mais c'est risqué de voyager à deux.

Elle n'a pas tort, mais je m'en fiche. Je veux qu'elle soit avec moi.

— On se débrouillera. Il est hors de question que je te laisse faire la route seule jusqu'à San Francisco.

— Je suis une grande fille, réplique-t-elle, visiblement vexée.

— Je n'aime pas l'idée de te savoir toute seule, c'est tout.

Ça n'a rien à voir avec elle. Je sais très bien qu'elle est capable de se débrouiller sans mon aide. Simplement, j'ai envie d'être avec elle. C'est de l'égoïsme pur et simple.

— Je peux me débrouiller toute seule.

— Je le sais bien.

Elle en est bien plus capable que ce que tout son entourage imagine.

Moi y compris.

Katherine

En arrivant à San Francisco le mercredi matin, on se rend directement à l'hôtel où la chaîne nous a réservé chacun une chambre pour la nuit. Les chambres sont au même étage, chacune à un bout du couloir, et on se sépare pour se préparer avant de partir au studio. Une voiture avec chauffeur viendra nous chercher séparément, à quinze minutes d'intervalle. C'est Ethan qui part en premier. Lisa veut sans doute qu'il arrive avant moi pour le faire se cacher quelque part.

Je parie qu'elle a orchestré de grandes retrouvailles bien mélodramatiques. Si elle et les autres employés de la chaîne savaient qu'on se connaît déjà et qu'on a fait le voyage ensemble jusqu'à San Francisco…

On a pris un gros risque. J'ai essayé de dissuader Ethan, mais il n'y a rien eu à faire. J'ai fini par céder, parce que j'étais bien contente d'avoir une excuse pour passer un peu de temps avec lui. Ça nous a permis de discuter de tout un tas de choses. Des sujets légers, néanmoins, rien de trop sérieux.

On n'a pas évoqué tout ce qui continue à nous diviser. Ses mensonges. Sa trahison. La haine qu'il inspire à la famille.

La désapprobation de ma mère et ma sœur. Je ne sais pas si je peux lui faire confiance. Je sais que c'est ce qu'il veut par-dessus tout, mais j'ai peur.

Alors on tourne autour de ces sujets, effrayés de les approcher trop au cas où on ne pourrait plus faire marche arrière ensuite.

J'aime bien l'hôtel. J'ai une grande chambre, au style ancien mais élégant, avec un lit immense et une vue superbe sur la ville. Je regarde par la fenêtre. Je sais qu'Ethan a la même vue et je me demande à quoi il pense en ce moment. Est-ce qu'il est aussi nerveux que moi ? Il semblait plutôt détendu pendant le trajet, mais il est doué pour cacher ses émotions alors que moi… je suis vraiment nulle pour ça.

Je m'arrache à ma contemplation de paysage pour défaire ma valise. J'accroche dans la penderie les trois tenues différentes que j'ai apportées, puis je recule d'un pas pour les observer. Je suis tellement nerveuse que je suis incapable de choisir. C'est idiot.

Je veux qu'on me trouve jolie et forte à la fois. Confiante. Je sais déjà que je ne vais pas parler à Aaron Monroe en direct (j'en serais totalement incapable), mais il va y avoir des extraits de son interview et j'ai peur de ma réaction.

J'ai la nausée rien que d'y penser. Et si je suis malade sur le plateau ? J'ai beau jouer aux fortes têtes avec mes nouvelles tenues en guise d'armure, dans le fond, je sais que poser les yeux sur lui me renverra à la petite fille de douze ans effrayée que j'étais. Lisa va se régaler, c'est certain. Je commence à croire qu'elle n'a vraiment pas de cœur.

Dire qu'elle était aux anges quand Ethan/Will l'a contactée serait un euphémisme. A la seconde où il lui a envoyé un message, je sais qu'elle s'est dit qu'elle avait gagné. C'était exactement ce qu'elle voulait et, pendant une terrifiante fraction de seconde, je me suis demandé si on n'était pas en train de faire une énorme erreur.

Mais je suis sûre que non. Tant qu'on est ensemble, on est capables de gérer. Du moins, c'est ce que je me dis.

Je prends une douche et je me fais un brushing jusqu'à ce que mes cheveux soient bien lisses. Je m'applique pour me maquiller, mais je ne sais pas trop pourquoi je perds mon temps, étant donné qu'il y aura sûrement une maquilleuse au studio. Finalement, j'opte pour ma robe grise à manches longues avec des collants noirs et des bottes qui montent aux genoux. C'est un look plutôt audacieux pour moi, et dont j'espère être à la hauteur quand j'entrerai dans la pièce.

Je suis en train d'enfiler mes collants quand mon portable sonne. C'est un texto d'Ethan.

Tu devras faire comme si tu ne m'avais pas vu depuis des années quand on se retrouvera pour la première fois au studio. N'oublie pas.

Merci de me le rappeler. Je suis tellement nerveuse que j'aurais été capable d'oublier.

Tu es sûre que tu es prête ? Tu as besoin de quelque chose ? Soutien moral, shooter de tequila ?

J'ai besoin qu'il me prenne la main et me dise que tout va bien se passer. J'ai besoin qu'il reste calme pour que je puisse l'être, moi aussi. J'ai besoin d'un tas de choses, sans doute bien plus qu'il ne peut donner. Alors je ne lui dis rien de tout ça.

Ça va, ne t'inquiète pas. Et toi ?

Sa réponse me parvient aussitôt.

Ça va. Je suis un peu nerveux. J'ai hâte que ça soit terminé.

Moi aussi.

A la seconde où j'entre dans le studio, Lisa me tombe dessus, mielleuse et dégoulinante.

— Merci mille fois d'avoir accepté.

Il n'y a personne à part elle. Même les cameramen ne sont pas encore là. Je trouve ça bizarre. C'est son assistante qui m'a escortée, après m'avoir fait passer à la coiffure et au maquillage (j'ai beaucoup trop de laque dans les cheveux, d'ailleurs). La coiffeuse-maquilleuse, qui devait avoir à peu près mon âge, était en extase et passait son temps à répéter que c'était « un tel honneur » de me rencontrer.

C'est sans doute Lisa qui lui a conseillé de dire ça.

— Je sais que ce n'était pas une décision facile à prendre, poursuit-elle. Mais je suis heureuse que vous me donniez cette opportunité de vous laisser répondre à sa version de l'histoire.

— Est-ce que vous m'avez vraiment laissé le choix ?

Je croise les bras sur ma poitrine en essayant de maîtriser la colère que je sens déjà monter en moi. C'est loin d'être facile. Elle tire les ficelles depuis le début et je n'aime pas cette sensation d'être sa marionnette.

— On a toujours le choix, répond-elle joyeusement.

A croire que ma mauvaise humeur lui passe complètement au-dessus de la tête.

— En tout cas, je suis impatiente que vous retrouviez Will après toutes ces années. Il est déjà là.

Mon cœur se met à cogner si fort que j'ai peur qu'elle puisse le voir battre à travers ma robe. C'est presque comme si c'était *vraiment* la première fois que je le revoyais après toutes ces années sans nouvelles.

— C'est vrai ?

— Oui. On vient juste de finir de l'interviewer.

Mon cerveau tourne à mille à l'heure. Ils l'ont déjà interviewé ? Ils n'ont pas perdu de temps. Moi qui pensais qu'on serait interviewés ensemble…

— Il est charmant, d'ailleurs.

Je hausse les sourcils. Où est-ce qu'elle veut en venir ? Ses yeux étincellent comme ceux d'une gamine qui prépare un mauvais coup.

— Il est vraiment beau garçon. Bien élevé, avec un bon job… C'est un très bon parti.

J'en étais sûre.

— Est-ce que vous essayez de jouer les marieuses ?

— Bien sûr que non ! s'esclaffe-t-elle. Ne soyez pas ridicule. Comme si c'était possible… Votre passif est tellement lourd que ça serait ingérable si vous décidiez de vous lancer dans une relation de ce genre.

Je ne réponds pas. Elle a entièrement raison. Ce serait un véritable désastre.

— De plus, il a dit qu'il y avait quelqu'un de spécial dans sa vie, ajoute-t-elle avec un sourire mystérieux. Il ne m'en a pas dit plus, mais il a une petite amie, c'est sûr…

C'est fascinant de la voir spéculer de la sorte. Est-ce

qu'Ethan parlait de moi ou est-ce qu'il voulait berner Lisa ? En tout cas, je suis étonnée qu'elle se soit contentée de ça. J'aurais cru que ce genre de confession aurait mené à une nouvelle série de questions indiscrètes.

— Je suis contente qu'il ait quelqu'un. Tout le monde mérite de trouver quelqu'un à aimer.

— Vous aussi, ma chère. Je pense souvent à vous et à votre vie d'ermite solitaire, vous savez.

Elle émet un petit claquement de langue désapprobateur qui me donne brusquement envie de lui mettre mon poing sur la figure. Pour qui se prend-elle ?

— Ne vous en faites pas pour moi, je vais très bien. Je ne suis pas encore une vieille fille bonne pour la casse.

Je me rappelle avoir lu cette expression quelque part, une fois, et avoir aussitôt pensé à ma vie. Mais c'était il y a des années et j'étais dans un état d'esprit bien différent à l'époque.

Je n'ai que vingt et un ans. Je suis encore jeune et j'ai toute la vie devant moi pour bâtir une relation qui dure.

— Bonne pour la casse, comme vous y allez ! s'exclame-t-elle.

Elle a l'air de bien s'amuser. Je n'avais jamais réalisé à quel point elle était moqueuse.

— Bon, qu'est-ce qu'on attend ? On y va ?

Elle joint les mains cérémonieusement et me sourit. Encore une fois, mon agacement ne semble pas la déranger.

— Allons-y.

Les cameramen apparaissent comme par magie, ainsi que l'assistante de Lisa. Ils disposent deux fauteuils face à face, et un technicien apporte un grand écran qu'il installe juste derrière Lisa, à sa droite.

Aussitôt, mon angoisse monte en flèche. Cet écran, c'est Aaron Monroe. Lors de la première interview, j'ai dit à Lisa que je ne voulais pas entendre ce qu'il avait à dire, mais cette fois j'ai cédé et Will aussi. Elle a promis que ce serait bref et j'ai envie de la croire. Mais savoir que je vais voir son visage, entendre sa voix… Est-ce que je parviendrai à le supporter ? Ou est-ce que je vais perdre les pédales et faire un truc horrible… du genre vomir sur Lisa ?

Dès qu'elle est assise en face de moi, je mets les choses au clair.

— Je ne vais pas parler longtemps. On s'est mises d'accord. Dix minutes, pas une de plus.

Elle acquiesce, le visage dénué de toute expression.

— Aucun problème.

Néanmoins, je me sens obligée de lui rafraîchir la mémoire.

— Si certaines questions sur Monroe me mettent mal à l'aise, j'arrête tout.

Un rictus apparaît sur son visage, qu'elle gomme aussitôt.

— Je vous le déconseille.

— Je m'en doute.

Face à mon ton sarcastique, elle écarquille légèrement les yeux. Je ne suis plus la petite fille craintive d'il y a quelques mois. J'ai un peu plus de jugeote, et beaucoup plus de détermination.

Elle jette un regard par-dessus son épaule.

— Commençons. Est-ce que tout est prêt ?

Au bout de quelques minutes, tout l'est. Les caméras sont braquées sur nous, les spots diffusent une lumière crue qui fait perler de la sueur sur mon front, comme la dernière fois. Je m'intime l'ordre de me détendre et je me force à baisser les épaules. Je ne veux pas que Lisa perçoive à quel point je suis anxieuse.

Mais, la connaissant, je suis sûre qu'elle doit le sentir.

On se débarrasse rapidement des formalités de base. Elle pose quelques questions d'introduction, auxquelles j'offre des réponses creuses et convenues. Puis, sans transition, elle enchaîne sur des questions bien plus agressives, comme la professionnelle assoiffée de sang qu'elle est. Son expression est neutre, et son regard, empli de cette compassion qu'elle arrive si bien à feindre.

— Qu'avez-vous ressenti lorsque vous avez appris qu'Aaron Monroe avait accepté de donner une interview ?

— Du dégoût.

Le mot détone comme une bombe entre nous, mais elle ne bronche pas. Je dois reconnaître qu'elle m'impressionne.

— Qu'est-ce qu'il peut bien avoir à raconter que les gens auraient envie d'entendre ? ajouté-je.

— Un tas de choses, à vrai dire.

Lisa se penche en avant, comme si elle était sur le point de faire une révélation particulièrement croustillante.

— Mais, plus que tout, il souhaite obtenir votre pardon.

Aussitôt, l'écran de télévision s'allume et il apparaît dans sa tenue blanche de prisonnier. Il a le crâne rasé et il a grossi. Il est pâle. Il ne doit pas beaucoup prendre l'air. Son regard sombre est maussade, exactement comme dans mes souvenirs, sauf qu'il semblait bien plus fort à l'époque. Trop pour que je puisse me débattre.

Je plaque mon dos au dossier de ma chaise, comme si ça allait mettre de la distance entre son image et moi.

Je me souviens de ses yeux, presque noirs et remplis de rage tandis qu'il m'insultait. Qu'il m'arrachait mes vêtements.

Qu'il m'étranglait jusqu'à ce que je manque de m'évanouir. Qu'il me hurlait des horreurs salaces, son visage à quelques millimètres du mien.

Sa voix retentit et je me crispe. Automatiquement, mes mains agrippent les accoudoirs de mon fauteuil. Ça faisait une éternité que je ne l'avais pas entendu et ça m'allait très bien comme ça. Sa voix me ramène des années en arrière et les souvenirs me reviennent les uns après les autres.

Il a une voix de fumeur, plus rocailleuse que dans mes souvenirs.

— Ce que j'ai fait est mal et j'aimerais obtenir le pardon de Katherine, même si je sais qu'elle ne me le donnera sûrement pas. Ça voudrait dire beaucoup pour moi si elle parvenait à trouver au fond de son cœur la volonté de me pardonner. J'ai déjà fait la paix avec Dieu. A présent, j'aimerais aussi faire la paix avec Katherine Watts.

L'écran s'éteint.

Comme mon cerveau.

— Alors, Katherine, avez-vous au fond de votre cœur la volonté de pardonner à Aaron Monroe ce qu'il vous a fait ?

Katie

Il faisait une chaleur torride dans le cabanon, mais j'étais frigorifiée. Je tremblais sans arrêt et j'avais peur. Une peur panique. Les yeux fermés, je priais Dieu que quelqu'un me trouve. Ma famille n'était pas très portée sur la religion, même si on n'était pas athées pour autant. On n'était jamais vraiment allés à l'église, mais j'avais assisté à plusieurs messes avec ma meilleure amie, Sarah. La plupart pour des fêtes comme Pâques ou Noël. Chaque fois, j'avais trouvé ça agréable, et même réconfortant.

Et en ce moment, j'avais désespérément besoin de réconfort. J'avais besoin que Dieu me dise que tout allait bien se passer. Mais tout semblait indiquer le contraire. J'avais mal partout. A la tête, au cou, à la poitrine, entre les jambes…

Est-ce qu'il allait me laisser repartir ? Ou est-ce qu'il allait me tuer ? Ça faisait au moins vingt-quatre heures que j'étais là. Ou peut-être moins ? Je perdais la notion du temps. C'était le midi, l'après-midi peut-être, et je me demandais où étaient mes parents. Est-ce qu'ils me cherchaient ? Avaient-ils appelé la police ? Sûrement. Mais est-ce qu'ils me trouveraient un jour ?

Et surtout… Est-ce que j'avais envie qu'on me trouve, après tout ce que cet homme m'avait fait ?

La porte s'entrouvrit. Un flot de lumière aveuglant pénétra dans la pièce, me forçant à détourner le regard. Il referma la porte derrière lui et je commençai à avoir du mal à respirer.

Il était là, dans le cabanon, avec moi. Dieu seul savait ce qu'il avait prévu de me faire.

— Toujours pas morte ?

Il semblait à la fois amusé et agréablement surpris.

Si seulement j'avais pu l'être.

Ça m'aurait évité d'avoir à subir ça de nouveau.

Katherine

Je lâche les accoudoirs et je me penche légèrement en avant à mon tour, comme si c'était à moi de révéler un scoop mystérieux.

— Non. Je ne trouverai jamais dans mon cœur l'envie ou la force de pardonner. Il m'a *violée*, Lisa. Il a failli me *tuer*.

— Alors, vous pensez que c'est mal qu'il demande votre pardon ?

Je hoche la tête et je me laisse aller contre le dossier de mon fauteuil. Je suis étonnée de constater à quel point j'ai le cœur léger. Néanmoins, Lisa commence à m'énerver.

— Comment pourrais-je pardonner, Lisa ? Jamais je n'oublierai ce qu'il m'a fait, ce qu'il a fait à ma famille. Il voulait m'assassiner. Alors permettez-moi de vous dire que je trouve sa demande franchement ridicule.

Lisa hausse les sourcils et je suis… enchantée. Je l'ai choquée. Et j'adore ça.

— Vous comptez donc vous raccrocher à votre rancune jusqu'à la fin de vos jours ? Vous croyez vraiment que c'est une bonne idée ? Après tout, il vous a laissé la vie sauve.

Là, je suis énervée. A croire qu'elle le fait exprès pour que je perde mon sang-froid. *Il* m'a laissé la vie sauve ? Pitié.

— C'est réellement ce que vous pensez ? Que c'est parce qu'il l'a bien voulu que je suis toujours en vie ?

Elle a les sourcils au milieu du front, cette fois. Ça ne lui plaît pas que je la prenne à partie.

— J'imagine que non… Allez-vous de nouveau insister sur le fait que c'est Will Monroe qui vous a secourue ?

— Je vous en prie, Lisa. Vous le savez pertinemment. Je l'ai toujours dit haut et fort. C'est lui qui m'a sauvée, pas son père. *Will.*

J'ai bien appuyé sur le dernier mot. Je suis tellement en colère que je tremble comme une feuille. Un mouvement sur la droite me fait tourner la tête, et d'un coup je l'aperçois.

Il est là. Mon Will. Ethan a disparu. Tout ce que je vois, c'est Will Monroe, debout devant moi, à la fois fort et hésitant. Amical mais méfiant. C'est exactement comme ça qu'il doit se comporter, étant donné qu'on est censés ne pas s'être vus depuis des années. Il porte un pantalon noir et une chemise bleue, il est bien coiffé, et sa barbe a disparu. Il semble plus jeune. Il ne porte même pas ses lunettes. Il serre les dents et son regard est incroyablement sombre quand il le pose sur moi.

Pendant une fraction de seconde, ses yeux me rappellent ceux de son père. Ils ont exactement la même forme et la même couleur. La différence, c'est que ceux de Will sont remplis de gentillesse et de chaleur. Pas de cruauté.

Le choc doit se lire sur mon visage car Lisa ne dit pas un mot et elle n'ordonne pas non plus de couper. Les caméras continuent à filmer. Elle veut capturer ce moment pour toujours.

Je me lève doucement, sans jamais le quitter des yeux. Je commence à avancer, lentement, mais il est plus rapide que moi. Il franchit la distance qui nous sépare en quelques pas à peine.

On se tient l'un en face de l'autre et je relève la tête pour plonger mon regard dans le sien. La tendresse et l'émotion que je lis dans ses yeux me donnent envie de pleurer.

Je sens les miens se remplir de larmes et il me lance un regard qui veut dire « s'il te plaît, ne fais pas ça », mais c'est trop tard. Je ferme les yeux pour tenter de reprendre le contrôle et, quand je les rouvre, il est déjà en train de me prendre dans ses bras en murmurant mon nom. Il me serre contre lui et je l'étreins aussi de toutes mes forces.

C'est agréable d'être contre lui. Il sent délicieusement bon. Je suis heureuse de ne pas l'avoir vu avant de venir au studio. La transformation paraît réelle. Je n'ai plus l'impression d'être en présence d'Ethan : je suis avec Will, le héros de mon passé, le garçon de mes rêves, celui auquel étaient adressés mes lettres, mes textos, mes appels. C'est celui de ces instants volés où je l'ai regardé à la télé pendant le procès. Il était si différent à l'époque…

Et maintenant il est là, qui me console. Je suis idiote de me dire ça. Mais j'ai besoin de faire perdurer l'illusion, alors je me complais dans mon délire imaginaire.

— Vous êtes adorables, tous les deux.

La voix de Lisa nous rappelle où on est, et on s'écarte l'un de l'autre. Je me sens rougir et Will m'adresse un sourire timide.

— Arrêtez de filmer.

Les cameramen s'exécutent aussitôt et elle se tourne vers nous.

— C'était parfait. Je n'aurais pas pu mieux orchestrer

vos retrouvailles. On a juste à trouver un fauteuil pour Will et on peut commencer l'interview groupée.

Je regarde dans la direction de Will. Il m'observe, avec un petit sourire aux lèvres, et je lui souris aussi timidement. C'est idiot. Il m'a vue dans les moments les plus difficiles de ma vie, et pourtant j'ai l'impression de ne pas le connaître. Sans doute parce que je ne le connais pas, dans le fond. Ethan m'a seulement offert de brefs aperçus de sa vie, mais qui est-il vraiment ? A quoi ressemble son quotidien ? Quels sont ses rêves, ses problèmes ? Est-ce qu'il a du mal à dormir la nuit ? Est-ce que ses souvenirs le hantent ? Est-ce qu'il est heureux ?

Je veux tout savoir sur lui.

Et pas sur Ethan. Sur Will.

Lisa est occupée à donner des ordres à son assistante et Will en profite pour s'approcher, l'air inquiet.

— Tu vas bien ? demande-t-il à voix basse de façon que personne à part moi ne l'entende.

Je hoche simplement la tête. Je ne veux pas qu'elle croie qu'on partage des secrets. Faire des messes basses ne ferait qu'attirer son attention et je n'ai pas besoin d'encourager la fixette que Lisa fait sur nous.

— Ça va.

— On a été convaincants, je trouve. Pas toi ?

Il est fier de lui. Je le comprends, mais je préférerais qu'il fasse profil bas.

— Très convaincants.

Je lui souris, incapable de m'empêcher de poser la main sur sa poitrine. Son torse est chaud et ferme et une drôle de sensation naît dans mon ventre.

— Tu es très élégant.

— Toi aussi.

Son regard se promène lentement sur moi et je commence à avoir chaud.

— Tu es très belle, Katie.

Quelque chose change dans l'atmosphère. L'air est comme animé d'une force inconnue et je me laisse emporter par le côté romantique de la situation. Après tant d'années, la connexion entre nous est toujours aussi forte — plus encore, après ce qu'on a partagé en tant qu'adultes.

— Merci.

On entend Lisa hurler sur son assistante et je fais la grimace. Je n'aimerais pas subir le courroux de Lisa Swanson. Elle doit être odieuse avec ses collaborateurs.

— On ferait mieux de faire attention.

— Pourquoi ? s'étonne Will en se penchant sur moi. C'est exactement ce qu'elle veut. Elle m'a fait ta pub avant de commencer notre interview. Elle n'arrêtait pas de répéter à quel point tu étais jolie, calme, douce et gentille. Je me suis contenté d'acquiescer en silence, et de lui dire que j'avais regardé l'interview précédente.

— On dirait qu'elle veut nous mettre ensemble.

La peur me tord le ventre. Je suis terrifiée par la réaction du public si les gens apprenaient ce qui s'est passé entre nous. Et j'ai aussi peur de devenir folle si jamais on reprend les choses où on les a laissées. Quand j'y pense, c'est affreusement troublant de constater avec quelle facilité il a menti. Il pourrait très bien recommencer.

Je décide de changer de sujet.

— Tu es différent, sans tes lunettes.

— Je me suis dit qu'il valait mieux ne pas les mettre aujourd'hui. On me reconnaît moins, comme ça.

— Tu y vois quelque chose, au moins ?

— J'ai acheté des lentilles il y a quelque temps, c'était l'occasion de les tester. J'ai eu l'impression de me crever les yeux vingt fois, mais j'ai fini par réussir à les mettre.

Je lui souris et je me perds un peu dans son regard, jusqu'à ce qu'un bruit de pas m'interpelle.

C'est Lisa.

— Vous semblez drôlement complices, tous les deux.

Mon sourire s'évanouit tandis que le sien lui mange la moitié du visage.

— Vous partagez déjà des secrets ?

— On papotait, dit Will nonchalamment.

Il se redresse de toute sa hauteur et fait un pas vers Lisa.

— Vous êtes prête ?

Je suis admirative de la façon dont il vient de prendre le contrôle de la situation. Je trouve ça presque… excitant ? Non, ce n'est pas ça que je ressens.

Si ?

Le regard de Lisa alterne entre lui et moi.

— Je suis prête. Et vous ?

— On n'a jamais été aussi prêts.

Ethan

Katherine est bizarre… Elle ne se comporte pas comme d'habitude et je n'arrive pas à déterminer exactement ce qui cloche. Je sais qu'on joue un rôle et qu'on fait semblant de ne pas s'être vus depuis des années, mais quand même… Elle me regarde d'un air rêveur et nostalgique, comme si j'étais son prince charmant qui venait de débarquer sur son cheval blanc, épée à la main, prêt à se battre à mort pour la princesse.

C'est un peu ce que je ressens de mon côté, je dois dire. J'ai le sentiment d'être là pour la protéger. Mon interview en tête à tête avec Lisa ne s'est pas aussi mal déroulée que ce que je pensais. Il faut dire que je m'attendais au pire. Elle m'a posé quelques questions d'ordre général avant de passer à l'attaque. Sa curiosité était palpable lorsqu'elle m'a demandé si j'avais parlé à mon père, si j'envisageais de le revoir, si je pensais être jamais capable de lui pardonner.

Chaque question a obtenu la même réponse : non. Je n'ai pas la moindre envie de le revoir. J'ai eu ma dose d'Aaron Monroe jusqu'à la fin de mes jours. Pour moi, c'est presque comme s'il avait déjà arrêté d'exister. Il sera bientôt exécuté, de toute façon. Il ne va pas pouvoir faire appel éternellement.

Parfois, je regrette qu'il ne soit pas déjà mort, pour que ce cauchemar soit enfin terminé.

C'est horrible, de vouloir ça. Chaque fois que cette pensée me traverse l'esprit, je me sens coupable, mais est-ce que lui se sent coupable pour toutes les vies qu'il a volées ? Détruites ? Il prétend que oui, avec ses larmes de crocodile et ses supplications bidons. Mais je sais bien que c'est du vent, tout ça.

Il veut juste être au centre de l'attention.

— Asseyez-vous, s'il vous plaît.

La voix de Lisa me ramène sur terre.

— Prenez celui-là, Katherine, dit-elle en désignant un fauteuil.

Je m'installe à côté de Katie et Lisa nous sourit. La maquilleuse apparaît comme par magie et lui repoudre le nez, avant de retoucher le maquillage de Katie. Lorsqu'elle s'approche de moi, je secoue la tête. C'était déjà assez pénible de la laisser me coiffer la première fois.

— Avant de commencer, je voulais aborder avec vous les questions que je vais vous poser. Je veux me concentrer sur ce qui s'est passé ce jour-là, quand vous avez amené Katherine au commissariat, Will.

Elle marque une pause et prend un air très grave.

— Etes-vous tous les deux d'accord pour parler de ça ?

Je suis étonné qu'elle en ait quelque chose à faire.

— Ça me va.

Lorsqu'elle se tourne vers Katie, son expression est presque… moqueuse. Quelque chose me dit que Katie l'a mise en pétard avant que je les rejoigne.

— Et vous, Katherine ? Est-ce que vous voulez bien parler de cette journée ?

Katie acquiesce, la tête haute, le port altier. Elle me fait penser à une reine qui gouverne ses sujets.

— Oui, je veux bien.

Lisa sourit.

— Parfait. Dans ce cas, c'est parti.

Will

La panique s'était emparée de moi pendant le trajet avec Katie. Et si la police ne me croyait pas ? S'ils affirmaient que c'était moi qui lui avais fait du mal ? Qui l'avais violée ?

Je tremblais rien qu'en y pensant. Je ne supportais pas l'idée qu'ils se disent que c'était moi qui lui avais fait ça. Que c'était moi qui lui avais fait des bleus, qui l'avais attachée, forcée à faire des choses répugnantes. Des choses qu'une fille de son âge ne devrait jamais avoir à subir.

J'étais encore vierge, bon sang. Aucun examen médical n'aurait pu le prouver vu que je suis un mec mais je n'avais jamais eu de rapport sexuel. Je m'étais amusé un peu, mais rien de sérieux. Et je n'aurais jamais fait de mal à une fille, surtout aussi jeune que Katie. Je n'étais pas comme mon père.

Je serrai les poings. Je ne serais *jamais* comme mon père.

Jamais.

— C'est encore loin ? geignit Katie.

Elle était à la traîne derrière moi. Elle marchait tout doucement et elle perdait presque ses tongs trop grandes à chaque pas. Elle avait l'air épuisée. Des cernes sombres entouraient ses yeux et elle disparaissait sous mon sweat.

Elle semblait encore plus jeune que la première fois que je l'avais vue.

— On y est presque, tentai-je de la rassurer.

Si seulement j'étais sûr de faire ce qu'il fallait. Mais tout ça risquait de me revenir en pleine face. Et, dans ce cas-là, qu'est-ce que je ferais ? Est-ce que je finirais en taule comme mon père ? Parce que c'était là qu'il allait terminer, ça ne faisait pas l'ombre d'un doute. La police allait le mettre sous les verrous pour un bon moment.

C'était tout ce qu'il méritait.

Arrivés à une intersection, on dut attendre que le feu passe au vert pour traverser. Katie frissonnait, alors qu'il ne faisait pas si froid, pourtant. Je pris sa main dans la mienne et je la serrai. Elle me sourit, les yeux remplis de tristesse mais aussi de gratitude.

— J'ai mal aux pieds. Je suis tellement fatiguée, murmura-t-elle. Je sais que je n'ai pas arrêté de me plaindre… Je suis désolée.

— Ne t'excuse pas.

Ses plaintes m'avaient rendu dingue une fois ou deux, mais j'avais essayé de prendre sur moi. Je ne pouvais pas lui en vouloir, après ce qu'elle avait traversé.

— Je veux te remercier, Will, dit-elle d'une toute petite voix. Tu m'as sauvé la vie.

— Non, je…

Elle m'interrompit en serrant ma main de toutes ses forces.

— Si. Il m'aurait tuée. Je le sais, et toi aussi, tu le sais.

Le frisson qui me parcourut n'avait rien à voir avec la brise fraîche qui soufflait ce soir-là.

J'avais peur de ce que mon père aurait pu lui faire. Est-ce qu'il l'aurait assassinée ? Est-ce qu'il aurait balancé son corps quelque part où personne ne l'aurait retrouvé ? Elle avait sûrement raison : je l'avais sauvée.

Face à l'énormité de ce que je venais de faire, mon cœur faillit exploser dans ma poitrine.

Ethan

— Dites-moi, Will.

Lisa croise les mains devant elle, ses coudes appuyés sur les accoudoirs de son fauteuil.

— Qu'avez-vous pensé lorsque vous avez trouvé Katie dans le cabanon au fond du jardin, derrière votre maison ?

Je me fige, incertain. Elle va droit au but. Je savais qu'elle me demanderait ça et je m'y suis préparé, mais…

Les mots finissent par sortir tout doucement de ma bouche.

— J'étais choqué. J'ai d'abord cru à une hallucination. Ça m'a fait peur de la trouver là et…

Je ne parviens pas à finir ma phrase et j'avale difficilement ma salive. C'est la partie que j'ai le plus de mal à avouer, parce que j'en ai terriblement honte.

— Je me suis sauvé. Je l'ai laissée là.

Je sens le regard de Katie fixé sur moi, mais je suis incapable de lui faire face. La culpabilité que j'éprouve encore de l'avoir abandonnée sans rien faire à ce moment-là m'étreint douloureusement. Ça met sacrément à mal l'image de héros que Katie essaie de me coller. C'est pour ça que je suis aussi mal à l'aise quand elle me porte aux nues. J'ai eu de la chance, et elle aussi. Mais… et si j'étais retourné dans la cabane un jour plus tard et qu'elle n'avait plus été là ?

Je crois que je ne me le serais jamais pardonné.

— Pourquoi l'avez-vous laissée ?

— Je n'étais qu'un gamin de quinze ans, paumé, qui n'avait aucune idée de la façon dont il fallait réagir. Je ne savais pas quoi faire. J'avais tellement peur que mon père soit en colère contre moi s'il apprenait que je l'avais trouvée… J'avais peur d'avoir des ennuis. J'en avais toujours, avec lui.

Ça fait mélodramatique, dit comme ça, mais c'est vrai. Ce que je craignais le plus, c'était qu'il découvre que j'étais au courant et qu'il m'enferme dans le cabanon, moi aussi. Ou qu'il me force à faire des choses que je ne voulais pas faire. Comme le regarder… avec Katie.

Ou, pire encore, qu'il me force à faire quelque chose à Katie. Pourtant, à l'époque, je ne savais pas jusqu'à quel point il pouvait être dépravé et tordu. Je ne comprends toujours pas comment il est devenu un tel monstre, ni quand c'est arrivé exactement.

— Mais vous y êtes retourné, pousse Lisa en coulant un regard vers Katie. Vous l'avez sauvée.

— J'y suis retourné et je lui ai dit que j'allais la sauver, mais que je devais préparer notre fuite d'abord. Il me fallait des affaires pour elle et je devais m'assurer que mon père n'était pas dans les parages. S'il nous avait surpris, je sais ce qu'il nous aurait fait, à tous les deux. Et on n'aurait sûrement pas survécu.

Je n'en avais pas conscience à l'époque, mais je le sais, désormais. Je suis certain qu'il nous aurait tués. Tous les deux.

Je me rappelle combien Katie m'en avait voulu de la laisser. Elle croyait que je ne reviendrais pas. Mais je suis revenu.

Et je reviendrai toujours.

— Alors vous vous êtes sauvés et vous l'avez emmenée au commissariat, où vous aviez prévu de la déposer puis de partir.

— C'est ça.

Lisa a l'air incrédule.

— Pourquoi ? Pourquoi la laisser sans demander de l'aide pour vous aussi ?

Katie non plus n'a pas compris, à l'époque. Elle m'en a voulu. Personne ne comprend pourquoi j'ai fait ça, pas même moi.

— J'avais peur. Ma vie avec mon père n'était pas une vie normale, mais je ne connaissais rien d'autre. C'était ma normalité et je ne voulais pas perdre mes repères.

— Pourtant, vous étiez loin de mener une existence agréable, je me trompe ?

Je secoue la tête. J'en ai marre de ses questions. Quand est-ce que le tour de Katie va arriver ?

— C'était horrible.

— Est-ce qu'il vous maltraitait ?

J'acquiesce sans un mot. Je refuse de décrire toutes les horreurs qu'il m'a fait subir.

— Mais vous ne vouliez pas le quitter, commente Lisa platement.

— C'est difficile de quitter ce qu'on connaît, intervient Katie.

Sa voix d'habitude si douce est mâtinée d'une intonation dure et glaciale. Une fois de plus, elle vole à mon secours. C'est ce qu'elle a toujours fait face à la presse, à la police, à sa famille. Ça n'a rien de nouveau pour elle.

Et quelque chose me dit qu'elle n'aime pas les questions de Lisa.

Celle-ci ne doit pas apprécier que Katie s'en mêle, car elle la regarde à peine.

— Vous aviez peur de l'inconnu.

Qu'est-ce que ça a à voir avec le reste ? Je hausse les épaules, désarmé.

— Oui.

— Comme vous le savez, j'ai parlé avec votre père. Nous nous sommes rencontrés à plusieurs reprises et j'ai des heures d'enregistrement avec lui. Il m'a demandé de partager un extrait avec vous en privé. Ça ne sera pas diffusé, je vous le promets. Arrêtez de filmer, ordonne-t-elle aux cameramen.

Ils s'exécutent et je fixe l'écran installé derrière Lisa avec appréhension. Mon père apparaît, qui sourit à la caméra.

J'agrippe les accoudoirs, tellement fort que mes mains me font mal.

— Fiston, j'espère que tu pourras écouter ce message en ouvrant ton esprit et ton cœur. Je veux m'excuser pour l'enfer que je t'ai fait vivre et pour l'enfer que tu continues à vivre à cause de moi, parce que ça ne finira jamais. C'est injuste, je le sais, mais je ne peux rien faire pour arrêter ça. Tout ce que je fais, je le fais pour toi, mais aussi pour moi. J'ai ma propre version de l'histoire et des événements. Que tu souhaites ou non te souvenir de certains détails particuliers, c'est ton choix. Mais je tiens à te dire ceci avant toute chose : je t'aime. J'espère qu'on pourra se revoir un jour, en face à face. Si ce moment n'arrive jamais, alors j'espère que ce message fera l'affaire, pour toi comme pour moi.

Puis l'écran devient noir et les caméras recommencent à filmer.

Un dégoût sans nom me submerge, si fort que j'en ai la nausée. Il n'a pas dit grand-chose mais c'est suffisant pour savoir que ça n'annonce rien de bon.

— Vous avez l'air contrarié, dit Lisa doucement. Qu'est-ce qui vous dérange le plus dans le message de votre père ?

— Le fait qu'il n'hésitera pas à déformer la vérité pour apparaître sous un meilleur jour. Je suis sûr qu'il vous a dit des choses qui me font passer pour un monstre, comme lui.

Lisa garde le silence et je pousse un soupir chargé de frustration.

— Il ne m'aime pas. Il ne sait pas ce qu'aimer veut dire.

Tout ça devient bien trop personnel. Je serai furax si Lisa utilise ça pour le montage final. En même temps, je n'aurais que ce que je mérite. C'est moi, l'abruti qui ai accepté de participer à ce cirque.

— Il a dit que vous étiez impliqué dans l'enlèvement et le viol de Katherine Watts, assène soudain Lisa.

Aussitôt, Katie bondit. Elle est tendue comme un arc et ses yeux lancent des éclairs.

— C'est un mensonge, éructe-t-elle. Will a été gentil avec moi, il a pris soin de moi quand je n'avais personne.

Elle arrache le petit micro noir accroché à l'encolure de sa robe et le balance sur son fauteuil.

— Je m'en vais. Je ne vais pas rester assise là à vous laisser débiter des mensonges vicieux.

Je me lève et j'attrape Katie par le bras pour l'empêcher de partir. Quand son regard croise le mien, il est tellement furieux que mon premier réflexe est de la lâcher. Mais je ne le fais pas car je sais que ce n'est pas contre moi qu'est dirigée cette haine. C'est contre mon père et Lisa.

— Vous filez, vous aussi ? me demande Lisa d'une voix doucereuse. Je comprendrais que vous souhaitiez partir tous les deux.

Ça ne se passe pas du tout comme je l'avais prévu. Je pensais que Lisa organiserait quelque chose du genre retrouvailles larmoyantes, avec Katie et moi qui évoquerions de vieux souvenirs. Quoique je sois loin d'être nostalgique d'une des expériences les plus horribles de ma vie…

— J'arrête là, dit Katie d'un ton sans appel. Et toi ?

Je hoche la tête doucement et je me tourne vers Lisa.

— Vous tournez en rond, vous savez. Ça ne finira jamais de la façon dont vous, ou le reste des médias, ou même mon père le souhaitent. Vous êtes tous à la recherche de quelque chose qui n'existe pas.

— Votre père dit le contraire, pourtant.

Son ton est glacial. Elle est furieuse qu'on s'en aille, ce qui m'indiffère totalement.

— C'est vraiment lui que vous avez envie de croire ? Un meurtrier qui attend son exécution dans le couloir de la mort ?

Je me débarrasse de mon micro et je le balance sur mon siège à mon tour. La voix de Lisa m'arrête :

— C'est peut-être un meurtrier condamné, mais il n'a rien à perdre, il est déjà en prison. Alors que vous…

Elle hausse les sourcils et me lance un regard de défi.

— Vous avez tout à perdre, Will. Ne l'oubliez pas. La vérité vous libérera.

Je ne dis pas un mot de plus. Je ne peux pas. Une colère sourde monte en moi, doucement mais sûrement. Je serre les poings, incapable de réfléchir. J'ai une terrible envie de me défouler, verbalement et physiquement.

Mais je ne fais rien de tout ça. Contrairement à mon père, je suis capable de me contrôler.

Je m'en vais, sans regarder derrière moi. Je n'attends même pas Katie. Le besoin d'être seul est trop fort. Je sors du bâtiment et je tombe par miracle sur la voiture qui m'a conduit ici. Je monte et je m'affale sur la banquette.

— Sortez-moi de cet enfer.

Je ferme les yeux. Les mots de Lisa résonnent en boucle dans ma tête.

— Je vous ramène à votre hôtel, monsieur ?

— Oui, s'il vous plaît.

J'ai la voix de quelqu'un d'épuisé. J'ai besoin d'un verre, d'une sieste, ou d'un truc sur lequel frapper, pour me débarrasser de toute la frustration accumulée en moi. Il y a une salle de sport à l'hôtel. Avec un peu de chance, elle contient un sac de frappe sur lequel je pourrai me défouler tout mon soûl.

Ce dont j'ai besoin plus que tout, c'est voir Katie. Il faut qu'on parle de cette foutue interview avec Lisa, de ce que mon père a raconté sur moi. Je n'ai aucune idée de ce que disait le message qu'il lui a adressé mais rien de bon, j'imagine.

J'ignore comment ce connard parvient encore à s'immiscer dans notre vie et à remuer toute cette merde, mais je n'en peux plus de vivre comme ça. J'en ai assez de parler de lui et de ce qu'il nous a fait. Me confier à Lisa Swanson n'a fait que jeter de l'huile sur le feu. Je n'ai parlé de tout ça à personne depuis des années et, à la seconde où je le fais, ça me revient immédiatement en pleine figure.

Il faut qu'on avance, Katie et moi. Mais comment le pourrait-on quand c'est notre traumatisme qui nous a réunis au départ ? Mon père est le point commun entre nous. Est-ce qu'il sera aussi celui qui nous sépare ?

J'inspire profondément et je regarde la ville défiler par la fenêtre. J'ai besoin de temps avant de parler à Katie pour calmer la rage qui bouillonne en moi.

Je ne veux surtout pas qu'elle me voie comme ça.

Jamais.

Katherine

Mes messages à Will/Ethan/peu importe comment je devrais l'appeler restent sans réponse. Au bout du quatrième texto, j'abandonne. Je ne veux pas le harceler ou me transformer en une de ces filles cinglées qui ne laissent pas leur mec tranquille deux minutes.

Non pas que je le voie comme mon mec. Peu importe ce qu'il y a entre nous, je serais bien incapable de le décrire. C'est un peu compliqué.

Bon. D'accord. C'est complètement bordélique.

Ce qui était aussi complètement bordélique, c'est l'interview qu'on a accordée à Lisa. Quelle perte de temps… J'appréhende la diffusion, maintenant. Prédire que ce sera un désastre absolu est sûrement l'euphémisme de l'année.

Elle a essayé de me parler avant que je parte. Elle a tenté de gratter davantage d'informations sur Will et sur ce qui s'est passé pendant le laps de temps où on était ensemble. Elle voulait savoir si j'étais honnête avec moi-même ou si je m'étais enfermée dans une espèce de complexe de superhéros vis-à-vis de Will.

Je suis partie sans me retourner, comme Will.

Et je ne l'ai pas revu depuis.

Je ne tiens pas en place. Je fais les cent pas dans ma chambre d'hôtel en me rongeant les ongles. Ma sœur m'a envoyé un message en me demandant ce que je faisais et en me proposant de passer le week-end avec elle. Elle ne sait pas que je suis à San Francisco et je ne compte pas lui en parler. De toute façon, je n'ai aucune envie de passer deux jours avec elle et son copain, alors je décline l'invitation, en prétextant avoir trop à faire pour la fac.

Je troque ma robe et mes collants contre un jean, un T-shirt blanc et mon gilet noir préféré. J'ai faim. Le stress m'a coupé l'appétit avant que j'aille au studio, mais à présent je suis affamée. J'adorerais sortir pour dîner — apparemment, San Francisco a des restaurants incroyables —, mais je n'ai pas envie d'y aller seule.

Le menu de l'hôtel à la main, je m'apprête à appeler le service d'étage quand mon portable bipe pour m'avertir que j'ai un message.

Ethan.

Désolé d'être parti comme ça. J'avais besoin d'être seul.

Alors que je réfléchis à ce que je vais répondre, un autre message me parvient.

Lisa m'a tellement mis en rage que je suis parti me défouler à la salle de sport de l'hôtel.

Un soulagement indescriptible m'envahit. Même si je sais que c'est idiot, j'avais peur qu'il soit en colère contre moi. Pire encore, j'avais peur qu'il ait déjà quitté San Francisco. J'aurais été étonnée qu'il me laisse en plan comme ça, mais on ne sait jamais. Je ne suis même pas sûre de le connaître vraiment. Est-ce que les aspects de sa personnalité qu'il m'a dévoilés en tant qu'Ethan étaient réels ? Ou est-ce qu'il jouait à être quelqu'un d'autre en pensant me plaire ?

Mon téléphone sonne à nouveau.

Je suis dans ma chambre. Je viens de prendre une douche. Tu as quelque chose de prévu pour le dîner ? Ça te dirait d'aller quelque part ?

Oui, oui, oui. J'en meurs d'envie.

J'adorerais sortir dîner. Je meurs de faim.

Moi aussi. Il te faut combien de temps pour être prête ?

Je suis déjà en train d'attraper mes Converse.

Je suis prête. Tu veux passer me chercher dans ma chambre ? Je suis dans la 926.

J'arrive.

Je file à la salle de bains, en manquant trébucher sur mes lacets défaits. Je me démêle les cheveux, je vérifie que je n'ai pas de traces de mascara ou d'eye-liner, et j'applique un peu de gloss avant d'observer le résultat.

Qu'est-ce qu'il voit en moi ? La pauvre petite fille qui a encore besoin d'être secourue, ou la femme que je suis aujourd'hui ? Compte tenu de notre toute nouvelle intimité, j'ai envie de croire qu'il me voit comme une femme, mais j'imagine que ça doit être flou pour lui. Tout comme, maintenant que je sais qu'Ethan et Will sont la même personne, c'est flou pour moi aussi.

En le voyant au studio, à la fois égal à lui-même et si différent, c'était facile de faire la distinction. La personne qui se tenait près de moi n'était pas Ethan. C'était Will.

Je sais que ça peut paraître dingue, mais la transformation était bien réelle, du moins dans ma tête. Peut-être que je suis vraiment en train de devenir folle ? Juste après que je suis rentrée à la maison, mes parents voulaient me mettre sous antidépresseurs. J'étais dépressive, c'est un fait, mais je ne voulais pas prendre ces trucs. C'était déjà assez confus dans ma tête, je n'avais pas besoin d'en rajouter une couche.

Mais, maintenant que je commence à mélanger Ethan et Will, peut-être que je devrais prendre des médicaments pour rester en phase avec la réalité. Ou peut-être que je devrais augmenter la fréquence de mes séances avec Sheila…

On frappe à ma porte. J'inspire profondément, j'accroche un sourire à mon visage et j'ouvre. Ethan est sur le seuil, vêtu d'un jean et d'une chemise noire ouverte sur un T-shirt blanc. Ses cheveux humides forment des boucles sur sa nuque et autour de ses oreilles. Et il a remis ses lunettes. Une ombre de barbe naissante apparaît déjà sur ses joues. Il ne me rend pas mon sourire mais le regard qu'il pose sur moi est… affamé.

J'ai l'impression que mon sang bouillonne dans mes veines et je m'agrippe de toutes mes forces à la poignée pour garder mon calme.

— Bonjour.

— Salut.

Son expression est sombre, mais ça lui va bien. Il me

rappelle le Will maussade de mon enfance. Le garçon qui ne voulait pas aider, mais qui n'a pas pu s'empêcher de me sauver de toute façon.

— Tu es prête ?

— Oui, il faut juste que je prenne mon sac.

J'ouvre la porte en grand pour l'inviter à entrer et il s'exécute aussitôt. Des volutes de son parfum boisé le suivent. J'inspire profondément lorsqu'il passe à côté de moi et je referme la porte. Il se dirige droit vers la fenêtre et se perd dans la contemplation du paysage.

Le soleil est en train de se coucher. On est pile au moment où il ne fait pas encore nuit, mais où il ne fait plus vraiment jour non plus, un mélange envoûtant de violet et de bleu. Les étoiles ont sans doute commencé à apparaître, même si je n'en vois aucune à cause des lumières de la ville.

— La couleur du ciel me rappelle celle de tes yeux.

Je me fige, surprise par son compliment.

— Vraiment ?

Il ne me répond pas. Les mains enfoncées dans les poches de son jean, il continue à regarder la ville qui s'étale devant nous. Je me dirige vers ma penderie sur la pointe des pieds. Il a l'air sur les nerfs et je ne sais pas trop quoi dire.

— Tu as une plus jolie vue que moi, finit-il par dire en tournant le dos à la fenêtre. On peut presque apercevoir Alcatraz d'ici.

Je m'immobilise et je le regarde. Il se tient droit, les épaules carrées, les jambes légèrement écartées, comme s'il était prêt à livrer bataille. Il transpire la colère et la frustration. J'ai envie d'aller vers lui et de le réconforter, mais je ne suis pas sûre que ce soit ce qu'il veut.

— Tu penses que, si mon père avait été incarcéré à Alcatraz, il aurait trouvé un moyen de s'évader ?

Je hausse les épaules. Où est- ce qu'il veut en venir ?

— Je ne sais pas trop… Il n'a pas essayé de s'échapper de là où il est.

Il est à la prison d'Etat de San Quentin. C'est là que sont détenus tous les hommes condamnés à mort dans notre Etat.

Ethan se tourne vers moi, une expression indéchiffrable sur le visage.

— Si. Une fois, il y a quatre ans.

J'en reste bouche bée. J'avais… dix-sept ans. Et je ne me rappelle pas en avoir entendu parler.

— Comment tu le sais ?

— L'administration pénitentiaire m'a appelé pour me prévenir.

Il hausse nonchalamment les épaules, comme si ce n'était pas bien grave.

— Ils l'ont arrêté avant que ça n'aille trop loin. Il ne s'est même pas enfui. Ils ont juste trouvé des preuves attestant qu'il prévoyait de s'évader et ils ont tenu à m'en informer.

Je me demande si mes parents ont été prévenus à l'époque. J'imagine que oui, et qu'ils n'ont jamais cru nécessaire de m'en parler. Ils avaient sans doute peur que je ne m'affole.

— Est-ce qu'il a été sanctionné ?

— Il a été placé en isolement et ils ont renforcé la surveillance. Je ne pense pas qu'ils le considèrent encore comme une menace. C'est un vieil homme qui commence à paniquer à l'approche de la date de son exécution.

— Qu'est-ce que tu ferais s'il s'évadait ?

J'ai la voix qui tremble un peu et la gorge nouée. Moi, je ne sais pas ce que je ferais. San Quentin est une prison de haute sécurité. Peu de prisonniers ont tenté de s'enfuir, à ma connaissance, et ils sont encore moins nombreux à y être parvenus.

La prison se trouve juste au nord de San Francisco. Pas très loin de là où je vis.

Cette pensée me fait frissonner.

— Je m'achèterais autant d'armes et de munitions que possible et je l'attendrais. Il n'aurait pas de mal à me trouver, étant donné qu'il connaît mon adresse, à présent.

— Tu penses qu'il essaierait ?

— Je n'en sais rien. Mais laisse tomber. Je n'ai plus envie de parler de lui.

Il s'approche de moi et pose les mains sur mes épaules, son regard rivé au mien.

— Allons dîner et parlons de tout et de rien, sauf du passé ou de la journée d'aujourd'hui. Parlons du présent, de demain ou de l'avenir. Surtout pas de choses en rapport avec mon père ou ce qui s'est passé il y a huit ans.

Il effleure doucement mon cou avec son pouce et ce contact doux embrase ma peau. J'entrouvre légèrement les lèvres, enivrée par sa caresse.

C'est trop agréable. Trop réel. Ça me donne envie de plus.

— Ça te va ?

Il plie un peu les genoux pour être au même niveau que moi. Il a toujours les mains sur mes épaules, il continue à caresser la base de mon cou, et je suis envoûtée par son regard, sa voix, son toucher. Tout chez lui me retient captive.

Je hoche la tête, la gorge trop nouée pour parler.

Il semble soulagé et m'attire plus près pour m'embrasser

sur le front. Je ferme les yeux pour mieux savourer le contact de ses lèvres, sa proximité, la tendresse de son geste. Mais je ressens aussi autre chose. Du désir.

Et j'ai envie de céder à la tentation.

Ethan

On quitte l'hôtel à pied pour se mettre en quête d'un restaurant. On est en plein centre-ville, alors il doit y avoir l'embarras du choix.

Je suis toujours de mauvaise humeur, même si ça m'a fait du bien d'aller à la salle de sport. Prendre une douche interminable et me masturber sous le jet brûlant aussi. Mais ça n'a pas suffi à me calmer totalement.

Je me tourne vers Katie, qui marche à grandes enjambées pour avancer au même rythme que moi.

— Tu as des envies en particulier ?

— Pas vraiment. Et toi ?

Moi, c'est de toi que j'ai envie. Voilà ce que j'aimerais lui dire.

J'ai été patient et respectueux, pas parce que je pense que c'est la meilleure solution pour qu'elle me revienne, mais parce que je voulais l'être. Elle avait besoin d'espace, et le minimum que je pouvais faire après lui avoir retourné le cerveau comme je l'ai fait, c'était de lui en donner.

Mais, après tout ce que j'ai enduré aujourd'hui, après ce que j'ai vécu au cours des derniers jours, des derniers mois, et même des dernières années, j'ai l'impression d'être sur le point de craquer. La voir si douce et sûre d'elle, entrer dans sa chambre d'hôtel, ça m'a donné furieusement envie d'elle. Le lit m'a sauté aux yeux et je me suis immédiatement imaginé l'allonger sur le matelas. Mais je me suis uniquement autorisé à la caresser dans le cou et à l'embrasser sur le front, même si je n'arrêtais pas de penser à toutes les choses beaucoup moins chastes que j'avais envie de lui faire.

— Ça m'est égal. J'ai tellement faim que je pourrais manger n'importe quoi.

— Pareil pour moi. Je n'ai presque rien avalé aujourd'hui.

— Tu dois mourir de faim.

— Tu n'imagines pas à quel point.

Pile au moment où elle me sourit, quelqu'un la bouscule et je la rattrape par le bras pour lui éviter de perdre l'équilibre.

— Tout va bien ?

— Oui, oui, ne t'en fais pas.

Néanmoins, elle a l'air un peu agitée. Je pense que la ville et la foule la stressent. Elle ne sort pas beaucoup et elle a passé la majeure partie de sa vie d'adulte en marge de la société. Elle ne cesse de regarder nerveusement autour d'elle et elle reste accrochée à mon bras.

— Personne ne va te sauter dessus.

J'ai murmuré les mots à son oreille et elle se tourne vers moi avec un petit sourire sur le visage.

— Ça me rend nerveuse quand il y a trop de monde, admet-elle.

— Sans blague.

— Tu dis que tu ne veux pas en parler, mais c'est toi qui mets le sujet sur le tapis et, quand je te réponds, c'est comme ça que tu réagis ?

— Désolé…

Elle a raison. C'est nul de ma part.

On se remet en route en silence, en faisant attention de ne pas rentrer dans d'autres passants. On dépasse quelques cafés et une pâtisserie qui est fermée. Je n'ai pas envie de quelque chose sur le pouce et je pense que Katie non plus, autrement, elle aurait suggéré d'entrer dans l'un de ces endroits.

J'ai envie de m'asseoir et de faire un vrai repas. Peut-être même avec une bougie sur la table qui illuminerait le visage de Katie d'une lumière dorée, et un peu de musique en fond sonore pendant qu'on mange. Tant pis si ça fait de moi un romantique. Il n'y a qu'avec Katie que j'ai envie de l'être.

Le cœur a ses raisons, ou un truc comme ça.

On arrive devant un restaurant japonais où plusieurs personnes font la queue pour une table. C'est sûrement bon signe.

— Ça a l'air populaire, comme endroit.

— Hum.

Elle lâche mon bras pour aller examiner le menu. Je la suis et je pose les mains sur ses épaules pendant que je lis le menu derrière elle. Je ne peux pas m'empêcher de la toucher.

— Tu aimes les sushis ?

Elle hausse les épaules, mais je laisse mes mains là où elles sont. Elle m'attire comme un aimant ce soir, encore plus que d'habitude. J'ai le sentiment qu'on est... différents, ensemble. Comme si on n'était plus Ethan et Katherine écrasés par le fardeau qu'est leur passé.

— Je n'ai jamais goûté.

— C'est vrai ?

En dépit de mon enfance passée à alterner entre nouilles

en sachets et macaronis au fromage, même moi, j'ai fini par découvrir les sushis.

— Je t'ai prévenu que j'étais une de ces gamines qui ont grandi dans une bulle. Mais j'aimerais bien goûter.

— Je vais voir s'ils ont une table.

— Je viens avec toi.

Je la prends par la main et on entre dans le restaurant. L'hôtesse d'accueil se tient derrière un élégant comptoir et elle parcourt un carnet de réservations. Elle est tellement absorbée qu'elle ne répond pas au téléphone, qui sonne pourtant juste sous son nez. Je ne dis pas un mot, presque certain qu'elle n'a pas remarqué notre présence, mais elle lève un index parfaitement manucuré. Son vernis d'un rouge écarlate est assorti à la couleur de son rouge à lèvres.

— Un instant, je vous prie, murmure-t-elle en décrochant le téléphone.

Je regarde autour de moi en attendant qu'elle ait fini sa conversation. Le restaurant est décoré dans un style sobre, moderne et industriel, avec des murs recouverts de panneaux en acier et des conduits métalliques qui se croisent au plafond. La lumière est tamisée, le bar, bondé, et, même si je ne peux pas voir la salle de restaurant de là où je suis, je suis prêt à parier qu'elle est pleine à craquer.

— Puis-je vous aider ? demande froidement l'hôtesse après avoir raccroché.

— Est-ce que ça serait possible d'avoir une table pour deux personnes ?

Elle consulte le carnet devant elle, les sourcils froncés.

— J'ai bien peur que non… Oh ! Attendez. Nous avons deux places au bar à sushis. Il y a du monde, néanmoins. Vous risquez d'être serrés.

Ça me va très bien. Je me tourne vers Katie, qui acquiesce.

— Ce sera parfait.

L'hôtesse nous accompagne jusqu'au bar, où deux tabourets sont vides. Je lâche la main de Katie et je lui fais signe de prendre celui près du mur, avant de m'installer à côté d'elle. L'hôtesse nous tend un menu, puis elle nous laisse seuls.

— Qu'est-ce que tu me conseilles ? me demande Katie.

Une mèche de cheveux lui tombe dans les yeux, elle la ramène délicatement derrière son oreille. Elle trace le contour de son lobe du bout des doigts avant de jouer distraitement avec sa boucle d'oreille en perle.

Je l'observe, fasciné. Ça peut paraître ridicule, mais je pourrais la regarder faire ça toute la journée. Je me concentre sur les petits détails, sur ces instants que je veux graver dans ma mémoire pour ne jamais les oublier.

Je veux me souvenir d'elle et de cette soirée dans un restaurant japonais du centre de San Francisco, assis si près l'un de l'autre que nos genoux se frôlent et que je peux sentir la chaleur de son corps se communiquer au mien.

— Tu aimes les épices ?

Elle plisse le nez et secoue la tête avec une moue adorable.

— Pas vraiment. Je ne suis pas fan des trucs qui piquent.

— Pas de wasabi pour toi, alors.

Du bout de mes baguettes, je lui montre le wasabi et le gingembre dans la petite assiette carrée blanche que la serveuse vient de poser devant moi.

— Est-ce que je peux vous servir quelque chose à boire ? s'enquiert celle-ci.

Je commande du saké pour tous les deux, des tempuras aux légumes en entrée et un dragon roll à partager. Je passe ensuite plusieurs minutes à tenter d'apprendre à Katie comment se servir de ses baguettes, mais c'est un échec cuisant. Elle prend une gorgée de saké et fait la grimace.

— Ce que c'est fort ! s'exclame-t-elle avant de boire une grande gorgée d'eau.

De mon côté, je l'observe encore et toujours. J'admire ses lèvres roses qui se referment sur le bord du verre, la ligne gracile de son cou tandis qu'elle penche la tête en arrière pour boire. Je pose les mains à plat sur la table devant moi pour me forcer à ne rien faire de stupide, du genre l'attraper pour la serrer contre moi.

— Tu n'aimes pas ? Moi, j'aime bien ce que ça me fait. J'ai l'impression d'être anesthésié. Comme si j'étais dans du coton.

Je vide mon petit verre d'un trait et je le remplis à nouveau.

Elle me dévisage, la bouche entrouverte, le regard chargé de tristesse et d'inquiétude. Quel crétin. Je n'aurais jamais dû dire ça. Néanmoins, c'est la vérité. Je ne veux rien ressentir ce soir. Le souci, c'est que lorsque je suis avec Katie je ne fais que ça, ressentir. Comment faire autrement, avec la chaleur qui semble irradier de son corps, l'odeur de ses cheveux, son parfum ? Elle était superbe pendant l'interview cet après-midi. Sa robe grise lui allait comme un gant et épousait toutes ses courbes à la perfection. Des courbes que j'ai touchées et un corps dans lequel je rêve de me perdre à nouveau…

Les entrées arrivent enfin et on se jette sur la nourriture. On se goinfre à toute vitesse, à croire qu'on a oublié qu'un assortiment de sushis nous attendait ensuite. Incapable d'utiliser correctement ses baguettes, Katie n'arrête pas de laisser retomber ses légumes dans son assiette. La serveuse réapparaît quelques minutes plus tard avec nos sushis. Lorsque Katie essaie d'en attraper un, il glisse et se disloque lamentablement en tombant dans son assiette.

— Je suis vraiment nulle, dit-elle en riant.

— Une nulle mignonne, alors.

Je prends une autre gorgée de saké. Je commence à avoir chaud et la tête un peu dans du coton. Ce qui est sûr, c'est que je ne ressens ni tristesse ni douleur.

Elle arrête de rire et devient on ne peut plus sérieuse.

— Tu le penses vraiment ?

— Bien sûr. Tu es très belle, Katie.

Elle baisse les yeux et se mordille la lèvre. Cette fille… Elle va me rendre fou.

— Personne ne te l'a jamais dit ?

Elle relève doucement la tête, et ses grands yeux bleus sont sur le point de me faire perdre la raison.

— Personne à part toi.

— Tout le monde est aveugle, alors.

J'attrape mon verre pour trinquer avec elle et elle m'imite.

— Je propose de porter un toast. A ta beauté.

— Ethan…

Sa voix s'évanouit et bizarrement, pendant un instant, j'ai envie qu'elle m'appelle Will. Je n'ai pas l'impression d'être une sous-merde qui ne vaut rien quand c'est Katie qui m'appelle comme ça. Lorsqu'elle dit mon vrai nom, j'ai le sentiment d'être un homme meilleur, d'être son héros. Maintenant, c'est quand elle m'appelle Ethan que je trouve ça étrange.

Comme si ce n'était pas moi.

— A Katie et sa beauté.

Je lève mon verre, mais elle ne bouge pas.

— A la beauté de son visage, de son corps, de son âme, de son cœur. A Katie qui, en dépit de tous les trucs stupides, blessants et horribles que je lui ai faits, est toujours là, avec moi. Je ne la mérite pas.

Je secoue mon verre pour lui faire comprendre que j'attends qu'elle lève son verre. Elle finit par le faire, mais ne trinque pas.

— Ne dis pas ç…

— Pourquoi pas ? C'est pourtant la vérité, Katie : je ne te mérite pas. Allez, cul sec.

Je fais tinter mon verre contre le sien puis je le vide d'une traite. Katie boit une petite gorgée avant de reposer délicatement son verre sur la table. Elle est redevenue la fille guindée et timide qui ne sait pas comment se comporter.

— Je pense que tu as trop bu.

— J'espère bien que j'ai trop bu. Comme ça, peut-être que j'arriverai à oublier pour une nuit.

J'attrape la carafe pour remplir une nouvelle fois mon verre, mais elle est vide, et il n'y a aucune serveuse en vue. Katie fronce les sourcils.

— Oublier quoi ?

— Que je n'ai pas le droit de te toucher. Que je ne pourrai plus jamais t'avoir. Je prendrai tout ce que tu voudras bien me donner, mais dans le fond je sais que ça ne sera jamais assez.

Furieux de lui avoir révélé ça, je m'empare de son verre et je le bois cul sec. Pendant un instant, je me persuade que c'est un peu comme si je la goûtais, étant donné qu'elle a posé ses lèvres sur le rebord du verre.

Je ne suis qu'un pauvre type pathétique, désespérément amoureux d'une fille qui ne peut pas me faire confiance.

Elle ne *doit pas* me faire confiance. Je ne ferais que la blesser à nouveau. C'est toujours comme ça.

On se ressemble bien plus qu'on ne voudra jamais l'admettre, Katie et moi. Avancer dans la vie sans but, ce n'est pas vraiment vivre. Avancer seul aussi. Si seul. Pendant un bref moment, j'avais Katie, elle m'avait, et on a cru que ça suffirait.

Néanmoins, j'ai toujours su que ça ne durerait pas. Parce que je suis un menteur qui a tout fait foirer et qu'elle ne peut pas me pardonner. J'ai gâché ma chance, la seule foutue chance que j'avais de trouver le bonheur. De trouver l'amour.

Et je ne sais pas comment rattraper ça.

Katherine

Son attitude me déroute complètement et elle me met mal à l'aise aussi. Le saké ne lui réussit pas, même si ça a le mérite de le rendre honnête. Si honnête que c'en est presque douloureux.

— On devrait reprendre du saké.

Il lève le bras à l'intention de la serveuse et je pose les mains sur son torse pour essayer de le maîtriser.

— On devrait demander l'addition.

— Tout va bien ? s'enquiert la serveuse en s'approchant de nous.

— L'addition, s'il vous plaît.

Exactement au même moment, Ethan lui demande davantage de saké. Je secoue la tête et je souris à la serveuse, en espérant qu'elle comprenne la situation.

— On n'a pas vraiment besoin de davantage de saké.

Elle me sourit brièvement et acquiesce.

— Je reviens tout de suite.

Je lâche Ethan, mais aussitôt je ressens un manque inouï. Je me détourne pour prendre mon portefeuille, mais Ethan secoue la tête.

— C'est moi qui t'ai proposé de sortir dîner, alors c'est moi qui t'invite.

— Comme tu voudras. Merci.

— De rien.

Son regard s'assombrit et il pose la main sur mon genou.

— Je ferais n'importe quoi pour toi, Katie.

Sa main remonte sur ma cuisse et je retiens mon souffle.

— Je sais.

— Je te donnerais absolument tout ce que tu veux. Tu n'as qu'à me le demander.

Je pourrais lui répondre tellement de choses. Je pourrais presque lui faire une liste de toutes les choses que j'aimerais qu'il me donne.

— On ferait mieux de retourner à l'hôtel.

La déception se lit dans son regard.

— Tu ne veux pas de moi. Je comprends.

Il se lève et regarde autour de lui comme s'il voulait tout casser dans le restaurant. Il a les dents serrées, les yeux plissés. Il paraît intimidant. Presque méchant.

— Ce n'est pas ce que je veux dire. Je…

Je m'interromps face au regard assassin qu'il me lance.

— N'essaie pas de me consoler, Katie. Je sais bien que j'ai tout gâché. Je n'aurais jamais dû mentir. Mais, si tu avais connu la vérité, tu n'aurais jamais été avec moi.

La serveuse réapparaît avec l'addition. Il lui tend aussitôt sa carte de crédit et, à la seconde où elle repart, il reprend sa diatribe. Heureusement, il a l'air d'avoir oublié qu'il voulait reprendre du saké.

— Je n'ai pas beaucoup de regrets dans la vie. Je ne fonctionne pas comme ça. Autrement, la vie ne serait rien d'autre qu'une série de regrets, tu comprends ? Mais, s'il y a bien une chose que je regrette, c'est de t'avoir menti. J'aurais dû être honnête avec toi dès le début. Je suis désolé. Même si je sais que te le dire mille fois ne changera rien.

Au contraire. Ça change tout. J'ai envie de lui répondre, de lui dire quelque chose, mais je ne sais pas quoi. Alors je m'approche et je m'agrippe à lui.

— Dis-moi qu'on a encore une chance, Katie. S'il te plaît. Je sais que je vais parler comme mon père, mais j'ai besoin que tu me pardonnes. Il le faut. Je ne pourrais pas vivre sans ça. Sans toi.

Je tire violemment sur son T-shirt. Il ne peut pas dire ça.

— Qu'est-ce que tu racontes ? Tu t'en tirerais parfaitement. Tu vis très bien sans moi depuis des années.

Il rit, mais c'est un rire sans joie, presque douloureux.

— Sauf que c'était une vie de misère, Katie.

Un masque de tristesse recouvre son visage. Il passe la main dans mes cheveux, ramène une mèche derrière mon oreille, avant de m'effleurer la joue.

— Je ferais sans doute mieux de t'appeler Katherine. C'est comme ça que tout le monde t'appelle.

— J'aime bien quand tu m'appelles Katie.

J'aime bien quand il me touche, aussi. En dépit de tout ce qui s'est passé, je me sens à l'aise avec lui. Normalement, je ne me sens jamais à l'aise avec personne.

— Comment est-ce que tu veux que moi, je t'appelle ?

Il fronce les sourcils.

— Je ne sais pas. Comment est-ce que tu aimerais m'appeler ? Enfoiré de première ?

Je ris presque malgré moi et il se fend d'un sourire.

— Avec tout ce qui s'est passé aujourd'hui, je me suis

un peu embrouillée et je t'ai appelé Will. Et je pense que ça ne me dérangerait pas de continuer.

Il laisse retomber sa main et se penche sur moi.

— C'est comme ça que tu veux m'appeler ?

— Ça te dérangerait ?

— Un peu. Enfin, je n'en sais rien. J'imagine qu'il me faudrait un peu de temps pour m'habituer. Mais pour toi, Katie, je peux être qui tu veux. Ce que tu veux.

Ce que je veux… Ces mots sont chargés de tellement de promesses. Je sais qu'il me donnerait tout ce que je veux. D'autres filles tireraient avantage de la situation. Elles exigeraient qu'il se mette à genoux et qu'il les supplie de lui pardonner. Elles le feraient s'humilier. Il le mériterait après ce qu'il m'a fait. C'était tout simplement horrible.

Mais ce n'est pas mon genre, et surtout je sais qu'il n'a jamais voulu me faire du mal. Alors pourquoi ne pas m'autoriser ce dont j'ai envie, quand je sais qu'il pourrait me rendre heureuse ?

— Tu penses vraiment ce que tu dis ?

— Oui. Plus jamais je ne te mentirai.

— Alors ramène-moi à l'hôtel.

D'humeur audacieuse, je pose une main sur son genou. Le frisson qui nous parcourt quand je le touche est si intense que je m'attends presque à voir surgir des étincelles.

Il me prend par la main et se précipite à l'extérieur du restaurant, en grommelant des excuses aux gens qu'on bouscule au passage. Il n'y a plus grand monde dans les rues et on prend le chemin de l'hôtel à toute vitesse. Heureusement que je suis en baskets et pas en talons. Il avance à grandes enjambées et je dois faire deux fois plus de pas que lui pour réussir à le suivre.

L'urgence entre nous est palpable. On entre dans l'hôtel au pas de course. Le silence qui règne à la réception et l'ambiance feutrée me donnent l'impression que tout le monde remarque notre hâte. J'ai le sentiment de porter une pancarte autour du cou qui dit : « Hé ! On se dépêche parce qu'on est pressés d'arriver à notre chambre pour se mettre tout nus ! »

Je tente d'afficher une expression aussi détachée et calme que possible, même si mon estomac joue aux montagnes russes. Je serre fermement sa main tandis qu'il me guide vers les ascenseurs. Il appuie sur le bouton, et aussitôt les portes d'une des cabines s'ouvrent pour nous accueillir.

Il presse le bouton du neuvième étage et me prend dans ses bras tandis que les portes se referment sur nous.

— C'est ça que tu veux ? murmure-t-il, avec sa bouche à quelques millimètres de la mienne.

Sans attendre ma réponse, il m'embrasse.

C'est exactement ce que je veux, ce dont je rêve depuis des jours, des semaines. Je me serre contre lui, mes bras autour de son cou, mes doigts dans ses cheveux. Il me plaque contre la paroi de l'ascenseur et un grognement franchit ses lèvres quand j'ouvre la bouche pour effleurer sa langue avec la mienne.

Les portes s'ouvrent sans bruit et une petite sonnerie retentit pour nous avertir qu'on est arrivés à notre étage. Il me prend par la main.

— Ça te convient si on va dans ta chambre ? demande-t-il par-dessus son épaule.

J'acquiesce, incapable de parler. Mes lèvres me picotent après ce baiser beaucoup trop bref. J'ai des fourmis partout. J'en meurs d'envie mais je suis pleine d'appréhension. Je ne suis pas encore tout à fait à l'aise quand il s'agit de sexe. Notre première expérience ensemble s'est bien passée, mais j'ai eu du mal à me détendre.

Arrivée devant ma chambre, je fouille mon sac à la recherche de la carte magnétique. Il se tient juste derrière moi, une main sur ma taille et l'autre qui écarte mes cheveux pour déposer un baiser juste derrière mon oreille. Je le sens inspirer, la bouche entrouverte, avant de me mordiller doucement. Tremblante, je parviens quand même à ouvrir la porte et on se précipite à l'intérieur.

Une fois la porte refermée derrière nous, on perd complètement le contrôle. Tout part dans tous les sens. Nos bouches se trouvent, se séparent le temps qu'il retire sa chemise, s'unissent à nouveau jusqu'à ce qu'il m'ôte mon gilet. Nos vêtements tombent par terre, on envoie valser nos chaussures, au rythme de nos respirations entrecoupées et de nos baisers. Un bruit m'indique qu'il vient de retirer ses lunettes et de les balancer… quelque part.

On est surexcités et bouleversés tous les deux. Nos mains se glissent sous nos vêtements à la recherche de la peau de l'autre. Les rideaux sont grand ouverts mais il fait sombre dans la chambre, à l'exception des lueurs de la ville. On n'est que des ombres qui se mélangent puis se séparent pour mieux se retrouver.

Ses bras sont autour de moi, sa bouche est rivée à la mienne et ses mains se faufilent sous mon T-shirt. Ses doigts brûlants déclenchent un incendie sur ma peau, qui se répand jusque dans mon ventre. Tout va tellement vite que j'ai à peine le temps de reprendre mon souffle, mais c'est une bonne chose. Mon corps est en proie à un désir primaire et pur qui m'empêche de réfléchir. Et c'est complètement grisant.

— Dis-moi ce que tu veux, chuchote-t-il contre mon cou.

Je frissonne en sentant ses lèvres chaudes et humides bouger sur ma peau. Son torse effleure le mien à chaque respiration. Je meurs d'envie d'arracher mon T-shirt pour qu'on puisse être peau contre peau. Cœur contre cœur.

— Tout ce que je veux, c'est toi. Le vrai toi.

— Tu l'as. Je t'appartiens.

Il écarte les cheveux qui me tombent sur le visage et me regarde, une lueur brûlante dans les yeux.

— Ça m'a manqué de ne pas être avec toi.

Soudain, je me sens timide. C'est ridicule, car il m'a déjà vue nue avant. Il m'a vue dans les meilleurs comme dans les pires moments, dans tous les états possibles. Il me connaît mieux que personne. Jusqu'à maintenant, je n'en avais pas complètement conscience, mais il est la seule personne au monde à me comprendre et à me connaître par cœur.

Je ne peux plus le nier.

Je suis amoureuse de lui.

Ethan

Elle ne cesse de murmurer mon nom pendant que je l'embrasse. Au début, je n'écoute pas vraiment. Je me contente de garder mes lèvres rivées aux siennes le plus possible. Je glisse ma langue dans sa bouche, mes mains se baladent partout où elles peuvent. Elle me rend fou et je veux la rendre folle. Ce n'est que quand je marque une pause pour la laisser reprendre son souffle, mon front pressé contre le sien, que je prends réellement conscience de ce qu'elle dit.

Will.

Je ne la corrige pas. Certes, son insistance à me donner le nom que j'ai tant voulu oublier me met un peu mal à l'aise, mais dans le même temps il n'y a qu'avec elle que c'est possible d'être Will Monroe. Même si je ne suis plus cette personne. Mon père a été une telle source de honte pendant tant d'années qu'à la minute où j'ai pu me défaire de son nom, je n'ai pas hésité. Le faire légalement a été un véritable enfer sur le plan administratif, à tel point que j'ai failli renoncer, mais au final ça valait tout le temps que ça m'a pris et tout l'argent que ça m'a coûté. J'étais enfin débarrassé de William Aaron Monroe, définitivement.

Et pourtant je suis là, à laisser Katie m'appeler Will à nouveau. A m'en délecter, même, parce qu'il y a des années une petite fille était retenue prisonnière et que c'est moi qui l'ai sauvée. Et, même si tout le monde a eu des soupçons me concernant, je me suis battu car cette fille n'a jamais cessé de croire en moi.

C'est toujours le cas aujourd'hui. Les soupçons continuent à me poursuivre. L'ennemi est derrière les barreaux, et pourtant cette plaie continue à infecter notre vie.

J'en ai vraiment ras le bol.

Ce soir, dans cette chambre d'hôtel anonyme, dans cette ville anonyme, Katie et moi avons besoin de nous libérer de nos souvenirs, de notre douleur et de toutes les conneries qui nous hantent une bonne fois pour toutes.

Sans un mot, je la pousse vers le lit, elle recule jusqu'à ce que ses jambes heurtent le matelas. Elle s'allonge au milieu du lit et je retire mon T-shirt, puis ma ceinture, dont la boucle résonne lorsque je la laisse tomber par terre.

Je me mets à nu pour elle.

Katie n'en perd pas une miette. Ses yeux se promènent sur moi, écarquillés et remplis de curiosité. En la voyant si attentive, si pleine de désir, c'est facile d'oublier qu'elle n'a jamais été avec quelqu'un d'autre, du moins pas de cette façon.

Je pense à l'autre personne avec qui elle a été et je détourne la tête, les dents serrées. Ça me rend malade de penser à ce qui lui est arrivé. Si je pouvais changer une chose et une seule dans l'univers, ce serait ça. Quand je songe à tout ce qu'elle a subi, à combien elle a souffert... Je ressens une fierté et une admiration sans limites en voyant qu'elle a survécu et qu'elle est si forte. Maintenant, c'est à moi de prendre soin d'elle, de lui rappeler, de lui montrer ce que peut être une relation entre deux personnes qui tiennent l'une à l'autre.

Si j'en avais la possibilité, je le tuerais. Ça ne fait pas l'ombre d'un doute dans mon esprit. Je le mettrais en pièces de mes propres mains, heureux qu'il sache que c'est moi qui suis en train de lui faire rendre son dernier souffle. Je ne le tuerais pas seulement pour elle : je le ferais aussi pour moi. Pour le petit garçon que j'étais et pour tous les morceaux d'enfance qu'il m'a volés. Pour le simple fait qu'il ait tenté de me transformer en une copie de lui-même.

Heureusement, ça n'a pas marché. Et, rien que pour ça, c'est moi qui gagne.

J'inspire profondément et je regarde de nouveau Katie. Elle a l'air incertaine. Je veux faire disparaître ses doutes, alors je décide de lui faire une promesse. Une déclaration.

— J'ai essayé d'ignorer ce que je ressentais pour toi pendant des années, mais c'était inutile : tu m'as bouleversé à la minute où on s'est rencontrés. Je ne m'en suis pas rendu compte à l'époque parce que j'étais jeune et stupide. J'étais perdu et incroyablement en colère de me retrouver dans cette situation à cause de lui. Je ne voulais pas être le héros de qui que ce soit.

Tout en lui parlant, je me suis débarrassé de mon jean. Elle bat des paupières et ouvre la bouche pour dire quelque chose, mais je secoue la tête. Maintenant que j'ai commencé, il faut que j'aille jusqu'au bout.

— Quand je t'ai vue pour la première interview que tu as donnée… si adulte, si belle… je me suis rendu compte que je ne t'avais pas oubliée. Je ne t'avais jamais oubliée et j'étais curieux. Il fallait que je te revoie. Puis, quand je t'ai retrouvée, je me suis dit : « Je ne lui parlerai qu'une fois, pas plus. Je m'assurerai qu'elle va bien, c'est tout. » Sauf que je n'ai pas pu m'arrêter. Je ne pouvais pas te résister.

Je me baisse pour retirer mes chaussettes puis je grimpe sur le lit. Je me tiens juste devant elle, les mains et les genoux enfoncés dans le matelas.

Elle recule et je prends une grande inspiration. Pourvu que je ne fasse pas tout foirer. Quelque chose me dit que c'est ma dernière chance.

— Je suis amoureux de toi, Katie. Pas seulement parce qu'on a partagé quelque chose de fort dans le passé, mais parce que je pense que tu es une femme incroyable, attentionnée, généreuse. Je veux être un homme meilleur pour toi. Je veux regagner ta confiance, m'assurer que tu es en sécurité, mais surtout je veux que tu fasses partie de ma vie. J'ai besoin de toi.

Je marque une pause durant laquelle j'essaie de déchiffrer l'expression sur son visage, sans y parvenir. Elle n'a pas l'air fâchée, mais je n'arrive pas à savoir ce qu'elle pense. Je n'ai jamais dit à une femme que je l'aimais avant, alors je n'ai pas de point de comparaison quant à sa réaction.

Je n'ai jamais dit « je t'aime » à personne, d'ailleurs. Je ne suis même pas sûr à 100 % de savoir ce qu'est l'amour, mais je pense que ce que je ressens pour Katie est ce qui y ressemble le plus.

— Tu es amoureux de moi ?

Je hoche la tête. J'ai tellement la peur au ventre que je suis incapable de parler.

Elle se met à genoux pour me faire face et retire son T-shirt, qu'elle balance dans un coin.

— Si tu peux mettre ton corps et ton âme à nu pour moi, alors je devrais être capable d'en faire autant.

Mon cœur bat à tout rompre en la voyant passer le bras dans son dos et dégrafer son soutien-gorge. Je me précipite sur elle pour empêcher les bretelles de glisser et le satin blanc orné de dentelle de la découvrir. Je veux le faire moi-même.

— Laisse-moi te déshabiller.

J'attrape chaque bretelle délicatement et sa peau se recouvre de chair de poule à mon contact. Je tire doucement et les bretelles glissent jusqu'à ses coudes. Katie achève de faire tomber le soutien-gorge en un léger mouvement et elle reste immobile devant moi, sa poitrine découverte, ses tétons dressés.

Quand je prends ses seins en coupe, elle ferme les yeux et laisse sa tête basculer en arrière. Je joue avec la pointe de ses seins en les titillant avec mes pouces et je me rapproche, jusqu'à ce que ma bouche trouve de nouveau la sienne, la dévore.

Le gémissement qu'elle pousse contre mes lèvres me rend fou d'amour et de désir. Sans jamais cesser de l'embrasser, je défais sa braguette pour pouvoir écarter la toile de son jean autant que possible, et enfin je la touche. Du bout des doigts, je caresse la peau sensible de son ventre, l'ourlet de sa culotte.

Je voulais aller doucement. Couvrir tout son corps de baisers, la rendre folle jusqu'à ce qu'elle me supplie. Mais le contact de sa peau, les bruits qui s'échappent de sa bouche, le goût de ses baisers réduisent à néant mes projets. Mon sexe est furieusement dressé, emprisonné dans mon boxer, tandis que j'embrasse passionnément sa peau brûlante. Mû par un besoin animal de la posséder, je tire brusquement sur son jean, qui a le mauvais goût de se coincer autour de ses chevilles. Elle doit se tortiller dans tous les sens pour réussir à l'envoyer valser. Ses acrobaties la font rire et je ne peux pas m'empêcher de l'imiter.

On arrive à rire pendant l'amour. C'est tout simplement incroyable. Ça représente un progrès immense, pour elle comme pour moi.

Je n'ai jamais été du genre à me préoccuper de ces choses-là au lit. Je traitais presque le sexe comme un travail. Je voulais atteindre mon objectif puis passer à autre chose. Mais pas avec Katie.

— Will, dit-elle en prenant mon visage dans ses mains.

— Oui ?

Je gémis presque. C'est de la torture de devoir soutenir une conversation alors qu'elle est si près de moi. Mes yeux se baladent le long de son corps, nu à l'exception de sa petite culotte blanche.

— Moi aussi, je t'aime. Je voulais juste que tu le saches.

Je m'allonge au-dessus d'elle, ses jambes entre les miennes, mon sexe niché entre ses cuisses. Nos poitrines se touchent et je peux sentir son cœur qui bat à toute vitesse, comme le mien.

— Ce n'est pas impossible, si ?

Elle fronce légèrement les sourcils et une petite ride de contrariété apparaît sur son front, comme chaque fois que quelque chose la déconcerte.

— De quoi tu parles ?

— De nous.

J'enfouis mon visage dans son cou pour m'imprégner

de son odeur. Je pense que jamais je ne me lasserai de sentir son parfum.

— Ça peut marcher, tu ne crois pas ?

— Tout ce qu'on peut faire, c'est essayer, murmure-t-elle. Mais ça ne va pas être facile.

— Rien n'a jamais été facile pour nous.

— C'est vrai. Il y a ma mère, qui est fâchée contre moi.

— Ta sœur, qui me déteste.

— Lisa Swanson, qui nous déteste aussi.

— Celle-là, elle peut aller se faire foutre.

Ma réponse grognon la fait rire et ce bruit me réchauffe le cœur. Je me sens si heureux que j'ai l'impression d'être sur le point d'exploser. Je suis là, tout contre la femme que j'aime, surexcité et frustré comme jamais, mais ça m'est égal. Je parle avec Katie, je partage des instants avec elle, je ris avec elle… Est-ce que je peux espérer ça pour le restant de mes jours ?

Ou alors est-ce que je vais tout faire foirer, une fois de plus ?

Katherine

J'érafle doucement son dos du bout de mes ongles, puis je laisse courir mes doigts le long de ses biceps. Il est lourd, mais il s'appuie sur ses avant-bras pour ne pas m'écraser. Tout son corps est brûlant et je sens son érection pressée contre le tissu de ma culotte.

— Qu'est-ce que les gens vont dire sur nous ?

Je sais qu'il m'aime et je sais que ça peut marcher entre nous, mais la réaction des gens m'effraie plus que tout.

— Personne n'en a rien à faire, de ça.

Ses lèvres chatouillent la peau de mon cou quand il parle. J'essaie de m'écarter de lui pour ne pas me laisser distraire, mais il me serre encore plus fort.

— Moi, si. J'ai peur que les gens s'emparent de ce qui se passe entre nous et qu'ils gâchent tout.

Il relève la tête et plonge son regard dans le mien.

— Rien ne gâchera jamais ce qu'il y a entre nous. Je ne renoncerai jamais à toi, Katie. Tu fais partie de moi, de mon âme.

Ses mots me touchent au plus profond de mon être. J'ai envie de croire à ce qu'il dit. Je sais qu'il est fort, mais moi ? Est-ce que je le suis assez ? Est-ce que je peux supporter les spéculations, les rumeurs et toutes les choses horribles que des inconnus diront sur lui ? Sur moi ?

— Je ne laisserai rien nous arriver. Personne ne peut nous séparer, Katie. On est faits l'un pour l'autre. Tu m'appartiens.

Il me donne un baiser rapide mais si intense qu'il me coupe le souffle.

— Je me fous de ce que pensent les autres. Qu'est-ce que *toi*, tu penses ?

— Je pense… Non, je *sais* que je t'aime.

Je lui souris et il m'imite.

— Moi aussi. J'ai l'impression de t'avoir toujours aimée.

Il y a une telle sincérité dans sa voix que je l'embrasse avant de faire un truc stupide. Me mettre à pleurer comme une gamine, par exemple.

Le baiser se transforme en caresses et bientôt ma culotte et son boxer disparaissent. On est enlacés peau contre peau, sans rien entre nous, et je peux sentir l'extrémité de son sexe brûlant contre ma peau humide.

Puis, enfin, je le sens glisser lentement en moi. Puis reculer et se retirer presque entièrement avant d'entrer en moi à nouveau, plus profondément cette fois. Ses gestes doux et patients me font soupirer de plaisir. Il pousse un grognement rauque qui me pousse à enrouler mes jambes autour de ses hanches pour l'entraîner encore plus loin.

On gémit tous les deux et il enroule un bras autour de ma taille pour me serrer contre lui tandis qu'il commence à bouger en moi. Je me laisse emporter par les mouvements de nos corps, leurs frottements l'un contre l'autre. Je me perds dans la sensation de son corps qui bouge en moi, jusqu'à ce que je crie son nom. Je suis agrippée à lui, et à chaque coup de reins je vois des étoiles.

— Bon sang, Katie, c'est tellement bon, murmure-t-il contre mes cheveux.

Je hoche la tête, trop bouleversée pour parler et trop effrayée par ce que je pourrais dire ; mon cerveau paraît être au bord du court-circuit.

— Tu y es presque ?

Je veux y être presque, mais je ne sais pas si je le suis. J'aime ce que je ressens et son sexe semble heurter un point en moi qui m'envoie une décharge électrique chaque fois qu'il le touche, mais à part ça… je suis nulle quand il s'agit d'interpréter mes réactions à ce niveau-là.

Il faut dire que ça ne m'a jamais vraiment intéressée de les déchiffrer auparavant. Pendant des années, j'avais trop peur et trop honte pour m'autoriser à ressentir la moindre émotion sur le plan romantique ou sexuel.

— Je… Je ne…

Je secoue la tête, partagée entre l'embarras et la frustration, et Will s'en rend compte. Il écarte son torse de ma poitrine pour glisser la main entre nous et il me touche pile au-dessus du point de jonction entre nos deux corps. Je pousse un petit cri de surprise en sentant une vague de plaisir me submerger. Mon corps s'arque contre le sien, presque malgré moi.

— Tu aimes ça, chuchote-t-il.

Là encore, je me contente d'acquiescer. Je suis trop occupée à me concentrer sur les pouvoirs magiques de ses doigts pour répondre.

— Est-ce que c'est agréable ?

Il augmente la cadence et décrit des cercles avec ses doigts tout en recommençant à bouger en moi.

— Tu as envie de jouir, Katie ?

Sa voix rauque m'ensorcelle. Je peux sentir chacun de ses mots, de ses grognements et de ses respirations vibrer dans sa poitrine. Je ferme les yeux et je laisse mes sens prendre le dessus. Le bruit de nos peaux qui se rencontrent à chaque coup de reins. Mon sexe qui frémit quand il me touche avec ses doigts…

Bientôt, ce n'est plus qu'un ouragan sensoriel. Tous mes muscles se contractent et je ressens comme un spasme au niveau du ventre juste avant de basculer. Mon corps tremble, j'agrippe Will avec l'énergie du désespoir et je tombe dans un gouffre paradisiaque. Je l'entends pousser un grognement étranglé avant de chuter avec moi.

Tout doucement, nos respirations se font plus régulières, nos cœurs reprennent un rythme normal, nos corps retrouvent un semblant de calme. Il me fait rouler sur le côté pour qu'on soit face à face, et soudain je me fige en prenant conscience de ce qui vient de se passer.

— On n'a pas utilisé de préservatif…

Sur le moment, je n'y ai même pas pensé parce que… parce que je n'y ai pas pensé, tout simplement. Sauf que Will non plus.

— Et merde.

Il roule sur le dos et fixe le plafond. Il a les doigts entrelacés, les mains posées sur sa poitrine et les cheveux en bataille, et il est… sexy. Stressé mais sexy. Il se tourne vers moi, une grimace contrariée sur le visage.

— Je suis désolé, Katie. Je… je ne sais pas ce qui s'est passé. J'ai oublié. Décidément, je n'arrête pas de te donner des raisons de ne pas me faire confiance.

— Arrête.

L'inquiétude se lit dans ses yeux et je pose la main sur

sa joue. Je pourrais être flattée en pensant qu'il était si excité qu'il n'a pas pensé à se protéger, mais c'est surtout de la bêtise. La dernière chose dont on a besoin, c'est bien d'amener un bébé dans ce monde. On a assez de soucis comme ça.

— Ne t'en fais pas. Il n'y aura pas de problème.

— Tu es *sûre* ? insiste-t-il.

— Certaine. Et puis je sais que tu ne l'as pas fait exprès. Je te fais confiance.

C'est difficile, néanmoins. Je ne peux qu'espérer qu'il ne me mentira plus jamais. Et s'il recommence…

Je ne pourrai m'en prendre qu'à moi-même.

— Je sais mais je devrais être plus responsable. Je n'ai pas besoin de mettre un poids supplémentaire sur tes épaules.

Je me rapproche de lui et je pose la tête sur son torse.

— Tu racontes n'importe quoi. Tu es tout sauf un poids.

Un petit sourire vient flotter sur ses lèvres.

— Tu dis ça maintenant, mais attends qu'on rentre à la maison et qu'on reprenne une vie normale.

— Rentrer, ça veut dire retrouver Molly.

Son sourire se fait plus franc.

— C'est vrai. Elle me manque.

Il a appelé deux fois le chenil depuis notre départ, pour s'assurer qu'elle allait bien.

— Il faut qu'on regarde l'interview avec nous et ton… ton père demain soir.

Son sourire s'évanouit. Je le comprends : ce n'est pas le sujet de conversation le plus agréable qui soit, mais il faut bien en parler.

— Je n'en ai vraiment pas envie.

On dirait un petit garçon. Bientôt, il va se mettre à faire la moue et à taper du pied.

J'aurais du mal à lui en vouloir, cela dit.

— Il le faut. Je veux être prête pour affronter le peloton d'exécution. On doit savoir ce qu'il a dit. Et puis je suis curieuse de voir comment Lisa a édité notre interview pour réussir à nous faire passer pour deux salauds.

Il s'écarte de moi et affiche un air faussement choqué.

— Qu'est-ce que j'entends ? Est-ce que tu viens bien de prononcer le mot salauds ?

— Arrête de te moquer de moi !

Je tente de lui donner une bourrade dans l'épaule, mais il parvient à esquiver.

— Je suis sérieuse ! Elle va nous faire passer pour des gens horribles.

— Mais tout de même, Katie... Salauds ? Quel langage.

La lueur amusée dans ses yeux suffit à compenser toutes les autres choses affreuses qu'on a subies au cours des derniers jours.

— Dit celui qui passe son temps à jurer.

Il se penche sur moi et me réduit au silence avec un baiser. Puis il occupe le reste de la nuit à m'empêcher de parler.

Aaron

La Bible est ouverte sur la table devant moi, mais en dépit de mes efforts je n'arrive pas à lire. Je vois flou et je ne parviens pas à me concentrer. Je suis rempli de rage et ma rancœur ne cesse de grandir tandis que j'attends dans ma cellule. J'ai l'impression que je ne vais pas tarder à exploser.

Au bord de l'explosion, c'est mon état naturel. Comme un volcan à deux doigts d'entrer en éruption. Capable de détruire tout ce qui se trouve sur son passage.

— Monroe !

La voix du gardien me tape sur les nerfs, mais je m'efforce de rester immobile. Je garde le dos tourné, bien décidé à ne pas réagir. Je refuse de lui donner cette satisfaction.

Qu'il aille se faire foutre.

En voyant que je ne réponds pas, il lâche un soupir exaspéré. *Enfoiré.*

— J'ai parlé au directeur. Il ne veut pas que tu regardes ton interview ce soir. Il a peur que les autres prisonniers te tombent dessus dans la salle télé et que tu pètes un câble.

Il ricane comme une vieille pie et je serre les dents. Je m'en servirais bien pour lui arracher sa putain d'oreille. Ou peut-être son énorme nez, qui est rouge tout le temps.

Ça lui apprendrait à se foutre de moi.

— Du coup, tu vas faire quoi ? Péter un câble tout seul dans ta cellule parce qu'il t'a dit non ? Préviens-moi au cas où, histoire qu'on puisse se préparer.

Je ne me retourne toujours pas car je sais que ça le met en colère. Je sens la frustration irradier de lui.

— Si tu donnais un petit peu, tu recevrais un petit peu en retour, Monroe.

Sa voix est maussade, comme celle d'un gamin vexé.

Ça me fait penser à Will. Mon fils. Le garçon qui m'a tourné le dos avec une facilité déconcertante et qui est du côté de l'autre salope, maintenant. J'ai eu Lisa Swanson au téléphone hier soir. Elle m'a tout dit à propos de leur interview. Comment mon garçon l'a plantée là. Comment la fille est restée pour le défendre.

Ça ne me plaît pas. Il y a un truc bizarre dans cette histoire. Pourquoi est-ce qu'elle le défend ? Qu'est-ce qu'elle en a à faire ? Ce petit minable a tout foutu en l'air. Aujourd'hui encore, je le déteste pour ce qu'il m'a fait, mais sans le haïr complètement. C'est la chair de ma chair, après tout.

Et on ne tourne jamais le dos à sa famille.

Je feuillette les pages de ma bible, jusqu'à tomber sur mon marque-page. C'est une photo de moi avec mon fils. Il devait avoir onze ans, peut-être douze. On était souvent allés au parc d'attractions cet été-là. Est-ce que c'était l'année où j'y ai travaillé ? A la réflexion, sans doute pas. Je n'aurais pas voulu passer mon jour de repos dans ce trou à rats.

Mais cette photo avec Will donne à l'endroit des allures magiques. C'était un trou à rats, mais un de mes coins préférés.

Un de mes endroits favoris pour chasser. Il y avait tellement de filles, et elles étaient si jolies…

Mes souvenirs de cette journée avec Will sont flous, mais la photo les rend un peu plus nets. Je suis en train de sourire, mon bras autour de ses épaules. Lui, en revanche, il ne sourit pas du tout. Il a l'air malheureux. Pendant nos dernières années ensemble, il avait toujours cet air-là.

Il fixe l'objectif de son regard sombre et impénétrable. Il a les lèvres pincées, le visage fermé et plein de rancune.

Ce garçon me détestait. Il ne comprenait pas qu'il avait besoin des leçons que je lui donnais pour pouvoir affronter la vie. La vie n'est pas facile. Elle est même sacrément difficile. C'est pour ça que j'ai fini par être incapable de fonctionner au sein de la société et qu'on m'a envoyé ici.

Je hais cet endroit.

Un bref regard par-dessus mon épaule m'indique que le gardien est parti. Tant mieux. Ce connard peut bien crever. Tous les enfoirés qui bossent ici sont chiants et désagréables. Je les trouve détestables.

Alors je passe beaucoup de temps avec ma bible, mes photos et mes souvenirs.

Tant de souvenirs...

Au fil des pages usées, je trouve une autre photo, celle que j'ai découpée récemment dans un journal à scandale. Ils laissent parfois ce genre de magazines à la con dans la salle commune et je les dévore. Je ne connais pas les trois quarts de ces gens, mais ça n'a pas d'importance. Ils sont beaux. Ils sont populaires.

Dans l'un d'eux, il y avait une photo de ma Katie au milieu des autres. Elle était assise à côté de Lisa et elles souriaient toutes les deux à l'objectif, même si le sourire de Katie était moins radieux, et son regard, moins pétillant. Elle n'avait pas vraiment l'air ravie d'être là.

Rien que de regarder cette photo, je sens que je m'énerve. C'est elle qui ramasse toute la gloire et toute l'attention, et tout ça pour quoi ? Parce que je lui ai laissé la vie sauve ? Parce que j'ai épargné sa pauvre vie misérable au lieu d'y mettre un terme ? C'est ce que j'aurais dû faire quand j'en ai eu l'occasion. Et j'en ai eu tout un tas. Je l'ai presque étranglée à mort, une fois. J'avais adoré sentir ses os délicats sous mes doigts, adoré ses petits halètements essoufflés tandis qu'elle se débattait. Mais ça ne servait à rien qu'elle se débatte. Je l'avais balancée sur le matelas après qu'elle avait perdu connaissance, puis je l'avais utilisée.

Elles ne sont bonnes qu'à ça. Katie Watts n'était qu'une gamine inutile et bonne à rien. Et naïve comme pas possible si on considère qu'elle a cru à mon histoire débile. C'était ma plus vieille victime, mais aussi la plus crédule. La plus idiote des petites filles de douze ans que j'aie pu trouver.

Je regarde la photo, essayant de retrouver la petite fille derrière ses traits d'adulte, mais c'est difficile. C'est une femme, à présent. Une femme sans intérêt, salie, maintenant qu'elle s'est sûrement fait sauter par je ne sais qui.

C'est marrant, c'est moi qui ai fait tout le boulot et c'est elle qui récolte tous les honneurs. Il faut lui donner une leçon. Lui apprendre à rester à sa place.

Je continue à feuilleter ma bible, jusqu'à tomber sur le trou que j'ai creusé dans les pages. C'est un parfait petit rectangle, où je conserve la petite pointe que j'ai fabriquée à partir d'un stylo. Ces abrutis ont été assez idiots pour me le laisser, et j'ai été assez intelligent pour le transformer en arme. Ça peut toujours servir.

Ça risque même de me servir très bientôt.

Je la fais tourner dans mes mains pour l'admirer. Je

caresse le bord acéré que j'ai taillé moi-même et je fais la grimace. Ça pourrait vraiment faire des dégâts si je plantais quelqu'un avec ça.

Je remets la pointe dans sa cachette. Ça fait bien deux ans que j'utilise cette planque, maintenant. La plupart des gardiens ne pensent pas à examiner très attentivement le Saint Livre. Ils le feuillettent rapidement avant de passer à autre chose. Bande d'abrutis. J'ai toujours été entouré de ça toute ma vie.

Si ça s'était passé comme je le voulais et que j'avais réussi à sortir de cet enfer, la première chose que j'aurais faite aurait été d'aller trouver Will. Lui est tout sauf un abruti. Il est même trop intelligent, comme son papa. Peut-être que je pourrais lui demander de m'aider à retrouver cette salope de Katie Watts. Est-ce qu'il accepterait ? Est-ce qu'il tuerait quelqu'un pour moi si je le lui demandais ? J'en doute.

Mais ça ne veut pas dire que je ne peux pas le forcer à faire quelque chose… juste pour donner un coup de main à son bon vieux papa.

Will

Les rêves ne se réalisent jamais et ça ne sert à rien d'avoir des objectifs. La vie n'a fait que me montrer encore et encore que je perdais mon temps à croire qu'il pouvait se passer quelque chose de positif dans mon existence.

Jamais rien de bien n'arrive à un gamin que sa mère a abandonné dès qu'elle en a eu l'occasion. Un gamin dont le père était un tordu qui le forçait à regarder des choses qu'aucun petit garçon ne devrait jamais voir. Cet enfant a grandi dans la colère et la douleur, constamment sur la défensive. En sachant qu'il n'avait aucune chance de connaître une vie normale.

J'étais assis sur le canapé du salon à peine éclairé et je regardais distraitement la télé. Ils passaient *La Fête à la maison* sur Nickelodeon. Oui, je regardais une chaîne qui ne diffusait que des programmes pour adolescentes boutonneuses, mais il n'y avait rien d'autre à la télévision.

Et surtout *La Fête à la maison* était l'incarnation de tous mes fantasmes. Une grande famille dont les membres se soutenaient dans toutes les situations. La série comportait un père célibataire, comme le mien, mais les similarités avec mon bon vieux papa s'arrêtaient là. Il y avait oncle

Jesse et les filles et Joey, puis Jesse se mariait avec Becky et tout commençait à vraiment bien aller. Tous ces gens vivaient ensemble dans cette immense maison, comme une grande famille heureuse.

Quelque chose que je n'avais jamais connu.

La porte qui menait au garage s'ouvrit et mon père fit son apparition dans la cuisine. Il regarda autour de lui avec une expression de dégoût sur le visage.

— Qu'est-ce que c'est que ce bordel, fils ?

Je grimaçai en entendant sa voix. Il avait l'air soûl. Son visage était rouge et il avait un drôle de rictus tandis qu'il inspectait la pièce, les mains sur les hanches. On aurait dit un grand seigneur qui venait régner sur son château pourri.

— Tu n'as pas nettoyé la cuisine comme je te l'avais dit, beugla-t-il.

Il criait tout le temps. Il ne se rendait sûrement pas compte que je ne l'écoutais même plus, à force.

— Je le ferai dans une minute, répondis-je, toujours concentré sur l'écran de télé.

Je voulais finir mon épisode de vie rêvée avant de revenir à sa foutue vaisselle sale. Peut-être que ça passerait mieux si j'imaginais que je partageais les corvées avec quelqu'un ? J'aurais adoré avoir un petit frère ou une petite sœur ou, mieux encore, un grand frère. Qui m'aurait emmené au parc avec ses amis et m'aurait laissé traîner avec eux. Ça aurait été vraiment chouette. N'importe quoi, plutôt que ce que j'avais.

— Bon sang, Will, quand est-ce que tu vas commencer à m'écouter ?

Il se matérialisa entre l'écran et moi comme par enchantement. Il avait toujours été doué pour se déplacer à la vitesse de la lumière, sans faire de bruit. Il éteignit la télé avec un grognement. Je levai les yeux vers lui. J'étais en colère qu'il ait interrompu mon épisode avant la fin, mais je savais quand le moment était venu d'obéir sans broncher. Alors je me levai et je gagnai la cuisine sans un mot. Je fis la grimace en voyant les piles de vaisselle sale dans l'évier. Il y avait des mouches et l'odeur était immonde.

Depuis combien de temps est-ce que toute cette merde traînait là ?

La porte du garage s'ouvrit à nouveau, et cette fois une femme entra dans la cuisine. Elle semblait jeune, peut-être un peu plus de vingt ans, mais je n'étais pas sûr. Je n'étais pas doué pour deviner l'âge des gens. Elle portait un short en jean sale et un T-shirt rouge usé. Elle n'avait pas de chaussures, ses cheveux étaient bruns et une lueur apeurée illuminait ses grands yeux marron.

Il l'avait sans doute ramassée derrière le bar où il avait ses habitudes. On aurait cru qu'elle sortait d'une poubelle. Sûrement une accro à la meth qui cherchait une dose, et à qui il avait dû promettre de la came en échange d'une pipe.

Il tirait toujours le gros lot.

— Hé, Aaron, qu'est-ce qui se passe ici ? Pourquoi tu cries ?

Les mains sur les hanches, elle tentait d'avoir l'air intimidant, mais ça ne marchait pas. Je voyais bien comment elle tremblait. Elle était probablement en pleine crise de manque d'une drogue quelconque.

— C'est ce sale gosse, grommela-t-il en me montrant. Il ne sert à rien. Il a besoin de quelqu'un pour le remettre à sa place.

Je le regardai à peine. Ses mots ne me touchaient plus.

Je m'étais endurci et mon cœur était comme entouré d'une chape en acier impossible à percer.

Il m'avait fallu quelques années, mais j'avais fini par apprendre comment laisser ses insultes me passer au-dessus de la tête.

— Ah ! Je pensais que tu étais en train de te disputer avec quelqu'un.

Elle se dirigea vers le réfrigérateur et ouvrit la porte pour en inspecter le contenu.

— Tu as de la bière ?

Mon père la rejoignit et lui donna une tape sur les fesses, si fort qu'elle poussa un cri.

— Pas pour toi, espèce de garce. Il faut la mériter, d'abord.

Un sentiment de malaise m'envahit, mais je continuai à les ignorer et me concentrai sur la vaisselle. Je savais ce que mon père voulait dire par là. Les femmes qu'il ramenait chez nous étaient vraiment stupides. Elles tombaient dans le panneau chaque fois. C'était incroyable de voir le pouvoir que cet enfoiré avait sur elles.

Est-ce que toutes les femmes étaient des idiotes ? Ma mère s'était tirée, ce qui voulait sûrement dire qu'elle était intelligente, mais elle m'avait aussi abandonné, ce qui, à mes yeux, faisait d'elle quelqu'un de stupide.

Elles ne valaient rien, toutes autant qu'elles étaient. Mon père avait raison.

— Le mériter comment ? demanda la femme sur le ton de la séduction.

Elle croyait sans doute que mon père aimait qu'elle lui parle comme ça. De mon côté, j'avais plutôt envie de vomir.

— Tu sais très bien comment, ma chérie. Viens, on va

aller dans ma chambre, comme ça, tu pourras me montrer toutes les façons dont tu m'apprécies.

Il tourna la tête vers moi et nos regards se croisèrent. Je voulus détourner les yeux, mais je ne pouvais pas. J'étais comme paralysé par la peur.

— Tu devrais venir aussi, Willy.

Je vous en supplie, mon Dieu, non.

Je m'immobilisai. L'eau brûlante continuait à couler sur mes mains, mais je la sentais à peine.

— Non. Il faut que je termine de faire la vaisselle.

— Ça peut attendre.

Il jeta un regard à la fille, qui me fixait avec un mélange de peur et d'excitation.

— Viens, Willy, ordonna mon père en agitant la main. On aime bien quand tu regardes.

Je coupai l'eau et le suivis, la tête basse. Je repensai à oncle Jesse et Danny Tanner et DJ, et à Stephanie et Michelle de *La Fête à la maison.* Ils n'auraient jamais fait ce genre de trucs. Personne ne les aurait forcés à faire quelque chose d'aussi horrible. Mais toutes ces histoires étaient des fantasmes.

Des rêves bien loin de ma réalité.

Ethan

Je me redresse brusquement dans le lit, le cœur battant, la gorge meurtrie. Quelqu'un me caresse doucement le bras, mon prénom retentit dans mes oreilles et je secoue la tête pour faire disparaître toutes ces horribles pensées. Mais elles enfoncent leurs griffes dans mon cerveau, bien décidées à ne pas s'en faire déloger.

Merde.

Katie est assise à ma gauche, le drap remonté sur sa poitrine. Sa main court toujours sur mon avant-bras.

— Tu as fait un cauchemar, murmure-t-elle, visiblement inquiète. Tu… tu parlais dans ton sommeil.

Je me laisse retomber sur mon oreiller et je prends une grande inspiration pour essayer de me calmer. Je tremble comme une feuille. Ce que je viens d'éprouver ne ressemble pas à un rêve. On dirait plutôt un souvenir.

Au bout d'un moment, je pose la question qui me brûle les lèvres.

— Tu as compris ce que je disais ?

Je suis surpris que ma voix soit si calme alors que mon cœur continue à cogner comme un fou dans ma poitrine.

— Tout ce que j'ai entendu, c'était « ne m'oblige pas à

regarder ». J'ai presque peur de te demander de quoi tu parlais, dit-elle en posant la tête sur mon épaule.

— Tu n'as pas envie de savoir.

Je ne veux surtout pas gâcher ce qu'on a partagé ce soir à cause d'un souvenir de mon enfance affreuse avec mon père.

— Tu as déjà envisagé de suivre une thérapie ?

Sa voix est hésitante quand elle pose la question.

— Je l'ai fait, pendant tout le lycée. Avec des sortes de conseillers d'orientation. C'était l'horreur.

Elle garde le silence pendant un moment. A quoi pense-t-elle ? Peut-être qu'elle se dit que, si aucun d'eux n'a réussi à régler mes problèmes, c'est que mon cas est désespéré. Elle n'aurait pas tout à fait tort.

— Je parle d'un vrai professionnel. Tu as déjà essayé ?

— Non. Je n'en ai jamais eu envie, et puis je vais bien.

— Non, Will. Tu ne vas pas bien, murmure-t-elle.

Elle semble triste et inquiète. Tout ça à cause de moi.

— Je pense que tu n'as pas digéré tout ce que ton père t'a fait. La blessure n'est toujours pas vraiment cicatrisée et il suffirait de pas grand-chose pour qu'elle redevienne une plaie béante.

Je fais la grimace.

— Sacrée métaphore. Heureusement qu'on n'est pas en train de manger.

Quand je vois qu'elle ne répond pas, j'abandonne mes plaisanteries et j'opte pour une vraie réponse.

— Tu as raison. Il ne me faut pas grand-chose pour me sentir vraiment mal à cause de mon passé.

— Comme ton cauchemar, par exemple ?

— Oui. Mais je ne veux pas te le raconter. C'était trop horrible. Tu n'as pas besoin d'entendre ça.

Je préfère tout garder enfoui à l'intérieur. C'est plus facile comme ça. A quoi bon partager toute cette souffrance ?

— Je veux savoir. Je veux t'aider, murmure-t-elle contre mes lèvres. Tes problèmes sont aussi les miens.

— Je ne veux pas que tu souffres à cause de moi.

— C'est ça, une relation. Chacun aide l'autre dans les moments difficiles.

Je me perds dans son regard. Elle a la poitrine pressée contre mon torse, ses bras sont autour de mon cou. Je l'attrape par la taille pour la faire venir au-dessus de moi. Dès qu'elle est à califourchon, mon sexe se réveille, impatient de retourner en elle. Je lui caresse doucement le dos, de haut en bas puis de bas en haut, et je la sens frémir sous mes doigts.

— Tu veux vraiment savoir ?

Elle hoche la tête avec détermination, alors je me lance.

— Il aimait bien prendre de la drogue. Ça m'a bien vacciné et je n'ai jamais été tenté de prendre quoi que ce soit de mon côté. Il n'était pas accro, néanmoins, tandis que toutes les femmes qu'il ramenait à la maison… Elles, elles l'étaient. Il aimait leur faire faire des trucs et les récompenser avec de la drogue.

— Quel genre de trucs ?

— Il échangeait des services sexuels contre de la meth qu'un ami à lui fabriquait, je crois. Il rencontrait des nanas, il leur en filait un peu pour les faire mordre à l'hameçon, puis il les ramenait à la maison et il leur faisait faire tout ce qu'il voulait avant de leur donner ce qu'elles attendaient vraiment.

C'est là que ça devient très compliqué. Je n'ai pas envie de lui avouer la suite, mais il le faut. C'est fini, les mensonges.

— Et, souvent, il me forçait à regarder.

— Comment ça ? demande Katie en fronçant les sourcils.

— Il m'obligeait à le regarder coucher avec ces femmes.

Je prends une grande inspiration et je ferme brièvement les yeux. C'est horrible d'avouer ça. Je ne l'ai jamais dit à personne. Ça a toujours été mon secret. Ma honte.

— C'est de ça que j'étais en train de rêver. Ou de me souvenir, je ne sais pas trop. Ma vie était un cauchemar presque ininterrompu à cette époque.

— Will, je suis tellement désolée. Tu avais quel âge quand tout a commencé ?

Je tressaille en l'entendant m'appeler Will. Je n'ai pas encore l'habitude, et à cet instant précis je ne suis pas certain que ça me plaise.

— Je ne suis pas sûr. Dix ans, peut-être onze.

Je referme les yeux. Ça fait trop mal de la regarder. Et si jamais je lis du dégoût dans ses yeux ?

— Je ne l'ai jamais dit à personne.

— Ne t'en fais pas. Je comprends. Tu sais que je comprends.

Je rouvre les yeux. Ses mains sur ma peau, les baisers qu'elle dépose sur mon visage apaisent mon âme.

— Tu n'es pas obligé de me raconter quoi que ce soit si ça te met mal à l'aise.

— Tu es la seule personne à qui je peux l'avouer. Tu es la seule qui sait ce que c'est… d'avoir été empoisonné par lui.

Elle secoue la tête avec véhémence.

— Il ne t'a pas empoisonné. Tu es gentil, doux, juste. Tu me respectes. Tu fais des erreurs mais tes intentions sont toujours bonnes. Tu n'as rien d'un monstre, je le sais. Tu as bon cœur. Et merci d'être honnête avec moi. C'est tout ce que je voulais.

Je veux être sincère, lui dire la vérité sur ma vie, le bon comme le mauvais. Il y a surtout du mauvais, mais, maintenant qu'elle est à mes côtés, j'espère inverser la tendance. Mon père ne peut pas m'atteindre. Il ne peut pas atteindre Katie non plus. Personne ne le peut tant qu'on est ensemble.

— Je ne veux pas te contrarier en te racontant tout ça.

— Tu ne me contraries pas. Au contraire, partager ces choses-là nous rapproche encore plus.

Elle m'embrasse dans le cou et je ferme les yeux, bouleversé. Je l'aime. J'aime tout chez elle. Et je ne saurais pas quoi faire si je la perdais.

— Je ne supporte pas l'idée de vivre sans toi.

Elle m'interrompt en plaquant ses lèvres sur les miennes. Ses baisers sont doux, mais je perçois aussi un sentiment d'urgence, à la façon dont elle mordille ma lèvre et dont elle me titille avec le bout de sa langue. Elle ne tient pas en place.

Elle est brûlante.

Humide.

Je le sens quand elle se plaque contre moi. Mon sexe tressaille aussitôt. Je referme mes mains sur ses fesses et je l'attire tout contre moi. Je me laisse enivrer par nos langues emmêlées, la saveur de ses baisers, la sensation de son corps étendu sur le mien. Il me suffirait d'un geste pour glisser en elle. Ça serait tellement facile. Trop facile.

— Après tout ce qui t'est arrivé, c'est incroyable que tu puisses être si patient et doux. C'est un miracle que tu sois capable d'aimer.

— C'est toi qui rends tout plus facile.

Je la fais rouler sur le dos pour couvrir son corps de baisers. J'aspire la pointe de ses seins entre mes lèvres, je lèche son ventre délicat, j'embrasse l'intérieur de ses cuisses tout en les écartant, mes mains contre l'intérieur de ses genoux.

Je l'embrasse entre les jambes et je relève la tête pour guetter sa réaction. Elle est tendue comme un arc, visiblement impatiente. Je lui adresse un regard interrogateur auquel elle répond par un petit hochement de tête, alors je recommence à l'embrasser, à la lécher, à aspirer sa chair entre mes lèvres. Elle ne fait rien pour m'arrêter. Quand je passe ma langue sur son clitoris, elle arque le dos et avance son bassin vers moi.

Je veux la faire jouir comme ça. Je veux lui montrer toutes les façons dont on peut se donner du plaisir, se rendre heureux. Toutes les façons dont on peut se montrer qu'on s'aime.

Elle laisse échapper des petits bruits terriblement sexy et elle me tire les cheveux pendant que je continue à l'explorer avec ma langue.

Après mon rêve horrible, c'est comme si la douceur de Katie pouvait me faire oublier la noirceur de mon passé.

Peu à peu, j'augmente la cadence et Katie gémit de plus en plus. Elle relève les jambes et plaque ses cuisses de part et d'autre de ma tête. Je glisse les mains sous ses fesses et je sens un premier soubresaut l'agiter. Son corps tressaille contre ma bouche et elle crie mon nom juste avant de jouir, tremblante, sous mes lèvres.

Au lieu de m'arrêter tout de suite, je ralentis le rythme de mes caresses, les yeux rivés sur son visage. Elle ouvre les yeux et se cache derrière ses mains quand elle voit que je suis en train de l'observer. Je m'allonge près d'elle et je retire ses mains pour pouvoir la regarder dans les yeux.

— Je ne veux pas que tu sois mal à l'aise.

— Je ne le suis pas.

Je hausse les sourcils et elle lève les yeux au ciel.

— D'accord. Peut-être un peu. C'était juste…

— Parfait ? Incroyable ? Un tournant dans ta vie ?

Elle me donne un coup dans l'épaule en riant.

— C'était génial.

— Juste génial ?

— Qu'est-ce que tu veux, une médaille ? Rappelle-toi que je n'ai aucun point de comparaison, me taquine-t-elle.

— Dans ce cas, je me contenterai de la médaille.

Je la prends dans mes bras et elle se blottit contre moi, ses jambes entrelacées avec les miennes.

— C'est tellement facile, avec toi.

— Qu'est-ce qui est facile ?

— Etre avec toi, t'avouer mes pires secrets, partager les bons moments, te faire rire. Te faire jouir.

Elle se raidit, mais je resserre mon étreinte pour l'empêcher de bouger.

— Je suis sérieux, Katie. C'est une bonne chose.

— Je sais, murmure-t-elle. J'espère juste que… que personne ne nous causera de problème parce qu'on est ensemble.

— Comme qui ? Ta famille ?

— Elles ont déjà dit qu'elles couperaient les ponts avec moi si je continuais à te voir.

— Tu plaisantes ?

Elle secoue la tête en se mordant la lèvre.

— Ma mère et ma sœur m'ont prévenue qu'elles ne me soutiendraient pas si je faisais ce choix.

— Tu es prête à te brouiller avec ta famille pour moi ?

Ça me fait totalement halluciner. Sa famille ne l'enverrait pas aux oubliettes aussi facilement… si ? Ils l'aiment et je suis prêt à faire n'importe quoi pour gagner leur confiance. J'ai besoin qu'ils m'acceptent pour pouvoir rester dans la vie de Katie, mais… et si ce jour n'arrivait jamais ?

Cette perspective me terrifie.

— Elles changeront d'avis.

Elle dit ça en haussant nonchalamment les épaules, mais l'incertitude que je lis dans ses yeux me brise le cœur.

— Bon sang, Katie, je…

— Arrête.

Elle pose les doigts sur ma bouche pour me faire taire.

— Ce n'est pas juste de me demander de choisir. Elles ne comprennent pas ce qu'on partage. Et c'est ce qui m'effraie le plus. Si même ma famille ne parvient pas à le comprendre, alors comment espérer que l'opinion publique y arrive ? Les gens vont croire qu'on est malades.

— C'est faux.

— Ton père m'a kidnappée et m'a *violée*. Il est en prison à cause de ça. Parce qu'il a tué plusieurs petites filles et que j'aurais pu être l'une d'entre elles. Et maintenant, toi et moi, on est ensemble. Aux yeux du monde, on est deux tarés.

— Je me fiche de ce que pensent les gens. Tout ce qui m'intéresse, c'est ce que *toi* tu penses. Est-ce que tu m'aimes ?

Elle hoche la tête.

— Est-ce que tu veux être avec moi ?

Elle acquiesce à nouveau.

— Alors, c'est tout ce qui compte.

Je l'embrasse sur le front, les joues et le bout du nez.

— N'oublie jamais ça, Katie. Rien d'autre n'a d'importance.

— Je t'aime.

Moi aussi, je l'aime.

Et j'espère de tout cœur que c'est suffisant.

Katherine

Je me réveille dans les bras de Will, contre son corps chaud et nu. Il est plaqué contre mon dos, avec une main sur mon ventre et l'autre sur ma poitrine, et je ne peux pas m'empêcher de sourire.

La chambre est plongée dans le noir, à l'exception d'un petit rai de lumière qui filtre entre les rideaux. Il a dû se relever pendant la nuit pour les fermer. J'entends le bruit des voitures dehors. Des coups de klaxon, le crissement de pneus qui freinent... Autant de choses dont je n'ai pas l'habitude, j'ai toujours vécu dans des quartiers tranquilles et des petites villes.

Will remue derrière moi et presse son visage dans le creux de mon cou. Je ferme les yeux pour mieux savourer la sensation de ses bras puissants autour de moi, de ses mains sur mon corps et de ses jambes entrelacées avec les miennes.

Je n'aurais jamais cru que c'était possible d'être aussi heureuse. Je n'aurais jamais cru trouver quelqu'un qui m'accepte comme je suis, avec mon horrible passé que, moi-même, je peine à affronter. Il connaît mes secrets les plus sombres et ça ne le dérange pas, parce qu'il les partage avec moi. Tous les deux, on a le pouvoir de transformer quelque chose d'affreux en quelque chose de… merveilleux.

— Bonjour.

Il embrasse mon lobe d'oreille et je me colle à lui, un sourire — sans doute idiot — aux lèvres.

— Bonjour.

Il essaie de m'embrasser sur la bouche, mais je tourne la tête.

— Je ne me suis pas encore lavé les dents.

— Je m'en fiche complètement.

Il m'attrape par le menton pour m'embrasser, et je souris à nouveau. Impossible de m'en empêcher. Jamais de ma vie je ne me suis sentie aussi bien. Aussi heureuse.

Il lâche mon menton et ses mains ne tardent pas à se promener partout sur moi. Ses doigts effleurent la pointe de mes seins, puis mon ventre… Son odeur flotte autour de moi et je voudrais ne jamais quitter ce lit. Je veux rester ici et me cacher sous cette couette jusqu'à la fin des temps.

Sauf qu'on ne peut pas. La réalité nous attend.

— On devrait se lever et commencer à se préparer, suggère-t-il comme s'il lisait dans mes pensées.

Néanmoins, il ne bouge pas d'un millimètre et moi non plus.

— On est vraiment obligés ?

— Malheureusement, oui. Mais j'ai une proposition à te faire.

— Je t'écoute.

— Qu'est-ce que tu dirais de prendre ta douche avec moi ? suggère-t-il à voix basse. Je t'aiderai à te nettoyer.

Les perspectives qui accompagnent son offre me font

frissonner. Il titille à nouveau mon lobe du bout de la langue et j'écarte la tête pour l'éviter.

— Arrête. Ça chatouille.

— Dis oui. Je peux même te laver les cheveux et te faire un massage du cuir chevelu. Je suis plutôt doué avec mes mains.

— Tu es *très* doué avec tes mains.

Je suis bien placée pour le savoir.

— Allez, Katie…

Lesdites mains me touchent à tous les endroits qu'il parvient à atteindre. Partout, donc.

— Douche-toi avec moi.

— Mais tu n'as pas de vêtements de rechange. Toutes tes affaires sont dans ta chambre.

— Je n'aurai qu'à enfiler mon jean et aller récupérer mon sac après. Ne t'en fais pas pour ça.

Il me pince les fesses et je pousse un cri de surprise.

— Allez, c'est parti.

A la seconde où il sort du lit, sa présence me manque. Je me retourne et il est là, à agiter la main pour me faire signe de me lever. Je trouve ça incroyable qu'il soit aussi à l'aise alors qu'il est nu devant moi. Je n'ai jamais été du genre à m'extasier devant un torse d'homme, mais celui de Will me fait baver d'envie. Bien dessiné, ferme, sans un gramme de graisse, et avec une ligne de poils qui prend naissance sous son nombril et descend jusqu'à son…

Je me sens rougir rien que d'y penser.

— Je paierais cher pour savoir à quoi tu peux bien être en train de penser pour rougir comme ça.

— Tu n'as pas envie de savoir.

— J'en meurs d'envie, tu veux dire. Allez, Dormeur, debout. Il faut y aller.

Si j'avais une once de son assurance, je serais en train de me balader dans la chambre nue comme un ver mais ça m'étonnerait que ça arrive un jour. Je suis loin d'avoir le culot nécessaire pour parader comme un mannequin sur un podium.

— Tu viens, oui ou non ?

A contrecœur, je prends la main qu'il me tend et je le laisse me tirer hors du lit. Son regard se promène aussitôt sur moi et j'ai l'impression de devenir écarlate des pieds à la tête.

Je tire sur sa main pour l'emmener dans la salle de bains, en faisant de mon mieux pour cacher ma gêne.

— Tu vas vraiment me laver les cheveux ?

Je le regarde d'un air innocent par-dessus mon épaule et il sourit.

— Oui, et pas seulement les cheveux. Je te promets que je ne vais pas rater un centimètre carré de peau.

Entre son intonation et l'éclat dans son regard, je suis certaine qu'il tiendra sa promesse.

Le trajet du retour passe bien trop vite. On s'arrête au chenil avant d'aller chez moi et Will me propose d'entrer avec lui pour récupérer Molly. J'accepte, ravie de me dégourdir les jambes.

Dès qu'elle passe la porte toute langue dehors, Molly aboie joyeusement et tente de se précipiter vers Will, mais la laisse l'en empêche. Je m'agenouille en riant pour lui caresser la tête et elle me lèche le visage.

C'est dégoûtant, mais je suis trop contente de la voir pour lui en vouloir.

— Tout s'est très bien passé, dit l'employé en tendant la laisse à Will. On a commencé le dressage ce matin. Vous la ramenez demain, n'est-ce pas ? Ça démarre à 10 heures.

— Je serai là.

Will s'empare de la laisse et couve Molly d'un regard affectueux.

— Alors, Molly, tu es prête à rentrer à la maison ?

Elle aboie à nouveau, comme si elle comprenait ce qu'il vient de dire. Ça me réchauffe le cœur de les voir ensemble. Will avait besoin de ça : un être à aimer et auquel se consacrer, autre que moi.

Il a son travail, bien sûr, mais je ne pense pas qu'il ait beaucoup d'amis. C'est un solitaire, comme moi, sauf qu'au moins j'ai ma mère et ma sœur.

Non, plus maintenant. Pas si tu restes avec Will.

Cette perspective me terrifie. Je me suis beaucoup reposée sur elles et je suis inquiète. J'ai toujours eu besoin de l'approbation de ma mère. Elle était tout pour moi au long de ces années, surtout quand mon père est devenu distant. Pareil pour Brenna.

On ne s'est pas vraiment donné de nouvelles depuis notre dispute. Je suis toujours en colère qu'elle soit allée trouver Will pour le menacer, puis qu'elle se soit énervée sur moi comme si ce qu'Aaron Monroe m'avait fait était ma faute. Je sais qu'elle aussi a des problèmes à régler, mais j'ai besoin d'elle.

Le pire, c'est qu'elles ont peut-être raison. C'est une de mes plus grandes peurs. Peut-être que c'est vraiment mauvais pour nous d'être en couple. Il m'a sauvée, c'est vrai, mais son père a failli me tuer. Quand on analyse froidement la situation, je n'ai eu de relation sexuelle qu'avec deux hommes : Will, et son père. Bien sûr, le viol que j'ai subi n'avait rien d'une relation charnelle, mais ça a bien été mon premier rapport.

Au moins, je sais exactement de quoi je vais parler à Sheila pendant notre séance de demain.

— Tout va bien ? me demande Will alors qu'on sort du chenil.

Il lit vraiment dans mes pensées. La plupart du temps, j'aime ça, mais là j'aimerais bien garder mes pensées pour moi. Je lui souris et je lui serre la main.

— Très bien.

On traverse le parking main dans la main, avec Molly qui tire furieusement sur sa laisse pour arriver plus vite à la voiture. Un vent froid souffle et les nuages avancent rapidement dans le ciel.

— De quelle sorte de dressage parlait-il, au fait ?

— Juste les bases, m'explique Will. Et aussi un peu de dressage pour chien de garde.

Il me lâche la main et attrape sa clé de voiture dans sa poche.

— Pour chien de garde ?

Il hausse les épaules face à mon air étonné.

— Elle n'est pas grande mais elle a de la force. Je me suis dit que ça ne lui ferait pas de mal.

Je monte en voiture et je me retourne vers Molly, qui vient de sauter sur la banquette arrière. Elle n'est pas ce qu'on appellerait un petit chien, mais on ne peut pas dire qu'elle en impose. Et à la façon dont elle me regarde avec ses grands yeux, et son immense langue rose qui pend sur le côté, elle a plutôt l'air de vouloir vous lécher la figure jusqu'à ce que mort s'ensuive que de vous planter les crocs dans le mollet.

— Elle n'a pas franchement l'air féroce. Elle est même un peu trop gentille, si tu veux mon avis.

— C'est pour ça que je veux la faire dresser. Et c'est davantage pour toi que pour elle, à vrai dire.

— Comment ça ?

— Je veux qu'elle puisse garder *ta* maison, explique-t-il alors qu'il démarre.

— Je ne comprends pas.

— Je veux que Molly passe davantage de temps avec toi, qu'elle reste avec toi quand je ne suis pas là. Et, si elle a été dressée pour la défense et l'attaque, alors je serai encore plus rassuré de la laisser avec toi.

— Mais c'est ton chien.

— C'est *notre* chien.

Oh ! J'imagine qu'il n'a pas tout à fait tort. Pile à ce moment-là, elle passe la tête entre les sièges et colle son museau froid contre mon avant-bras. Comme pour dire : « Hé, tu es à moi. »

— Tu le penses vraiment ?

— Bien sûr. Ce qui est à moi est à toi, Katie. On est ensemble et je t'aime. Ça n'est pas arrivé du jour au lendemain : ça fait des années que je tiens à toi. Quand il s'agit de nous, je n'ai aucun doute.

On s'arrête à un feu rouge et il porte ma main à sa bouche pour l'embrasser.

— On ne se contente pas de sortir ensemble et de voir comment ça se passe. Un dîner par-ci, une nuit par-là, ça ne m'intéresse pas. Si ça ne tenait qu'à moi, tu emménagerais chez moi tout de suite. Aujourd'hui, même.

Je reste bouche bée. Vivre dans sa maison ? Je suis incapable d'imaginer une chose pareille. J'ai enfin assez confiance en moi pour vivre seule, et maintenant il veut qu'on habite ensemble ? Je ne lui ai avoué mes sentiments qu'hier soir et on dirait qu'il s'attend à ce qu'on se marie dans la minute.

Rien qu'à l'idée de poser mes valises chez lui, j'ai le cœur qui bat à tout rompre et les mains moites. J'ai fait assez d'années de thérapie pour savoir ce qui m'arrive : j'angoisse. Je ne suis pas prête. J'ai besoin de temps, beaucoup de temps.

Et peut-être qu'il ne s'en rend pas compte, mais lui aussi.

— Qu'est-ce qui ne va pas, Katie ?

Il me regarde, les yeux plissés, comme s'il savait ce qui me traverse la tête, et je n'aime pas ça. Pas quand ce n'est pas très positif.

— Je ne sais pas. Ce sont des choses qui demandent réflexion.

— Parce que tu n'y avais pas encore réfléchi ?

Si. Enfin, pas vraiment. Je n'ai pas trop réfléchi, tout court. Je suis passée de tomber amoureuse à être trahie, avant de faire un tour par la case « avouer mes sentiments ». Tout ça en l'espace de quoi, un mois ? Six semaines, peut-être ? Tout est allé tellement vite que je suis surprise de ne pas avoir le tournis.

— Je ne pense pas que je suis prête à emménager chez toi. Ça va trop vite pour moi.

Le feu passe au vert, mais il n'appuie pas sur l'accélérateur.

— Je pensais qu'on était sur la même longueur d'onde, pourtant.

Un coup de klaxon retentit derrière nous.

— Je t'aime, Will, mais je ne peux pas vivre avec toi. Pas tout de suite. J'ai besoin de plus de temps.

— Ne m'appelle pas Will. Je n'aime pas ça.

Son intonation dure me fait sursauter.

Ça me fait mal qu'il dise ça. Il m'a pourtant donné la permission de l'appeler ainsi.

— Ça n'avait pas l'air de te déranger la nuit dernière.

— Je n'ai rien dit parce que je voulais te faire plaisir, mais il y a une raison si je me suis débarrassé de ce nom. Je n'aime pas me rappeler la personne que j'étais.

Un autre coup de klaxon résonne. Will grommelle quelque chose entre ses dents et accélère si brusquement que la voiture bondit en avant. Projetée contre la banquette, Molly pousse un petit grognement.

— Comme tu voudras. J'arrête de t'appeler Will, alors.

Mais, dans ce cas, comment l'appeler ? Ça ne me plaît pas de l'appeler Ethan. C'est tellement compliqué... Je ne sais pas quoi faire, ni quoi dire, alors je me tais.

— Non mais, franchement, j'hallucine, finit-il par marmonner en secouant la tête.

— Comment ça, tu hallucines ? Qu'est-ce que j'ai fait de mal, à la fin ?

Et pourquoi est-ce que je pense automatiquement que c'est moi, la fautive ? Pourquoi est-ce qu'il se comporte comme ça ? Il ne se rend pas compte qu'il en demande trop ? Je n'aime pas avoir l'impression que je ne contrôle pas les choses, et plus il insiste pour qu'on vive ensemble, plus j'ai l'impression de ne rien contrôler.

Et ça ne me plaît pas du tout.

— Je pensais que tu savais ce que je voulais, lâche-t-il platement sans quitter la route des yeux.

— A toi de me le dire. Je ne lis pas dans les pensées, Will.

— Ce que je veux, c'est passer à l'étape suivante. Et je viens de te dire de ne pas m'appeler Will. Je m'appelle Ethan.

Je serre les dents et je me concentre sur mes mains croisées sur mes genoux. Ça me frustre d'avoir laissé échapper son nom aussi facilement après lui avoir dit que je ne le ferais pas, mais il n'est pas Ethan. Du moins, pas pour moi. A mes yeux, il est Will et le sera toujours. C'est de Will que je suis amoureuse.

Ethan, lui, est comme un fantôme, un homme qui s'est immiscé dans ma vie pour me tromper. Quand je pense à lui, ça me met en colère.

— Katie, excuse-moi. Je ne voulais pas être désagréable. Simplement, je…

Il soupire et je le vois secouer la tête du coin de l'œil.

— Je n'arrête pas de penser à l'interview et ça me stresse. Je n'ai pas envie de la regarder.

— Il le faut, pourtant.

— Regarde si tu veux, mais, moi, je ne préfère pas.

— Et qu'est-ce que tu comptes faire ? Agir comme si ça n'était jamais arrivé ?

Je n'arrive pas à croire qu'il préfère vivre dans le déni.

— Je n'ai pas envie d'entendre ce qu'il a à dire, répond-il en haussant les épaules. J'ai cru que ce serait pareil pour toi. Et puis ça ne m'intéresse absolument pas de savoir comment Lisa s'y est prise pour me ridiculiser. Ça ne sert à rien de regarder l'émission. Ce qui est fait est fait.

— Les médias vont parler de toi après la diffusion, et tu le sais.

Il ne répond pas et je pousse un soupir de frustration.

— Tu vas les éviter aussi, c'est ça ?

— Bien sûr que je vais les éviter. Je n'en ai vraiment rien à faire qu'ils veuillent me parler. Ils ne savent pas qui je suis ni où je vis et ils ne me trouveront pas. Je ne regarderai pas l'interview, Katie. Inutile d'essayer de me convaincre du contraire.

C'est fou qu'on puisse être si heureux et que tout s'effondre moins de vingt-quatre heures plus tard. Merci, la réalité.

— Alors, ramène-moi chez moi.

Je détourne la tête pour me concentrer sur le paysage. Je n'ai plus envie d'en parler. La discussion tournera en rond. Comme nous. C'est d'ailleurs ça, notre plus gros problème.

— Je n'aime pas te savoir toute seule chez toi.

Je vois bien qu'il souffre, mais je refuse de céder. Il faut que je m'affirme, que j'ose lui montrer que je ne suis pas tout le temps d'accord avec lui.

Si je cède, ça veut dire que je perds le contrôle. Et je ne peux pas faire ça.

Je croise les bras sur ma poitrine et je garde la tête obstinément tournée vers la fenêtre. Si je le regarde, je risque de flancher ou, pire encore, de culpabiliser, alors que là je dois penser à moi. Je l'aime, mais il est des choses auxquelles je refuse de renoncer.

— J'ai Mme Anderson juste à côté. S'il y a le moindre problème, elle n'hésitera pas à se jeter sur son téléphone pour appeler la police.

Je ne suis pas inquiète, de toute façon. Ma seule peur est enfermée dans une cellule et elle attend son exécution.

— Tu m'excuseras, mais ce n'est pas la présence de cette petite vieille qui me rassure.

Je ne réponds pas. Je suis trop en colère. Trop blessée. Trop déçue.

Je déteste me dire ça, mais… peut-être que ça ne marchera pas entre nous, tout compte fait.

Ethan

J'ai fini par regarder l'émission.

J'ai bien fait. Lisa m'a fait passer pour un sale égoïste qui n'en avait rien à faire de Katie et un fils ingrat qui se moquait bien de son père. Elle m'a fait endosser le rôle du type enragé qui part en claquant la porte parce qu'on l'a accusé d'un crime qu'il prétend ne pas avoir commis. Avant que Katie s'empresse de prendre ma défense.

Comme toujours.

Après ça, la caméra a montré Lisa, l'air sombre, racontant sur le ton de la confidence que Katie et moi avions toujours fonctionné ainsi. Dès que quelqu'un m'accusait d'être le complice des crimes de mon père, Katie niait avec véhémence. C'était notre tactique habituelle. A tel point que beaucoup de gens ont commencé à se demander : « Pourquoi Katherine Watts est-elle toujours si prompte à prendre la défense de Will Monroe ? »

Je cite.

Qu'importe si la police n'a jamais trouvé le début d'un indice leur permettant de porter la moindre accusation contre moi. La vérité n'a pas d'importance.

Tout ce qui importe, c'est l'Audimat. Faire du clic. On

laissera s'exprimer un meurtrier, tant que ça titille la curiosité de l'Amérique.

Assis face à la caméra, mon père a sous-entendu que j'étais impliqué.

— Mon fils s'est rendu très utile, a-t-il déclaré avec un sourire qui m'a donné la nausée.

Bon sang, qu'est-ce que je peux le détester.

— Comment ça ? a demandé Lisa avec curiosité. En quoi vous a-t-il aidé ? Est-ce qu'il vous a assisté dans l'enlèvement de ces filles ?

Ça n'aurait pas dû m'étonner qu'elle pose une question aussi ignoble. Mon père l'écoutait d'un air irrité, la tête penchée sur le côté. Il n'a pas dit un mot, cet enfoiré. Il n'a pas répondu par l'affirmative (encore heureux), mais il n'a pas nié non plus.

Le mal est fait. Je sais que rien que son expression a suffi à éveiller à nouveau les soupçons, même après toutes ces années.

Katie avait tort. Je n'aurais jamais dû donner cette interview. Ça n'a fait qu'aggraver la situation.

Katherine

— Ça fait un moment que je ne vous ai pas vue, dit Sheila en souriant.

Je ne lui offre qu'une expression renfrognée en retour.

— J'ai vu l'interview.

Là encore, je ne réponds pas. Je ne suis pas fâchée contre elle : c'est contre moi que je suis en colère, et là je cherche mes mots. Pendant le trajet jusqu'à son cabinet, j'ai imaginé différentes façons de lui dire les choses, mais aucune ne m'a vraiment convaincue.

Si je ne crois pas en ce que je dis, alors comment pourrais-je la convaincre, elle ?

— J'étais étonnée que vous ayez accepté de participer.

Elle marque une pause. Elle attend sans doute que je dise quelque chose. Ça tombe bien, moi aussi.

— Et surtout j'étais encore plus étonnée que vous ne m'en ayez pas parlé.

— Il s'est passé beaucoup de choses depuis la dernière fois que je vous ai vue.

— On dirait bien, oui. Alors. Pourquoi avoir choisi d'accorder une autre interview ?

Je me lance dans mon explication, en commençant par

mes retrouvailles avec Ethan. Je lui parle de Molly, je lui raconte dans quelles circonstances j'ai accepté, je lui parle de mon voyage avec lui à San Francisco, de la nuit passée avec lui dans ma chambre d'hôtel… Je lui raconte tout. Les doutes, le sexe, les déclarations d'amour, la dispute de la veille, et le fait que je n'aie pas de ses nouvelles depuis. Avant de conclure :

— En résumé, c'est le bazar.

— Rien qui ne puisse s'arranger, fait remarquer Sheila.

D'habitude, j'aime son optimisme, mais là…

— Je n'en suis pas si sûre. On fait face à énormément de difficultés.

Et c'est un euphémisme.

— Vous avez tous les deux souffert à cause de la même personne et c'est ce qui vous unit.

C'est tellement romantique dans sa bouche. Si seulement c'était si simple…

— C'est aussi ce qui nous divise.

— C'est vrai, concède Sheila. Mais la connexion que vous partagez n'en est que plus intense. Ce qui vous est arrivé à tous les deux a bouleversé votre vie. Ça a eu un impact sur les adultes que vous êtes devenus et sur la façon dont vous interagissez avec les autres. C'est normal que vous soyez attirés l'un vers l'autre et que vous ayez envie d'être ensemble.

Elle marque une pause, et je me prépare psychologiquement à ce qu'elle s'apprête à dire ensuite. Ça ne va pas me plaire, je la connais.

— Vous dites que vous l'aimez, et je vous crois. Mais parfois je me demande si, davantage que lui, ce n'est pas l'idée que vous vous faites de lui que vous aimez.

Elle fait mouche. Et si elle avait raison ? Si j'étais amoureuse de l'idée de Will, le héros, contre Ethan, l'homme qu'il est vraiment ?

— Je veux apprendre à le connaître tel qu'il est. Tout paraît flou ces derniers jours. Il est devenu la version adulte de Will et Ethan a commencé à disparaître.

Elle hoche la tête tout en tapotant sur son iPad. Mon dossier doit être rempli d'observations cryptiques que je détesterais sans doute lire.

— Et c'est pour ça que vous avez commencé à l'appeler Will.

— Exactement. Mais à la fin ça ne lui plaisait plus. Il m'a même corrigée. Et ça m'a blessée.

— Vous vous êtes déjà dit que ça lui faisait peut-être du mal quand vous l'appeliez Will ? Il a essayé de se débarrasser de ce nom, au point de se lancer dans la longue procédure pour le changer légalement.

— Mais il m'a dit que ça ne le gênait pas que je l'appelle Will.

Est-ce que je devrais me sentir coupable d'avoir insisté ? Peut-être… Sûrement.

— C'est vrai, mais ça ne lui a pas plu que vous l'appeliez Will après lui avoir dit que vous pensiez qu'il allait trop vite.

— Il va *vraiment* trop vite. Je ne suis pas prête à vivre avec lui. Je ne le connais même pas si bien que ça.

S'installer ensemble signifie qu'un jour on pourrait se fiancer… Se marier… Avoir des enfants… Et je ne sais pas si tout ça est possible pour nous.

— Je n'ai que vingt et un ans. C'est ma première relation. Il va si vite que ça me fait peur.

— Est-ce que vous le lui avez dit ? Vous lui avez expliqué tout ça ?

Je secoue la tête. J'ai peur qu'il ne veuille pas m'écouter ou, pire encore, qu'il croie que mes peurs ne sont que des prétextes. Je suis terrifiée à l'idée qu'il me quitte.

— Vous devriez, suggère-t-elle gentiment. C'est capital de communiquer. Si vous voulez réellement que ça fonctionne entre vous, alors il faut que vous ayez une conversation. Et ne faites pas dans la demi-mesure : dites-lui tout ce que vous ressentez vraiment. A condition d'être prête à écouter ce qu'il aura à vous dire, lui aussi.

Elle a raison, je le sais. Mais ça veut dire que c'est à moi de faire le premier pas et je ne sais pas si je suis prête. Je suis blessée et en colère… et j'ai peur.

— Comment vous sentez-vous par rapport à l'interview d'hier soir ?

— Pas très bien.

C'est le moins qu'on puisse dire.

— On n'aurait pas dû accepter. Je m'en rends compte, à présent.

Lisa a présenté Will sous le pire jour possible et je ne m'en sors pas beaucoup mieux, même si l'émission d'hier était surtout focalisée sur Aaron Monroe. Si je n'avais pas été une de ses victimes, j'aurais presque pu croire à tout ce qu'il racontait. Il est doué pour baratiner.

Enfin, ça, je le savais déjà. Il n'a pas eu le moindre mal à me convaincre de l'accompagner, à l'époque. Il a feint l'innocence et choisi ses mots avec soin. J'étais jeune et je croyais qu'il n'y avait que des gens gentils sur cette terre. Qu'il ne pouvait rien m'arriver de mal. Je vivais dans une bulle jusqu'à ce qu'Aaron Monroe fasse irruption dans ma vie.

Sa tactique, c'était la contrainte amicale. Ça a marché, et ça marche toujours.

Sauf qu'à la minute où vous vous retrouvez en tête à tête avec lui, le masque tombe, et le monstre qui sommeille en lui apparaît au grand jour.

— Et votre famille ?

Sa question me noue l'estomac. Ce qui me fait le plus mal, c'est leur absence alors que je traverse une période difficile. Quand j'ai appelé ma mère pour lui parler de l'interview, elle a à peine décroché deux mots. J'ai aussi envoyé un texto à Brenna… qui m'a répondu par un message neutre et parfaitement poli. Après la diffusion, aucune d'elles ne m'a contactée, et je n'ai pas eu de nouvelles ce matin non plus.

— Ma mère et ma sœur sont en colère contre moi.

— Parce que vous avez recommencé à voir Ethan ?

Je hoche la tête en essayant de lutter contre la boule qui se forme dans ma gorge.

— Elles s'inquiètent pour vous, tout simpl…

— Elles ont passé leur vie à s'inquiéter pour moi et j'en ai assez. Je suis une adulte parfaitement capable de prendre ses propres décisions, mais elles refusent de s'en rendre compte.

— Elles ont aussi peur pour votre sécurité que lorsque vous aviez douze ans. Le rôle de votre mère et de votre sœur est de vous protéger.

— Brenna se comporte comme si elle me détestait. La dernière fois qu'on s'est vues, elle m'a dit des choses horribles. Elle est pleine de rancœur.

Ce constat me fait toujours aussi mal.

— Ça peut se comprendre. Vous êtes devenue le centre d'attention dans votre famille.

— Je ne voulais pas l'être ! Je n'ai jamais voulu ça. Je l'ai dit à Brenna, mais elle ne m'a pas écoutée.

Je me lève d'un bond et je me mets à faire les cent pas dans son bureau.

— Si je pouvais effacer tout ça, je le ferais. J'ai peut-être commis des erreurs ces derniers temps, mais je n'ai jamais eu de mauvaises intentions.

— Personne ne vous accuse d'être malintentionnée.

— A en croire ma mère et ma sœur, je suis le diable incarné maintenant que je revois Ethan.

Ou Will. Bon sang, ça me rend folle.

— A leurs yeux, il est le fils du diable. L'association est risquée.

Je me laisse retomber sur le canapé et je penche la tête en arrière pour regarder le plafond. Ses mots repassent en boucle dans mon esprit et un frisson glacé me parcourt.

L'association est risquée.

Est-ce que cette phrase s'applique à ma relation ? Je n'en sais rien.

Ethan

Assis dans ma voiture garée devant chez Katie, j'attends qu'elle revienne. C'est loin de plaire à Molly, qui geint et fait les cent pas sur la banquette arrière. Lorsqu'elle finit par lécher mon oreille et baver sur mon épaule, je craque. J'attache sa laisse à son collier et je sors de la voiture pour la promener.

— Encore vous.

Mme Anderson est assise sous son porche et elle me transperce du regard.

— Bonjour.

J'accompagne mon salut d'un geste de la main. Elle se lève doucement et se dirige vers moi à petits pas vifs mais prudents.

— Vous êtes l'ami de Katherine, me lance-t-elle depuis l'autre côté de la clôture blanche.

Lors de mes précédentes visites, on s'est toujours salués poliment, mais on n'a jamais discuté. Je l'évite. J'ai trop peur qu'elle se rende compte que c'est moi qui lui avais posé des questions sur la maison, la première fois que je suis venu épier Katie.

— Oui.

Je lance un regard sévère à Molly lorsqu'elle tente de sauter par-dessus la clôture. Elle serait sans doute ravie de lécher la main ou la figure de la vieille dame, mais quelque chose me dit que le plaisir ne serait pas partagé.

— Katie m'a beaucoup parlé de vous.

Elle hausse les sourcils.

— Vraiment ?

— Oui. Elle vous aime beaucoup.

— Vous avez l'air très proches, tous les deux.

— On se connaît depuis longtemps.

— Depuis l'époque où vous viviez dans sa maison, vous voulez dire ? J'ai tout compris, vous savez.

Je la dévisage, bouche bée. Les excuses se bousculent dans ma tête, mais elle continue à me parler, comme si ce n'était pas bien méchant.

— Je vous ai tout de suite reconnu, dès le début.

Et merde. Qu'est-ce que je peux bien répondre à ça ?

— Je peux tout vous ex…

Elle lève aussitôt la main pour me faire taire.

— Vos affaires sont vos affaires et je n'aime pas me mêler de la vie des autres. Néanmoins, je me sens responsable de ce qui se passe dans ce quartier, et je m'inquiète pour Katherine aussi. C'est une jeune femme solitaire, qui vit toute seule, alors ça me rassure de la voir accompagnée d'un homme. Tant que vos intentions sont bonnes, je suis prête à tirer un trait sur notre première rencontre.

Un immense soulagement m'envahit.

— Euh… Merci beaucoup.

— Et elle, qui est-elle ? demande Mme Anderson en s'approchant de la clôture pour caresser la tête de Molly. Elle est mignonne comme tout.

— Elle s'appelle Molly. Elle est très gentille.

En entendant son nom, Molly aboie joyeusement. Comme toujours, sa langue rose pend d'un côté de sa bouche.

— Elle en a l'air. Ça serait bien que Katie ait un chien.

Je suis bien d'accord avec elle. J'ai emmené Molly chez le dresseur hier et ce matin et elle a déjà appris quelques trucs. Je compte l'y emmener à nouveau la semaine prochaine. Ça empiète sur mes heures de travail et ce n'est pas donné, mais ça vaut vraiment le coup, je pense.

Mme Anderson continue à caresser Molly, qui ferme les yeux, visiblement ravie.

— Il lui faudrait un gros chien féroce, comme un rottweiler ou un pitbull. Quelque chose qui puisse la protéger.

— Vous croyez qu'elle a besoin de protection ?

— Je ne crois pas, j'en suis sûre. Elle se sent très vulnérable et il se passe des choses étranges dans les bois ces temps-ci. Ça ne me plaît pas.

— Comment ça, des choses étranges ?

— J'ai cru apercevoir quelqu'un traîner dans les bois un soir, il y a quelques jours. J'ai même appelé la police. Ils sont venus faire une ronde, mais ils n'ont rien trouvé d'anormal. Ils ne me prennent jamais au sérieux, de toute façon, ajoute-t-elle avec aigreur.

— Est-ce que vous en avez parlé à Katie ?

— Je lui ai demandé si elle avait vu quelque chose et elle m'a répondu qu'un soir elle avait eu l'impression que quelqu'un l'observait. Mais il faisait nuit et elle n'y voyait pas grand-chose, alors elle s'est dit qu'elle avait dû rêver. J'étais vraiment fâchée qu'elle n'ait pas prévenu la police. Elle aurait pu m'appeler, moi, au moins.

Elle pousse un grognement de maman ourse contrariée.

Ça m'aurait fait sourire en temps normal, mais là je n'en ai pas envie. Pas quand la sécurité de Katie est en jeu.

— Je suis content que la sécurité de Katie vous tienne autant à cœur. Ça me rassure de savoir que quelqu'un veille sur elle.

— Je suis curieuse, je le reconnais. J'aime savoir tout ce qui se passe dans le quartier. J'ai déjà vu des trucs pas nets, vous savez. Plusieurs personnes se sont fait cambrioler. Enfin, il faut être idiot pour ne pas verrouiller toutes ses fenêtres ou la porte de son garage. Il y a quarante ans, on pouvait encore se le permettre, mais de nos jours c'est de l'inconscience.

Je balaie la rue du regard. C'est un quartier tranquille, propret. La plupart des maisons ont été rénovées récemment. Nombre d'entre elles ont un jardin, avec de belles voitures garées dans les allées ou devant des garages. Il y a des vélos d'enfant sur les pelouses, des jardinières avec des fleurs. Les arbres commencent à perdre leurs feuilles. Un quartier typique de classe moyenne ou supérieure, où c'est facile de se laisser bercer par un faux sentiment de sécurité. Je suis toujours particulièrement sensible à la fragilité de ce sentiment. Je sais que quelqu'un peut à tout moment faire irruption dans ce paysage propret et semer la terreur. Et je sais que c'est pareil pour Katie.

— Si vous avez l'impression qu'il y a un souci ou quelque chose d'anormal par ici, est-ce que ça vous embêterait de m'appeler ? Même si ça n'a l'air de rien, ça ne me dérange pas. Je peux vous donner mon numéro ?

— Bien sûr.

En la voyant sortir un iPhone 6 Plus de la poche de son gilet, je dois me retenir pour ne pas éclater de rire. Elle a beau être âgée, les dernières technologies semblent n'avoir aucun secret pour elle.

— Donnez-moi votre nom et votre numéro et, si je remarque quoi que ce soit, je vous enverrai un texto.

Un texto. J'adore.

— Parfait. Merci beaucoup.

Elle tapote mon numéro puis relève la tête.

— Comment vous appelez-vous, déjà ?

J'hésite, mais pendant une fraction de seconde à peine.

— Will. Je m'appelle Will.

Katie arrive une demi-heure plus tard. Molly se précipite vers sa voiture en gambadant et la suit tandis qu'elle entre dans le garage. De mon côté, je ne bouge pas de mon perchoir, sur les marches du perron. J'ai trop peur de la rejoindre et de m'entendre dire qu'elle veut que je débarrasse le plancher.

Je ne pourrais pas lui en vouloir. Une fois de plus, j'ai mal agi et je viens lui présenter des excuses. Combien de chances va-t-elle m'accorder avant d'en avoir marre de me pardonner ?

Impatient, je tapote du pied sur la marche en béton. Je l'entends ouvrir et refermer sa portière et parler à Molly. Elle est sûrement en train de la caresser, et je parie que Molly est aux anges. Je le serais à sa place.

J'entends Katie qui la complimente, en lui répétant qu'elle est gentille, qu'elle est jolie, que sa fourrure est douce. Sa voix se rapproche de plus en plus, et bientôt elle sort du garage avec Molly sur les talons.

En me voyant, elle semble hésitante. Méfiante. Mais il y a aussi une étincelle de joie dans ses yeux. Elle est à peine perceptible mais elle est bien là. Katie est contente de me voir. Elle fait juste semblant de ne pas l'être. Bon, elle est agacée aussi, et je la comprends : je suis venu sans prévenir, sans lui envoyer de message ni l'appeler avant. Ce n'est pas pour rien que j'ai amené Molly : je savais que Katie se radoucirait en la voyant.

— Bonjour, dit Katie à mi-chemin entre son garage et le perron. Qu'est-ce que tu fais ici ?

— Je me suis dit que je pourrais peut-être passer et voir si on pouvait discuter un peu.

— Passer ? Tu vis à une heure d'ici.

— Tu étais où ?

Je claque des doigts pour rappeler Molly à mes pieds, mais elle m'ignore royalement, trop absorbée par les caresses de Katie.

— J'avais un rendez-vous.

Elle approche en soupirant, monte les marches et s'assoit sur celle d'en haut, à côté de moi. Elle est assez proche pour que je puisse la toucher si je tends le bras, mais pas assez pour que je sente son corps contre le mien.

— Qu'est-ce que tu veux ?

La fatigue est perceptible dans sa voix, et sur son visage aussi. Elle a des cernes sous les yeux et le teint pâle. Je pourrais jurer qu'elle a pleuré.

Si ça se trouve, c'était à cause de moi. Sûrement, même. Je déteste me dire que c'est moi qui fais couler ses larmes.

— Si tu veux que je m'en aille, je partirai. Je sais que tu es en colère contre moi et je ne veux pas te contrarier.

— Je croyais que *tu* étais en colère contre *moi.*

Elle soupire à nouveau et appuie la tête contre mon épaule. Je l'embrasse sur le front par réflexe, et je suis heureux de constater qu'elle ne sursaute pas et ne fait pas mine de s'écarter.

— J'étais chez ma psy. J'avais beaucoup de choses à lui dire.

Je me raidis mais je ne dis rien. J'attends qu'elle continue.

— C'est compliqué, entre nous deux. Tu t'en rends compte, n'est-ce pas ?

Molly monte les marches et vient se blottir sur les genoux de Katie, qui se met à la caresser comme si elle était à elle.

— Je sais, Katie, mais tu me manquais. C'est encore pire quand tu n'es pas près de moi.

Elle relève la tête vers moi. Il y a une telle douleur dans ses yeux que ça me fait presque mal de la regarder.

— Quand tu dis des choses comme ça, j'ai du mal à rester fâchée contre toi.

— Je suis désolé pour tout ce que j'ai dit. J'étais frustré et inquiet à cause de cette interview débile et je me suis comporté comme un connard.

Sans lui laisser le temps de répondre, je l'embrasse doucement sur la bouche.

— Est-ce que tu l'as regardée ? demande-t-elle en grimaçant.

— Oui. C'était n'importe quoi. Complètement à la solde de mon père. Ça ne m'étonnerait pas qu'il ait gagné quelques fans au passage.

— Elle ne t'a pas montré sous ton meilleur jour, confirme-t-elle.

— Elle ne t'a pas ratée non plus.

Un rire sans joie lui échappe.

— Je sais. Quelle bêtise d'avoir fait ça, dit-elle en secouant la tête. Je suis désolée de t'avoir poussé.

— Tu ne m'as pas poussé. On s'est poussés mutuellement. Tu n'as pas à être désolée.

Je passe mon bras autour de ses épaules et elle se blottit contre moi.

— Ça ne va pas être facile d'être ensemble, mais tant qu'on en est conscients…

— Ou alors… Peut-être qu'on ne devrait pas être ensemble, tout simplement. Quand c'est aussi difficile, c'est peut-être parce que ça ne doit pas se faire.

— Les relations les plus belles sont celles pour lesquelles il faut se battre. C'est la difficulté qui rend le bonheur encore plus magique à la fin.

— Tu le penses vraiment ? murmure-t-elle en me caressant le bras.

— Oui. J'en suis convaincu.

Je l'attrape par le menton pour l'embrasser. Je vais tout doucement, pour lui laisser le temps de décider de ce qu'elle veut. Si elle souhaite partir ou rester. Quand elle écarte les lèvres et qu'elle retient son souffle, j'ai un sentiment de triomphe. J'intensifie notre baiser en faisant glisser ma langue contre la sienne et elle me laisse faire. Je passe la main derrière son cou pour l'attirer plus près et…

Molly aboie bruyamment. On sursaute tous les deux et je m'écarte de Katie en riant.

— Elle sait comment gâcher la magie de l'instant.

— C'est sûrement mieux comme ça, dit Katie en reculant. Si on continue, mes voisins vont faire un infarctus.

— Tu crois ?

L'idée d'aller plus loin n'est pas pour me déplaire, mais ce n'est peut-être pas le meilleur endroit, effectivement.

— J'ai tendance à me laisser emporter quand je t'embrasse, avoue-t-elle en rougissant légèrement.

— Dans ce cas-là, on ferait peut-être mieux d'aller se laisser emporter à l'intérieur.

Elle secoue la tête et prend Molly dans ses bras, comme si c'était un bouclier capable de la protéger.

— Non. Il faut qu'on parle, d'abord.

Elle a sûrement raison.

Pas de problème. On discutera d'abord. Et on se laissera emporter après.

Katie

Ce n'est sans doute pas l'idée du siècle de nous glisser sous la couette pour discuter. On risque de se laisser distraire trop facilement. En revanche, cette intimité forcée est aussi l'occasion d'échanger en toute honnêteté, en faisant attention à ne pas blesser l'autre.

Molly s'est endormie par terre sur une vieille couverture, probablement bercée par la pluie qui a commencé à tomber après le dîner.

On a mangé en papotant de tout et de rien. Pas de conversation trop personnelle ni de sujet conflictuel. C'était agréable de faire comme si tout était normal, comme si on ne partageait pas ce passé bouleversant qui semble toujours s'interposer entre nous.

Quand il a suggéré qu'on aille se coucher après avoir regardé un très mauvais film, j'ai d'abord été sur la défensive. Mais il m'a rassurée en ajoutant qu'il voulait discuter. Moi aussi, je veux discuter. Bon, et je veux peut-être faire bien plus, aussi…

Je suis allongée sur le côté, face à la fenêtre, et il est en cuillère derrière moi, un bras autour de ma taille et une main posée sur mon ventre. Je réfléchis à comment l'appeler et, comme toujours, je n'arrive pas à me décider. Est-ce que je devrais dire Will ou Ethan ? Est-ce que c'est injuste de ma part de vouloir me débarrasser d'Ethan ?

— Il faut régler le problème avec ta mère et ta sœur, dit-il tout à coup. Je sens bien que ça te ronge.

— C'est vrai que ça me contrarie.

— Je sais. C'est pour ça que ça ne peut pas durer. Il faut que tu les appelles.

— C'est à elles de le faire.

— Sois plus intelligente et fais le premier pas. Dis-leur qu'elles te manquent.

C'est vrai qu'elles me manquent, plus que je ne veux bien l'admettre, mais c'est encore plus compliqué qu'avant. A présent, il y a aussi mes sentiments pour l'homme allongé dans mon lit. Il y a ce chien par terre qui m'appartient autant qu'à lui. Je crée de nouvelles relations, une petite famille qu'elles désapprouveront à coup sûr, alors que j'ai désespérément besoin de leur approbation.

— Elles te détestent. Je voudrais tellement que les choses soient plus simples... Pourquoi tout est toujours aussi difficile pour nous ?

Je le sens qui hausse les épaules derrière moi.

— Rien n'est jamais facile pour personne, Katie. On ne voit que ce que les gens veulent bien montrer. On ne sait pas ce qui se passe derrière les portes closes, mais les autres souffrent aussi. La différence, c'est que notre souffrance est étalée aux yeux de tous.

Je sais qu'il a raison, mais ça ne me console pas pour autant.

— Si ta mère et ta sœur me détestent, alors ça veut simplement dire qu'il faudra que je fasse encore plus d'efforts pour qu'elles m'aiment bien. Si je veux être avec toi, je dois les accepter, elles aussi. Je *veux* les accepter et je veux qu'elles m'estiment, mais je comprends pourquoi elles ne m'aiment pas. Elles s'inquiètent pour toi et c'est normal. Elles veulent te protéger. Le lien qui me relie à ton passé n'a rien d'un bon souvenir. Elles préféreraient oublier que j'existe.

— Mais je ne veux pas oublier que tu existes, moi.

Je lui caresse l'avant-bras et il me serre plus fort contre lui.

— Moi non plus, je ne veux jamais oublier que tu existes. Tu m'as sauvé, Katie. Tout le monde parle toujours du fait que je t'ai secourue, mais tu en as fait autant pour moi. Je ne l'ai pas vu à l'époque, mais à présent je me rends compte de ce que tu as fait.

— Tu étais en colère que je t'oblige à aller au commissariat.

— Oui. Parce que c'est difficile de quitter ta famille, même si elle te fait souffrir.

— Ça peut être moi, ta famille, maintenant.

— Tu l'es déjà.

On reste allongés là pendant longtemps, sans rien dire, mais mon cerveau tourne à plein régime et j'imagine que le sien aussi.

C'est moi qui finis par briser le silence.

— Je suis perdue.

— A propos de quoi ?

— De ton nom. Je ne sais pas comment t'appeler.

Il soupire.

— J'ai fait tout mon possible pour me débarrasser de Will. Je ne voulais plus être cette personne. A l'instant où j'ai légalement changé de nom, j'ai eu l'impression d'être un homme nouveau à qui on donnait une seconde chance.

— Je sais. Et je sais que tu n'aimes pas penser à toi en tant que Will.

— Will, c'est le nom qu'il m'a donné, *lui*.

— Mais tu n'as rien en commun avec lui. Pour moi, Will était mon sauveur, mon héros. Will est le garçon qui me comprend, qui sait ce que j'ai enduré parce qu'il a vécu la même chose. Je ne veux pas le perdre, même si tu veux l'oublier.

Un silence pesant s'installe entre nous. J'aimerais dire quelque chose, mais je ne sais pas quoi ajouter. J'ai l'impression que je ne ferais que me répéter.

— Je ferais n'importe quoi pour toi. Alors si tu veux m'appeler Will… je suppose que je finirai par m'y faire. Ça ne sera pas facile et je risque d'être désagréable, parfois. Ce nom n'est associé qu'à des choses négatives, du moins pour moi.

— Pour moi, non. A mes yeux, c'est le nom de la seule chose positive qui me soit arrivée cet été-là.

Je me tourne pour lui faire face et je pose la main sur sa joue. Il a ses deux bras autour de moi à présent et on se regarde les yeux dans les yeux. Son corps chaud, solide et fort est pressé contre le mien et j'ai tellement envie de lui que c'en est presque douloureux.

— Tu me donnes envie d'être Will à nouveau. Je n'aurais jamais cru que ça arriverait un jour.

— Tant mieux.

Il m'embrasse et je me laisse enivrer par la saveur de ses lèvres et de sa langue qui cherche la mienne. Je me perds dans ses caresses et je le touche aussi autant que je peux.

La dernière fois que j'ai vu Sheila, elle m'a dit qu'il fallait que je sois patiente avec lui. Je dois comprendre son ressenti à propos de ses deux noms et de la division dans sa vie. Il a été Will à une époque, et désormais il est Ethan. Peut-être qu'il ne voudra jamais combiner les deux, peu importe à quel point moi, je le voudrais.

Il murmure mon nom tout en roulant au-dessus de moi. Je suis allongée sous lui, ses hanches plaquées contre les miennes, et il me scrute intensément.

— J'ai besoin de savoir que tu n'es pas seulement avec moi parce que je suis Will, mais aussi parce que tu aimes l'homme que je suis aujourd'hui. On ne peut pas rester coincés dans le passé.

— Je sais. Vivre dans le passé ne m'intéresse pas.

— Tant mieux, parce que j'ai besoin de toi ici et maintenant. Je veux que tu sois dans mon présent et dans mon avenir. Je ne te laisserai jamais partir.

Je peux lire le doute et la peur dans son regard. Il redoute ma réponse tandis que moi, je suis terrifiée à l'idée de le décevoir.

Mais ce qui est plus terrifiant encore, c'est l'idée que je pourrais le perdre. Je ne peux pas imaginer revivre ça. Je ne veux jamais repasser par là.

— Je suis là pour toi, ici et maintenant, et je tiens à toi. Pas seulement au garçon que j'ai connu, mais à l'homme que tu es devenu. J'ai besoin de toi dans ma vie. Je ne veux pas te perdre.

— Tu ne me perdras jamais. Fais-moi confiance.

Il m'embrasse et prend les commandes. Il dépose une pluie de baisers partout sur ma peau, il glisse les doigts entre mes cuisses, il écarte mes jambes, il entre en moi, sa bouche rivée à la mienne tandis qu'il va et vient encore et encore, jusqu'à ce que j'oublie tout, à part lui. Ethan.

Will.

Le garçon de mon passé. L'homme de mon avenir. Celui que je ne peux pas laisser partir. Jamais.

Aaron

La sonnerie retentit dans le combiné. Impatient, je tapote nerveusement le rebord de la table métallique à laquelle je suis assis. Je déteste attendre un appel. Ça prend toujours une éternité avec le standard de merde de la prison.

Enfin, je reconnais le déclic familier, suivi de la voix suave de Lisa.

— Aaron. Quelle joie de vous entendre.

Son intonation est chaleureuse, comme si elle parlait à un vieil ami, et je resserre mes doigts autour du combiné. Elle n'est pas mal du tout, cette Lisa Swanson. A vue de nez, je dirais qu'elle doit avoir mon âge, peut-être un poil plus jeune. Elle est un peu trop vieille à mon goût, mais je la sauterais bien quand même. Elle est très glamour, avec des courbes plantureuses. Son regard est d'un bleu glacial et elle a soif de sang. Ces yeux, cette soif…

Quand je la vois, j'ai l'impression de me voir, moi.

— Ils ne m'ont pas laissé regarder l'émission.

Je n'essaie même pas de cacher ma frustration. Je suis furax de ne pas avoir pu assister à mon propre quart d'heure de gloire. C'est totalement injuste. Bande d'enfoirés.

— Je suis au courant. C'est vraiment dommage. Je

ferai tout ce que je peux pour vous envoyer une copie. J'arriverai bien à parler aux bonnes personnes et à tirer quelques ficelles.

Elle trouve toujours les mots pour me caresser dans le sens du poil.

— Les chiffres sont spectaculaires, Aaron. L'audience a atteint 2,9 hier soir, et ça, c'est seulement pour les téléspectateurs qui ont suivi l'émission en direct. C'est sans compter les personnes qui ont enregistré le programme ou encore les vues en streaming. Nous dépasserons sûrement 3 lorsque tout ça sera comptabilisé.

Elle pousse un soupir satisfait, comme une femme qui vient de prendre du plaisir.

Elle continue à parler d'Audimat et de chiffres et de charabia en rapport avec la télévision. Ça ne m'étonnerait pas qu'elle soit en train de mouiller sa culotte. Je sens bien que tous ces trucs l'excitent. De mon côté, je n'y comprends rien et surtout je n'en ai pas grand-chose à foutre.

Je profite d'un moment où elle reprend son souffle pour en placer une.

— C'est formidable, Lisa, mais j'ai une question.

Je marque une pause pour faire monter la pression avant de lâcher la bombe que j'ai en réserve.

— Certaines de mes sources disent que mon garçon et cette fille entretiennent une relation. Qu'ils s'envoient en l'air, quoi.

Lisa ne répond pas, à croire qu'elle a besoin de temps pour digérer ce que je viens de lui dire. Eh bien, elle digérera une autre fois, parce que je veux la vérité, et fissa. Rien que d'imaginer mon fils avec cette garce… Ça me donne envie de vomir. Pourquoi elle ? Pourquoi voudrait-il de mes restes ?

Au bout de plusieurs secondes de silence, je suis sur le point d'exploser. Je finis par crier dans le combiné :

— Est-ce que c'est vrai ? Est-ce que mon fils saute cette idiote, oui ou non ?

— Aaron, me réprimande aussitôt Lisa. Vous ne devriez pas parler de Katherine Watts en ces termes.

Je grogne en entendant le nom de cette salope.

— Qu'elle aille se faire mettre, et que mon connard de fils aille se faire mettre, lui aussi. Ils sont ensemble, pas vrai ? Nom de Dieu. Pourquoi vous ne me l'avez pas dit ? Pourquoi ne pas les avoir balancés en pâture au monde entier ?

Les gens deviendraient complètement dingues s'ils apprenaient qu'ils sont en couple. J'en suis sûr. Ils trouveraient ça contre nature. Ils les accuseraient d'entretenir une relation tordue. Ils accuseraient mon fils en disant que c'est lui qui lui a fait du mal il y a toutes ces années.

Pas moi. *Lui.*

— J'attends une confirmation. Nous sommes sur le coup, mais nous voulons être sûrs de nous avant d'annoncer quoi que ce soit. Ils ont été vus ensemble au cours des derniers jours, mais nous n'avons pas encore réussi à les filmer.

J'ai des amis à l'extérieur et l'un d'entre eux a commencé à espionner Katie Watts en échange d'un bon petit pactole. Ça n'a pas été bien compliqué. Cette petite salope ne prend même pas la peine de se cacher et il n'a pas eu besoin de creuser beaucoup pour la trouver. Et ce que mon ami a vu après quelques jours seulement passés à l'observer m'a rendu complètement dingue.

Il a vu mon fils chez elle. Ils passent du temps ensemble, comme un parfait petit couple. C'est… répugnant. Je ne comprends pas ce qu'il lui trouve. Ou alors il fait ça juste pour suivre les traces de son père ?

Ça m'étonnerait. Il y a plus que ça entre eux. Mais je n'arrive pas à déterminer quoi.

— Vous me l'avez caché. Vous avez menti et je n'aime pas ça.

Elle a fait un tas de choses pour m'aider, mais est-ce que c'est vraiment à moi qu'elle veut venir en aide ? Ou à elle-même ?

Sa gentillesse me met tout à coup en pétard. Quand elle a su que mon fils sautait Katie Watts, elle n'a même pas trouvé le courage de me le dire. Lisa Swanson n'est rien d'autre qu'une sale menteuse.

C'est une des raisons pour lesquelles je l'apprécie, mais je ne veux pas qu'elle me mente à *moi*.

— Vous avez raison. J'aurais dû vous en parler.

— En effet, oui.

— Si vous voulez que je divulgue l'information demain, je peux. J'ai une source qui prétend pouvoir les filmer.

— Ça me paraît être une très bonne idée, Lisa. Excellente, même.

Parfait. Je prends une grande inspiration et je me délecte de l'apaisement qui m'envahit.

— Très bien. Considérez ça comme un petit cadeau de ma part.

Le silence s'installe à nouveau et je le savoure. J'aime le petit bourdonnement à peine perceptible que j'entends dans le combiné quand j'ai quelqu'un au téléphone.

Il y a quelque chose de rassurant dans le fait de parler à un être qui se trouve à l'extérieur. Ça me rappelle que la vie continue, même si, moi, je fais les cent pas dans ma cage en rêvant de sortir de ce trou.

Ça pourrait arriver un jour.

Mon rêve pourrait devenir une réalité.

— Un cadeau, vous dites ? A choisir, je préférerais un autre type de cadeau venant de vous, Lisa. Quelque chose de plus excitant.

Elle rit, mais elle semble tendue, comme si elle se forçait.

— Je n'en doute pas. Je m'en occupe, d'accord ? C'est ma manière de vous témoigner ma reconnaissance, pour m'avoir autorisée à vous parler.

— Pourquoi est-ce que vous êtes toujours aussi gentille avec moi, Lisa ? Pourquoi est-ce que vous faites tout ça ?

Ma question est tout ce qu'il y a de plus sérieux. Elle est la seule personne dans les médias à m'avoir laissé m'exprimer. Personne d'autre ne m'a jamais donné une chance de raconter ma version des faits.

— Parce que j'ai un cœur d'or, très cher.

Elle rit à nouveau, d'un rire rauque et sexy qui me fait frémir.

— Sans oublier l'Audimat, bien sûr. Et on peut dire que vous m'en avez rapporté un paquet, votre fils et vous.

Ça, je veux bien le croire.

Katie

Plusieurs indices m'ont fait penser qu'il se passait quelque chose. D'abord, le petit amas de journalistes devant ma maison à la première heure ce matin. Ensuite, les nombreux appels en absence en provenance d'un numéro inconnu sur mon portable.

J'ai la gorge nouée par la peur en regardant par la fenêtre, planquée derrière mes rideaux. Les journalistes tournent en rond sur le trottoir, de l'autre côté de ma clôture. Ils ne la franchissent pas car ils savent que ça me donnerait le droit d'appeler la police et de porter plainte.

Je n'hésiterais pas une seconde.

Mme Anderson est devant chez elle. Elle crie sans arrêt et tente de les faire déguerpir comme s'ils étaient des chats de gouttière indésirables. Si seulement c'était aussi facile de s'en débarrasser, j'en ferais autant. Je ne comprends pas bien ce qu'elle dit. J'ai juste réussi à saisir quelques mots, comme « enquiquineurs » et « vautours ». Elle est sérieusement en pétard. Il faudra que je lui envoie une grosse boîte de chocolats ou peut-être un beau bouquet de fleurs pour la remercier une fois que tout ce cirque sera terminé. Je sais qu'elle aime particulièrement les assortiments de See's Candies[1].

Au moins, pendant que je réfléchis à ça, ça m'évite de penser à la farce qui se joue devant chez moi.

— Qu'est-ce qui se passe ?

Je me retourne en entendant la voix ensommeillée de Will.

— Il y a des journalistes dehors.

Il ne porte qu'un bas de pyjama qui lui tombe sur les hanches. On dirait qu'au premier faux mouvement il pourrait glisser et dévoiler tout ce que j'ai touché la nuit dernière. Si on avait dû donner un titre à la soirée, ça aurait été « exploration » et il m'a laissé explorer autant que le cœur m'en disait. Ç'a été très instructif.

Electrisant, aussi.

Concentre-toi, bon sang !

— Qu'est-ce qu'ils font là ? Qu'est-ce que c'est que ce bordel ?

Il me rejoint, écarte imperceptiblement les rideaux pour jeter un coup d'œil à l'extérieur et les remet doucement en place.

— Aucune idée. Tu crois qu'on devrait allumer la télé ?

— Une de ces émissions pourries du matin, tu veux dire ?

Il est encore tôt, 8 heures, même pas. Je venais juste de préparer du café quand je me suis rendu compte qu'il y avait du bruit dehors.

— Oui, mais pas ici. Dans ma chambre.

On retourne se glisser sous les couvertures, j'attrape la télécommande sur ma table de chevet et j'allume la

1. Célèbre confiseur californien.

télévision. Molly dort toujours au bout du lit, indifférente à ce qui se passe dehors.

— C'est vraiment un mauvais chien de garde.

— Elle n'a pas encore terminé son dressage ! se défend Ethan.

Le dimanche matin, les présentateurs de la quotidienne que je regarde en semaine ne sont pas les mêmes. Je me penche en avant pour ne pas rater une miette de ce qu'ils racontent.

Un crêpage de chignons entre deux hommes politiques, un mariage de starlette que tout le monde attend depuis des lustres, une horrible tempête sur la côte Est, bla-bla-bla. Will glisse sa main sous mon T-shirt et me caresse doucement le dos. Je frissonne. Je sais que je dois me concentrer sur les infos, mais Will et ses caresses représentent une distraction plus que bienvenue.

Il a passé tout le week-end chez moi et c'était génial. Pas de disputes, pas d'angoisse. On a juste profité de ce temps tous les deux et appris à encore mieux se connaître. Après la conversation de vendredi, ça nous a fait du bien de baisser la garde et de... vivre. D'être normaux. On est bien ensemble. Ça ne me surprend pas, cela dit. Je ne me suis jamais sentie aussi à l'aise avec quelqu'un qu'avec Ethan. Enfin, Will. Il m'a même laissé l'appeler comme ça plusieurs fois sans trop rentrer la tête dans les épaules. Il y a du progrès.

Le vrai progrès, ce serait que j'arrête de l'appeler Will, mais ça m'étonnerait que ça arrive un jour...

— Merde, dit-il soudain en retirant sa main.

Je me tourne vers lui et je vois qu'il a le regard fixé sur son portable et les sourcils froncés.

— Qu'est-ce qui se passe ?

Il secoue la tête, toujours penché sur ton téléphone.

— Ils sont au courant pour nous. Ils savent qu'on est ensemble.

J'ai l'impression que mon cœur s'est arrêté de battre.

— Qui ça, *ils* ?

— Le public. Les gens. Je viens d'aller sur un de ces forums qui parlent de mon père. Un des membres a posté un lien vers le site de Lisa Swanson. Le blog de son émission compte des centaines de milliers d'abonnés et elle a écrit un article sur nous. Elle dit qu'elle a la confirmation qu'on est en couple, et apparemment c'est aussi cité dans une matinale.

— La confirmation ? Comment ça ?

Mon Dieu. C'est ce que je craignais le plus. C'est pour ça que je n'aurais jamais dû donner la première interview, et encore moins la seconde. Tous les regards sont braqués sur nous à présent et les gens ne vont pas nous rater en apprenant qu'on est ensemble. Non pas que ça les regarde, mais ça leur est égal. Ils nous jugeront, de toute façon, même si ce ne sont pas leurs affaires.

Et ma mère et ma sœur ? Elles vont être dans un état… Elles n'ont jamais caché ce qu'elles pensaient de ma relation avec Will, alors, se la prendre en pleine figure de cette façon… C'est la faute de Lisa Swanson, pas la mienne, mais le résultat est le même.

Ma mère était déjà contre la première interview. Sauf que, si je n'y avais pas participé, Will ne l'aurait jamais vue et on ne serait pas ensemble aujourd'hui. Autrement dit, c'est une bonne chose que j'aie accepté, finalement.

Non ?

— Il y a une photo de nous deux.

Je me rapproche pour examiner la photo. Elle a été prise ici et montre mon jardin à l'arrière de la maison. On est là, avec Molly qui cavale dans l'herbe, et Will a un bras autour de ma taille.

On ne se doute pas le moins du monde que quelqu'un est planqué dans les bois derrière chez moi, en train de prendre des photos de nous.

— Je pense que c'était hier.

J'ai envie de vomir.

On a l'air heureux, là-dessus. Will me sourit comme si j'étais la meilleure chose qui lui soit jamais arrivée, tandis que je regarde Molly qui court partout comme une folle. Ça me répugne de savoir que quelqu'un était en train de nous espionner et de violer notre vie privée, caché dans cette forêt. Une forêt qui ne m'a jamais inspiré la moindre crainte jusqu'à…

— J'ai eu un drôle de pressentiment il n'y a pas longtemps. L'impression qu'il y avait quelqu'un dans les bois.

— Je sais, me répond doucement Will. Mme Anderson me l'a dit.

Je n'en reviens pas.

— Quoi ? Quand ?

— Vendredi. On a discuté pendant que je t'attendais. On a parlé de toi.

Il dépose un long baiser sur mon front. J'adore quand il fait ça. Ça me donne l'impression d'être aimée, chérie, et j'en ai terriblement besoin à cet instant.

— Je veux que tu gardes Molly ici avec toi, déclare-t-il.

— Quoi ? Mais je ne peux pas faire ça. C'est ton chien.

Il secoue la tête.

— Je la reprends chez moi cette semaine, mais dès qu'elle est dressée elle reste ici, même quand je ne suis pas là. Je sais que ce n'est pas grand-chose, mais ça me rassurerait de la savoir avec toi. Au moins, elle pourrait te prévenir au cas où quelqu'un rôderait dehors.

J'acquiesce de mauvaise grâce. L'idée de quelqu'un qui rôde à l'extérieur ne me plaît pas du tout, mais il faut voir la réalité en face.

— Et toi, alors ?

— Moi, je t'ai toi. Et j'ai toujours Molly, même si c'est à temps partiel.

Le sourire qu'il m'adresse me brise le cœur.

— Mais c'est pour toi que tu l'as adoptée et…

Il place son index sur mes lèvres pour me faire taire.

— Laisse tomber, Katie. On a de plus gros problèmes à régler que de décider qui garde Molly. Il y a des journalistes dehors qui veulent te parler.

— S'ils savent que tu es là, ils voudront te parler aussi.

En proie à une panique grandissante, je sors du lit pour chercher quelque chose de décent à me mettre. Je ne peux pas rester en pyjama.

— Qu'est-ce qu'ils vont me poser comme questions, à ton avis ?

— Parce que tu crois que tu vas t'adresser à eux ? C'est hors de question. Je refuse que tu leur parles.

Occupée à chercher un pull et un jean, je fais comme si je ne l'avais pas entendu.

— Est-ce que tu penses que « pas de commentaire » suffira ?

— Ça m'étonnerait.

Il soupire et laisse retomber son téléphone sur la couette

avant de se passer les mains dans les cheveux, comme chaque fois qu'il est nerveux.

— Ça craint, Katie.

— Ça va aller.

— Tu ne peux pas sortir, insiste-t-il. Je ne plaisante pas. Il faut qu'on appelle mon avocat pour qu'il gère ça.

— Tu as un avocat ?

Qu'est-ce qu'il peut bien faire d'un avocat ? Je déteste les soupçons qui se forment aussitôt dans mon esprit. Seules les personnes qui ont fait quelque chose de mal ont un avocat… C'est toujours ce que j'ai cru. Et je n'aime pas me dire ça quand il s'agit de Will.

— Je ne fais pas appel à lui à longueur d'année, mais oui, j'en ai un, une personne à qui parler quand je ne sais pas dans quelle direction aller. Comme pour l'interview il y a quelques jours. J'ai trouvé que les déclarations de Lisa étaient diffamatoires alors je suis allé le voir. Malheureusement, il m'a expliqué que, comme j'avais accepté de participer de mon plein gré, je ne pouvais rien faire. Je n'ai pas son numéro de portable, mais je peux appeler son cabinet pour qu'ils lui transmettent le message.

Je m'assois lourdement sur le bord du matelas tandis qu'il se lève pour passer un coup de fil. Il laisse un message puis il se tourne vers moi avec un faible sourire aux lèvres.

— Tout va bien se passer.

— Et, en attendant, qu'est-ce qu'on fait de tous ces gens dehors ?

Il sort de la chambre et je lui emboîte le pas, suivie de Molly. Je n'en reviens pas que cette andouille n'aboie pas contre tous ces étrangers qui rôdent autour de chez moi.

Will va à la fenêtre et écarte un tout petit peu les rideaux pour évaluer la situation.

— Il y a trois journalistes et trois cameramen. Probablement des chaînes locales.

— Peut-être que je devrais sortir et leur demander de dégager.

Il recule et secoue la tête.

— Combien de fois faudra-t-il que je te dise non, Katie ?

— C'est juste que je ne sais pas quoi faire.

— Moi non plus, admet-il.

Je déteste ne pas avoir le contrôle de la situation et je parie que lui aussi.

Et le pire, c'est que c'est notre faute. C'est nous qui nous sommes attiré ces problèmes. Désormais, on doit trouver un moyen de les régler.

Katie

— Comment est-ce que tu as réussi à te débarrasser des journalistes qui traînaient sur ta pelouse ? Tu leur as dit que tu avais rompu avec Machin ?

Voilà la première chose que me sort Brenna quand je lui ouvre la porte. J'ignore sa pique et je m'écarte pour la laisser entrer. On recommence à peine à se parler et je suis heureuse qu'elle soit là, alors je refuse de rentrer dans son jeu. La clé, c'est de rester patiente.

— J'ai utilisé mes pouvoirs magiques.

Elle ricane en passant à côté de moi. Ma mère, elle, est en train d'attraper je ne sais quoi sur la banquette arrière de sa voiture. Je lui ai pourtant dit que je m'occupais de tout, mais je suis sûre qu'elle a préparé quelque chose. Elle fait toujours ça. Pourvu que ce soit du sucré. Peu importe quelle recette de dessert elle essaie, c'est chaque fois délicieux.

— Sérieusement, Katherine, comment tu as fait ? insiste Brenna, une expression sceptique sur le visage.

Elle croise les bras sur sa poitrine, visiblement sur la défensive. Elle est encore en colère contre moi, pour un tas de raisons, je suppose, et je ne sais pas comment arranger les choses. Je lui ai déjà dit que j'étais désolée, mais apparemment ça ne suffit pas.

Je commence à me demander si c'était une bonne idée d'inviter ma mère et ma sœur à dîner ce soir… et de proposer à Will de se joindre à nous. Il est en route en ce moment même. Pourvu qu'il n'ait pas l'impression d'entrer dans un nid de vipères.

— Will connaît un avocat qui nous a aidés à rédiger un communiqué pour les médias.

On a écrit un texte concis qui allait droit au but sans révéler trop d'informations, puis on est sortis pour s'adresser aux journalistes qui traînaient là. On leur a lu notre déclaration, qui, en gros, disait que notre amitié ne regardait personne, qu'un lien très fort nous unissait à la suite de l'expérience horrible qu'on avait vécue, et qu'on ne ferait pas d'autre allocution à l'avenir.

Autrement dit : ce ne sont pas vos oignons et fichez-nous la paix. J'ai trouvé ça parfait et Will aussi. Les journalistes, eux, ont été déçus. Ils ont tenté de nous poser une foule de questions, mais Will leur a dit que nous n'avions rien à ajouter et on est retournés à l'intérieur. Heureusement, ils ont levé le camp aussi vite qu'ils l'avaient établi.

Il faut dire que le destin nous a donné un petit coup de pouce. Un scandale venait d'éclater entre une juge et un assistant du procureur. Ils entretenaient une liaison fougueuse, sauf que le mari de la juge l'avait appris et avait collé une arme sous le nez de l'amant de sa femme, en le menaçant de le tuer. Résultat, le mari était en prison, accusé de tentative de meurtre.

Jamais je n'ai été aussi reconnaissante pour les problèmes

de quelqu'un d'autre. Je sais que ce n'est pas bien, mais au moins leur histoire a fait oublier la nôtre.

— Il a un avocat ? s'enquiert Brenna en plissant les yeux. Qu'est-ce que ça veut dire ? Qu'il a toujours un avocat sous le coude en cas de besoin ? Tu ne trouves pas ça bizarre ?

— Qu'est-ce qui est bizarre ? demande ma mère en entrant dans la maison, un plat à tarte dans les mains.

Je jette un coup d'œil dehors, en quête d'une voiture inconnue ou de la moindre chose suspecte, mais je ne remarque rien d'anormal, alors je referme la porte.

— Son *ami* a un avocat. C'est comme ça qu'ils ont eu l'idée du communiqué. Quel genre de type de vingt-trois ans a un avocat ? Et qui fait des déclarations publiques ?

— Nous.

Voilà qui ne va pas lui plaire, mais je veux lui faire comprendre qu'on est une équipe, Will et moi. Ce ne sont pas ses remarques qui vont nous séparer. Je ne le permettrai pas.

— Parce que tu es une star, maintenant ? Tu passes deux fois à la télé et il te faut un agent ?

— Brenna. Ça suffit, intervient ma mère d'une voix douce mais ferme.

En dépit de son exaspération évidente, ma sœur se tait et on va dans la cuisine en la laissant toute seule avec sa colère. Ma mère met sa tarte au réfrigérateur avant d'examiner ce que j'ai concocté pour le dîner. Elle inspecte le poulet rôti dans le four, le riz qui cuit dans la casserole, et la salade que je viens de finir d'assaisonner.

— Ça a l'air bon, déclare-t-elle avec un enthousiasme feint.

Mon sourire s'évanouit en constatant à quel point le sien est forcé. Elle a l'air malheureux et je déteste ça. Est-ce qu'elle est déçue parce que j'ai choisi d'être avec Will ? Je commence à croire que c'est impossible que toutes les personnes dans ma vie soient contentes en même temps.

Je ne sais pas comment j'ai réussi à les convaincre de venir dîner. Même près la débâcle de la seconde interview avec Lisa, après que notre histoire avec Will a été ébruitée dans les médias, elles ne se sont pas manifestées. C'est moi qui ai fini par les contacter, en grande partie parce que Will a lourdement insisté.

— Tu as besoin de ta famille, m'avait-il dit pour la énième fois un soir alors qu'on était blottis l'un contre l'autre dans mon lit. Tu ne peux pas les tenir à distance indéfiniment.

— Mais ce sont *elles* qui me tiennent à distance ! avais-je protesté.

Il m'avait interrompue en m'embrassant. Une interruption agréable, mais qui m'avait quand même passablement irritée.

— Appelle-les, avait-il suggéré. Commence par ta mère et demande-lui de parler à ta sœur pour toi, ou alors appelle ta sœur ensuite. Elles finiront bien par se radoucir. Je refuse d'être un obstacle dans tes relations avec elles.

Malgré moi, sa détermination et son soutien m'avaient touchée. C'était important que ça lui tienne autant à cœur. Ma famille comptait pour moi et par conséquent elle comptait pour lui aussi.

— J'appellerai, promis.

C'est comme ça qu'on en est arrivés là. J'ai presque dû supplier ma mère, mais elle a fini par accepter et même traîner Brenna avec elle. Maintenant, je prie pour que tout se passe bien et que personne ne gâche la soirée.

— Will devrait être là dans quelques minutes. Je voulais te dire, maman… Merci d'être venue ce soir.

— De rien, ma chérie. Tu m'as manqué, tu sais.

Son sourire de façade disparaît pour faire place à une inquiétude sincère. Je serais incapable de dire combien de fois j'ai lu cette expression sur son visage au cours des années. Je lui ai donné tant de raisons de se faire du souci…

— Je n'aime pas qu'on se dispute, Katherine. C'est la première fois que ça arrive.

On ne s'est pas disputées : c'est elle qui s'est disputée toute seule. Néanmoins, je décide de garder mon observation pour moi.

— Moi non plus. C'est pour ça que je suis heureuse que tu sois là et que Brenna t'ait accompagnée, même si je sais qu'elle est toujours en colère.

J'ai un moment d'hésitation, mais finalement je décide de jouer cartes sur table.

— Maman, j'ai vraiment besoin que vous l'acceptiez. S'il te plaît.

Je parcours la distance qui nous sépare pour la prendre dans mes bras et elle me serre contre elle. J'ai besoin de cette étreinte, de l'assurance que ma famille acceptera cet homme dans ma vie et qu'on peut avancer tous ensemble.

En dépit de l'hostilité de ma sœur et de la rancœur qu'elle éprouve à mon égard, je sais qu'elle finira par se faire une raison. Elle n'a pas le choix. On est trop proches pour laisser un homme s'interposer entre nous et mettre en péril notre relation.

— Brenna voit un psy, me souffle ma mère à l'oreille. Elle… Elle a des problèmes ces temps-ci et je crains qu'elle ne se soit un peu déchaînée sur toi et sur ton… ton ami, aussi.

Je m'écarte légèrement, sans me soustraire à son étreinte. Même si je suis agacée, c'est agréable d'être dans les bras de ma mère et j'ai besoin de son réconfort, après le stress des dernières semaines.

— Qu'est-ce que tu veux dire par « des problèmes » ? Et pourquoi est-ce que vous l'appelez mon *ami* ?

— Comment veux-tu que je l'appelle ? Je dois dire que cette situation est incroyablement embarrassante, Katherine.

Elle me lâche et reprend son exploration de ma cuisine. Je suis surprise qu'elle n'ait pas encore commencé à mettre la table pour s'occuper.

— Ne dis pas à ta sœur que je t'en ai parlé, mais elle n'est plus avec Mike. Elle est revenue vivre à la maison.

— Quoi ? Tu plaisantes ?

— Chut ! Pas si fort, elle va t'entendre ! Et non, je ne plaisante pas. Ça faisait un moment que ça n'allait pas entre eux et ils ont fini par se séparer. Elle n'est pas rentrée dans les détails, mais je sais qu'elle a commencé à consulter il y a quelques semaines.

Elle plaque son index sur ses lèvres au cas où je n'aurais pas encore compris que c'était un secret, puis son regard se pose sur ma table.

— Tu veux que je mette le couvert ?

Ah, je retrouve enfin ma mère. J'étais sûre qu'elle ferait ça.

— Ce serait super, merci. Je te donne les assiettes.

Pendant que ma mère ouvre le tiroir à couverts, j'attrape des assiettes, que je pose sur le plan de travail. Je jette un coup d'œil en direction de la porte de la cuisine pour être sûre que Brenna n'est pas dans le coin. J'ai cru l'entendre aller à la salle de bains, mais je n'en suis pas sûre.

— Je n'en reviens pas. Je pensais vraiment qu'ils allaient se marier.

— Moi aussi, mais apparemment ça ne marchait pas aussi bien que ça en avait l'air.

Ma mère secoue tristement la tête tout en surveillant la porte, elle aussi.

— On ferait mieux d'arrêter d'en discuter. Elle sera là dans une minute et je ne veux pas qu'elle croie qu'on parle d'elle dans son dos.

— Pourquoi pas ? C'est pourtant ce que vous faites avec moi à longueur de temps, non ?

Aïe. Je n'avais pas prévu d'être aussi désagréable, mais c'est sorti tout seul.

— Je t'en prie, Katherine, ne commence pas.

Heureusement, c'est le moment que choisit ma sœur pour nous rejoindre. Je nettoie le plan de travail, ma mère finit de mettre la table et Brenna se sert un verre de vin. Elle nous parle de ses élèves qui la rendent dingue, mais je l'écoute à peine, obnubilée par la pensée de la savoir seule, sans Mike. La voilà célibataire et de retour chez notre mère.

C'est vraiment étrange, comme nouvelle dynamique. J'ai l'impression d'avoir fait cinq pas en avant au cours de ces derniers mois et c'est comme si Brenna, de son côté, en avait fait cinq en arrière.

Mon portable vibre dans la poche arrière de mon jean. C'est un texto de Will. Enfin, son numéro est enregistré au nom d'Ethan, donc c'est Ethan qui s'affiche, mais je pense Will. C'est toujours aussi compliqué dans ma tête.

Je serai là dans moins de cinq minutes. Disons deux.

Je range mon portable en souriant et je me dirige vers le salon.

— Où est-ce que tu vas ? lance Brenna derrière moi.

— Will arrive.

En regardant par-dessus mon épaule, je suis surprise de constater qu'elle me suit.

— Et comment est-ce qu'on est censées appeler ce type, hein ? Ethan, ou Will ?

La moue sur son visage et son intonation hargneuse ne me disent rien qui vaille. D'un coup, je n'ai plus faim.

— Brenna, s'il te plaît… Est-ce que tu peux essayer de laisser tes préjugés de côté juste pour ce soir ? J'aimerais vraiment que la soirée se passe bien. Je pense sincèrement que tu l'aimerais bien si tu te donnais la peine d'apprendre à le connaître.

— On s'inquiète, Katherine. Tu peux bien comprendre ça, quand même. Ce n'est pas facile pour nous.

Son hostilité semble avoir disparu derrière l'inquiétude. On progresse.

— Ce n'est pas facile pour moi non plus.

Je marque une pause pour tenter de ravaler la boule qui se forme dans ma gorge. Les émotions me submergent, mais je ne veux pas pleurer. Pas maintenant, alors que Will est sur le point d'arriver. Pas devant ma sœur.

— S'il te plaît, Brenna. Fais-le pour moi. Il me rend heureuse, tu sais.

Elle ne répond pas. En entendant notre mère qui s'affaire dans la cuisine en chantonnant, je regrette l'époque lointaine où tout était plus simple, mais je dois m'ôter cette pensée de la tête. Il faut que je me concentre sur l'instant présent. Ça ne sert à rien de s'apitoyer sur le passé.

— Je ferai de mon mieux, finit par dire ma sœur.

On ne peut pas dire qu'elle déborde d'enthousiasme, mais je suis soulagée quand même.

— Merci.

A cet instant, j'entends une voiture se garer devant chez moi. Un regard par la fenêtre m'indique que c'est Will. J'aperçois même Molly qui sautille sur la banquette arrière. Je me retourne vers ma sœur, incapable de retenir le grand sourire qui illumine mon visage.

— C'est tout ce que je te demande.

Ethan

J'entre dans la maison à pas prudents, armé d'une bouteille de vin, d'un sourire nerveux, et de Molly qui tire sur sa laisse. Brenna, postée dans un coin du salon et les bras croisés sur la poitrine, me scrute, sourcils froncés. Elle va être la plus difficile à apprivoiser, c'est sûr.

Katie m'embrasse sur la joue et s'empare de la bouteille de vin. Sa mère s'approche avec un sourire hésitant et elle s'agenouille pour caresser Molly, en lui parlant sur le même ton que celui que prend Katie dans ces moments-là.

— Comme tu es jolie. Katherine m'a parlé de toi, tu sais.

Elle lui caresse la tête et Molly pose le menton sur son genou.

— Oh ! tu es trop mignonne, s'extasie-t-elle.

Katie s'éclaircit la gorge et me sourit nerveusement.

— Maman. Je voudrais te présenter officiellement.

Pourvu qu'elle parle de moi et pas du chien.

Sa mère se redresse et me tend la main avec un sourire chaleureux.

— Bonsoir. Elizabeth Watts, mais vous pouvez m'appeler Liz.

— Ravi de vous rencontrer.

Alors qu'on se serre la main, une lueur d'appréhension apparaît dans son regard.

— Euh… Comment dois-je vous appeler ?

Je me tourne vers Katie, qui se fige comme une biche prise dans les phares d'une voiture. Voilà un détail auquel je n'avais pas réfléchi. Katie jongle entre les deux, même si j'ai remarqué que dernièrement elle évitait de m'appeler par mon prénom. C'est parce qu'elle préfère Will, mais qu'elle sait que je n'aime pas trop.

Merde. Ça va à l'encontre de tout ce pour quoi je me battais il y a encore quelques mois à peine, mais peut-être qu'il est temps d'adopter à nouveau mon ancien moi. Après tout, Katie pense que c'est quelqu'un de bien. C'est moi qui ai un problème.

— Vous pouvez m'appeler Will.

Liz me lâche la main et écarquille les yeux comme si j'avais proféré quelque chose qu'il ne fallait pas.

Pourvu que je n'aie rien dit de mal.

— Et tu connais déjà ma sœur, Brenna, enchaîne précipitamment Katie. J'espère que vous avez faim. Le dîner est presque prêt.

Je laisse Molly en compagnie de Liz et de Brenna et je suis Katie dans la cuisine. Dès qu'on est à l'abri des regards, je la prends dans mes bras pour l'embrasser.

— J'ai foiré, tu crois ?

— Absolument pas. Il va falloir du temps pour les rallier à notre cause, c'est tout. Ma mère aime bien Molly, c'est un bon début.

— Il faudrait être un monstre sans cœur pour ne pas aimer Molly. Est-ce que je peux t'aider ?

Je ramène une mèche de cheveux derrière son oreille,

incapable de résister à l'envie de la toucher. Elle secoue la tête et échappe à mon étreinte pour vérifier la cuisson du poulet.

— J'ai quasiment fini. Sers-toi quelque chose à boire, si tu veux.

J'attrape une bouteille d'eau dans le réfrigérateur. Je préfère attendre qu'on soit à table pour boire du vin.

— Tu as préparé une tarte ?

— Non, c'est ma mère qui l'a faite. C'est une excellente pâtissière. Je crois que c'est une tarte au potiron.

— C'est Thanksgiving avant Thanksgiving, c'est ça ?

— Thanksgiving ou le miracle de Noël, je ne sais pas trop. En tout cas, je suis heureuse qu'on puisse dîner tous ensemble sans se sauter à la gorge.

J'attends qu'elle sorte le poulet du four avant de me glisser derrière elle et de la serrer dans mes bras.

— Ne t'en fais pas. Tout va bien se passer.

Elle appuie brièvement sa tête contre mon torse avant de reprendre ses préparatifs.

— Si seulement je pouvais avoir la moitié de ton assurance, dit-elle en soupirant.

Sauf que celle-ci n'est qu'une façade. En réalité, j'ai vraiment peur que le dîner vire à la catastrophe si je ne fais pas attention. Quelque chose me dit que la mère de Katie ne posera pas de problème. Elle sera polie quand bien même elle chercherait une raison de me détester — que j'ai bien l'intention de ne pas lui donner.

Brenna, en revanche… C'était un vrai danger public. Un danger sacrément énervé, à en juger par l'expression de son visage quand je suis arrivé. J'ai intérêt à marcher sur des œufs.

Il faut que ça se passe bien.

Il faut qu'elles m'apprécient.

— Alors, Will. Dites-moi ce que vous faites dans la vie exactement.

Liz me sourit et je m'efforce de ne pas faire la grimace. Je n'ai pas encore l'habitude qu'on m'appelle comme ça.

On a fini l'entrée et Katie a apporté le plat principal. Elle est le portrait même de la parfaite maîtresse de maison, ce soir. Je ne pensais pas que ça faisait partie de ses qualités, mais cela dit j'ai encore plein de choses à apprendre sur elle.

— Je suis webdesigner.

Je me lance dans mon histoire : l'ami dont le groupe de musique voulait un site web, le type qui les a lâchés et que j'ai remplacé au pied levé.

— Je m'intéressais au graphisme et au design depuis le lycée et j'ai poursuivi ma formation au collège communautaire.

Enfin, seulement dans des matières que j'aimais, parce qu'autrement je détestais aller en cours. Ma bourse me permettait de suivre presque n'importe quelle formation, mais j'ai fini par arrêter quand mon activité de webdesigner a commencé à décoller.

— Vous êtes diplômé ? demande Liz en se servant du riz.

Je secoue la tête.

— J'ai suivi quelques cours, mais je ne suis pas allé jusqu'au diplôme. Je suis surtout un autodidacte.

— Vous avez l'esprit d'initiative.

Elle me sourit puis hoche la tête en direction de Katie.

— Elle suit des cours en ce moment, mais en ligne. Je

préférerais qu'elle aille sur un vrai campus. Ça serait bien pour elle de rencontrer des gens et de se faire de nouveaux amis.

Je ne sais pas si c'est un test ou si elle fait juste la conversation, mais je décide de lui dire honnêtement ce que je pense.

— Je crois que Katie doit faire ce qu'elle pense être le mieux pour elle.

— Maman, ne commence pas, implore Katie avant de prendre une grande gorgée de vin.

— Et tu crois que c'est toi, la personne qui sait ce qui est le mieux pour elle ? intervient soudain Brenna.

Elle n'a pas beaucoup parlé depuis le début du repas. Se contentant de boire beaucoup de vin et de me fusiller du regard depuis l'autre bout de la table.

— Ce serait peut-être plutôt le rôle de notre mère, qui a pris soin d'elle depuis disons… toujours ?

Et voilà. Brenna est repassée en mode « guerre ouverte ». Mais il en faut plus pour m'impressionner.

— C'est une grande fille. Je pense qu'elle peut prendre ses décisions toute seule.

Brenna renifle avec mépris mais Liz change de sujet. Elle se met à parler de l'association dont elle fait partie avec d'autres dames et raconte les actions qu'elles mènent pour venir en aide aux personnes défavorisées.

Je me concentre sur mon dîner, sans manquer de temps en temps de donner un petit morceau de poulet à Molly, qui est couchée à mes pieds. Personne ne fait attention à moi et ça me va très bien. Ça veut dire que je n'ai pas à faire la conversation ou à supporter les réflexions cassantes de Brenna. Elle se fait plutôt discrète, de toute façon. Elle contemple l'intérieur de son verre souvent vide et grommelle des réponses quand Katie ou Liz lui parle.

Il y a un truc qui cloche chez elle, et quelque chose me dit que ça n'a rien à voir avec moi.

— Et toi, Brenna ? Quoi de neuf ? s'enquiert Katie en souriant.

Brenna se crispe aussitôt et un sourire hypocrite apparaît sur ses lèvres.

— Oh ! rien de spécial. A part que je suis entrée dans la catégorie « pauvre fille célibataire repartie vivre chez sa mère ».

— Brenna, ne dis pas ça, voyons, proteste Liz.

Brenna interrompt sa mère avec un signe de la main et un rire sans joie.

— Autant lui dire la vérité, maman. Elle finira bien par l'apprendre. Mike m'a quittée.

Liz ouvre grand la bouche.

— Quoi ? Je croyais que c'était toi qui l'avais quitté.

— Non. Il en avait marre de, je cite, « devoir supporter mes conneries ». Il a dit que j'avais trop de complexes au lit et trop d'idées préconçues sur le mariage.

Je garde le silence tandis que Liz et Katie poussent à l'unisson une exclamation indignée. Apparemment, l'excès de vin a tendance à délier un peu trop la langue de Brenna.

— Il n'a pas tout à fait tort, cela dit. Mais, comme notre famille s'est toujours concentrée sur les problèmes de Katherine, personne ne s'est jamais vraiment intéressé aux miens.

— Brenna, je t'en prie, tente à nouveau Liz.

Mais Brenna enchaîne sans se soucier d'elle.

— Je vois un psy et ça se passe étonnamment bien.

Je comprends pourquoi tu continues à aller à tes séances, Katherine.

Elle finit son vin d'un trait et pose bruyamment son verre sur la table.

— J'ai supporté la situation avec Mike pendant trop longtemps. Notre relation s'est éteinte petit à petit. On s'est éloignés l'un de l'autre, tout simplement. Pas de fin dramatique, pas de séparation tragique. Malheureusement, mon histoire n'a rien d'une saga romantique ou d'un amour maudit comme vous deux.

Elle nous montre du doigt, Katie et moi, et on échange un regard. « Une saga romantique » ou « un amour maudit » ne sont pas les mots que j'utiliserais pour nous décrire, mais chaque personne a droit à sa propre vision des choses.

Y compris la sœur de Katie.

Katie

Après le départ de ma mère et de ma sœur, on entreprend de nettoyer la cuisine, Will et moi. Je débarrasse silencieusement tandis qu'il rince la vaisselle avant de la mettre dans le lave-vaisselle.

C'est moi qui brise finalement le silence.

— Ça ne s'est pas vraiment passé comme je l'avais prévu.

Il ne dit rien pendant un long moment. Il met les couverts dans le panier, avec des gestes prudents et méthodiques.

— Il se passe beaucoup de choses dans la vie de ta sœur, répond-il enfin.

— C'est le moins qu'on puisse dire.

Il se tourne vers moi, les mains agrippées au rebord de l'évier.

— Je pense aussi qu'elle en a marre de vivre dans ton ombre.

Je ne m'attendais pas à ce qu'il me sorte un truc pareil.

— Je n'ai jamais voulu tout ça, je te rappelle. Si elle est jalouse parce que tout le monde s'est concentré sur moi pendant toutes ces années, crois-moi, je veux bien échanger ma place contre la sienne. Enfin, je ne suis pas en train de dire que j'aurais voulu que ça arrive à ma sœur plutôt qu'à moi…

— Je sais, je comprends. Mais pas elle. Personne ne peut vraiment comprendre. Tout ce qu'elle voit, c'est que toute l'attention a été focalisée sur toi pendant toutes ces années, et elle a le sentiment de n'en avoir reçu aucune.

Il s'essuie les mains et balance le torchon pour me prendre dans ses bras. Blottie contre son torse, je me laisse bercer par son parfum chaud et masculin.

— Je ne trouve pas que le dîner se soit mal passé, malgré la crise de ta sœur.

Je suis d'accord avec lui. Ma mère a été gentille. Will a adoré la tarte au potiron et en a repris deux fois, ce qui lui a fait très plaisir. Après quelques verres d'eau, Brenna s'est calmée et elle s'est même un peu radoucie. Ça prendra du temps, tout simplement.

J'aimerais bien qu'elle se rende compte qu'il est toujours là pour moi. Il veille sur moi comme un ange gardien. C'est toujours comme ça que je l'ai vu, depuis le début. Je me rends soudain compte que je n'ai jamais apporté le bracelet qu'il m'avait offert chez le bijoutier pour le faire réparer. Il est toujours dans ma petite boîte à bijoux sur ma commode. Après l'avoir cassé quand on était dans le Sky Glider, je n'ai pas pris le temps de m'en occuper. Il faut vraiment que je le fasse.

— C'est vrai, ça s'est bien passé.

Je lui souris et la flamme ardente qui danse dans son regard achève de me changer les idées. Il baisse la tête et m'embrasse, doucement d'abord, puis de plus en plus intensément. L'incendie est là, sous-jacent, et il menace de se déchaîner. Il brûle en moi. Il veut aller plus loin. Et j'ai hâte qu'il m'emporte.

On s'embrasse comme si on ne s'était pas vus depuis des mois, debout contre mon évier, nos bouches rivées l'une à l'autre. J'écarte légèrement les lèvres et sa langue vient caresser la mienne, comme une promesse de ce qui m'attend. J'ai besoin de son baiser, de ses caresses, besoin qu'il me fasse tout oublier.

La tension accumulée pendant le dîner m'abandonne peu à peu, jusqu'à ce que j'aie l'impression de n'être plus qu'une poupée de chiffon entre ses bras. Il m'embrasse, sa main effleure ma joue, puis mon cou, à l'endroit où il peut sentir mon pouls battre furieusement.

Ses baisers m'affolent, m'embrasent. Et en même temps, sa bouche ses mains sur moi sont comme des points d'ancrage qui me rassurent et me rappellent que je suis une femme, et que j'ai le droit d'avoir cette envie, ce désir qui grandit au plus profond de moi. J'ai envie de lui, parce qu'avec lui je me sens vivante. Quand il est là, la moindre lumière est éblouissante, le moindre son est plus fort et plus clair, le moindre effleurement est une caresse intense. Tout est plus réel et je me sens exister dans le présent. Je suis cette femme qui ne s'appesantit plus sur le passé et n'a pas peur de l'avenir.

C'est délicieux d'être avec lui, d'avoir son attention focalisée sur moi, même dans ma cuisine à côté du lave-vaisselle. On parvient à transformer la situation la plus ordinaire qui soit en une expérience incroyable, il suffit de quelques baisers, quelques mots volés, un soupir ou un grognement étouffé.

Will plaque la main sur mes fesses pour me rappeler qu'il me veut pour lui, et j'ai encore plus envie de lui appartenir.

Plus je passe de temps avec lui, plus je sais que j'ai pris la bonne décision.

On est faits pour être ensemble et rien ni personne ne pourra rien y changer.

Il me soulève et j'enroule mes jambes autour de ses hanches. Il me porte comme si j'étais aussi légère qu'une plume. Molly commence à nous suivre, mais je pointe un doigt autoritaire vers elle, mon autre bras agrippé autour du cou de Will.

— Tu restes là, Molly !

Molly s'immobilise aussitôt au beau milieu du couloir et Will rit doucement.

Au moins, elle m'obéit.

Il pousse la porte de ma chambre et me pose par terre. Mon corps glisse contre le sien jusqu'à ce que mes pieds touchent le sol. Aussitôt, je m'attaque aux boutons de sa chemise. Il m'observe de ses grands yeux sombres emplis de désir et je sens sa poitrine monter et descendre de plus en plus rapidement à mesure que sa respiration s'accélère.

C'est à cause de moi. C'est moi qui lui fais cet effet-là.

Ma respiration se calque sur la sienne. Quand j'arrive aux derniers boutons, il écarte mes mains tremblantes pour prendre le relais. Aussitôt, sa chemise est par terre, bientôt suivie du T-shirt qu'il portait en dessous, et il n'y a plus de barrière entre son torse ferme et moi.

Je presse les mains sur ses pectoraux puis je les laisse glisser, paumes à plat sur sa peau brûlante. Je laisse mes doigts se promener sur son tatouage, à propos duquel je n'ai jamais posé de question mais que je comprends à présent.

Les ailes d'ange, les mots « Rien que nous », c'est moi. C'est lui. C'est nous deux, ensemble.

— Est-ce que c'est pour moi que tu l'as fait faire ?

— Oui. Je suis allé chez un tatoueur avec le dessin que tu m'avais donné et il l'a reproduit. Tu avais écrit « rien que nous » dans ta première lettre et ça m'est resté.

Je fronce les sourcils.

— Vraiment ?

Je ne m'en souviens pas et, du coup, je me sens affreusement coupable.

— Tu as dit que personne ne pouvait comprendre ce qui nous était arrivé. Rien que nous.

« Rien que nous. » Ces mots l'ont accompagné pendant toutes ces années. Quand je pense qu'il les a fait graver avec les ailes que je lui ai dessinées sur sa peau pour toujours… j'ai l'impression que mon cœur va exploser.

— J'adore que tu aies fait ça. Pour moi. Pour nous.

Je trace les contours du tatouage du bout des doigts. Au début, j'étais trop timide pour examiner son corps de près. Puis, une fois que j'ai dépassé ça, je suis devenue trop timide pour dire les mots qui semblent rester toujours coincés dans ma gorge lorsqu'on est tous les deux.

J'ai presque peur de toutes les choses que j'ai envie de lui dire, de lui faire. Mais petit à petit, doucement mais sûrement, je rassemble le courage nécessaire.

Du bout de l'index, j'explore les ailes, les lettres, puis son ventre jusqu'à son nombril. Je continue ma progression et glisse la main dans son jean, pour caresser sa peau brûlante.

Il inspire profondément et je l'observe. Les yeux fermés, il a l'air à la fois enchanté et soumis à la torture. Je remarque une petite cicatrice au-dessous de sa lèvre inférieure, que j'effleure doucement. Je sais exactement ce que c'est.

— Tu te rappelles mon piercing ? demande-t-il tout bas.

Je hoche la tête et je passe de sa bouche à son arcade. Il avait un autre piercing à cet endroit-là. C'est drôle qu'on n'en ait jamais reparlé jusqu'à maintenant.

— Pourquoi tu ne les as plus ?

— Je les ai retirés quand j'ai changé de nom.

— Et tes cheveux ?

Ils étaient noirs lorsque je l'ai rencontré. La couleur était si peu naturelle que ça lui donnait l'air des emos dans la classe de Brenna. Il m'a fait peur la première fois que je l'ai vu, avec ses piercings et son look gothique. Pourtant, ce n'était rien d'autre qu'une façade. Un masque.

— Je les teignais et puis j'ai fini par les raser pour repartir à zéro.

— Tu t'es rasé la tête ?

— Je souhaitais un changement radical. Tu veux que je me reperce la lèvre ? Ou même l'arcade ? demande-t-il avec un sourire malicieux.

Je secoue la tête en souriant. Je défais le premier bouton de son jean et je tire d'un coup sec. J'écarte les pans de son jean et… il ne porte pas de sous-vêtement.

Je retiens mon souffle et son sourire s'agrandit.

— Tu as découvert mon petit secret, murmure-t-il, les yeux rieurs.

D'un coup, je me sens timide. Je ne suis toujours pas très sûre de moi quand il s'agit de sexe. Sheila m'avait prévenue que ce serait encore le cas pendant un moment et elle avait raison. La preuve, voilà que je panique juste parce qu'il est nu sous son jean. N'importe quelle autre fille serait enchantée, et se jetterait sur l'opportunité de le toucher. Une autre fille se mettrait à genoux et le surprendrait à son tour en le prenant dans sa bouche sans prévenir.

Mais pas moi. Je ne peux pas. Je suis trop complexée. Je ne lui ai jamais fait de fellation. Je ne saurais pas comment m'y prendre et je ne suis pas prête. J'ai trop peur de mal faire ou, pire encore, de faire une crise d'angoisse. Jamais il ne m'a demandé quoi que ce soit. J'ai l'impression qu'il est tellement content quand on est ensemble qu'il est prêt à se satisfaire de ce que je veux bien lui donner, et tant pis s'il a envie de plus.

C'est horrible, dit comme ça. J'espère sincèrement que ce n'est pas le cas. Pour moi, en tout cas, ça ne l'est pas.

Je sais que c'est lui que je veux. Lui et rien ni personne d'autre.

— J'étais stressé tout à l'heure, explique-t-il, l'air un peu penaud. Du coup, en choisissant ma tenue pour ce soir, j'ai oublié de prendre un boxer, et comme j'étais en retard en sortant de la douche, je me suis habillé sans réfléchir.

Il a choisi une tenue spécialement pour rencontrer ma mère et ma sœur ? C'est adorable. Même s'il n'en a rien laissé paraître, je sais que la perspective du dîner l'angoissait, peut-être même encore plus que moi. J'aimerais tellement réussir à avoir l'air aussi calme et zen que lui.

Il est plutôt calme en ce moment même, compte tenu du fait que j'ai ma main dans son jean et que je le caresse.

— C'est le moment où la plupart des femmes t'arracheraient ton jean et s'agripperaient à toi comme si elles ne voulaient jamais te lâcher.

— Si tu veux dire qu'elles s'agripperaient à ma bite, alors je ne suis pas sûr d'avoir envie qu'une femme s'y accroche comme si elle ne voulait plus jamais la lâcher.

Je rougis si furieusement que j'ai le sentiment que mes joues vont prendre feu. Je n'en reviens pas, il vient de dire le mot « bite » si nonchalamment. Mais ce qui me surprend encore plus, c'est que j'ai l'impression que ça me plaît de l'entendre le dire.

— En effet, ça a l'air un peu agressif.

Il se penche sur moi pour m'embrasser doucement.

— Sans compter que tu n'es pas la plupart des femmes : tu es *ma* copine et c'est tout ce qui importe.

Mon cœur s'emballe et la lueur intense dans son regard me fait fondre. Il me donne un autre baiser langoureux puis il glisse les mains sous mon pull. Il me le retire avant de dégrafer mon soutien-gorge et je couvre ma poitrine de mes mains. Il se met à genoux pour faire glisser mon jean sur mes cuisses, qu'il recouvre aussitôt de baisers. J'oublie ma pudeur et je m'appuie sur ses épaules pour ne pas tomber. Lorsqu'il dépose un baiser brûlant sur le devant de ma culotte, un gémissement s'échappe de ma gorge. Son souffle me fait frissonner. Je dois m'accrocher à ses épaules par peur que mes jambes se dérobent sous moi.

Il remonte tout doucement, sa bouche traçant une ligne brûlante sur ma peau, jusqu'à ce qu'il soit debout devant moi. Il retire son jean avec des gestes si précipités qu'il manque de trébucher, et le voilà nu, prêt pour moi. J'adore le voir aussi excité, savoir qu'il se fiche d'avoir l'air d'un ado maladroit. Il a juste envie de moi, c'est tout.

Je m'allonge sur le lit et il se glisse au-dessus de moi. Sa bouche trouve aussitôt la mienne, son corps enfonce le mien dans le matelas et sa peau brûlante me donne l'impression qu'un incendie me ravage.

Il s'empare d'un préservatif et quelques instants plus tard il est en moi, enfin. Je m'arque contre lui, j'ai besoin de le sentir encore plus près. Il plonge son regard dans le mien et me caresse les cheveux tandis qu'il ondule doucement le bassin. Je fais remonter mes jambes le long des siennes puis je les resserre autour de ses hanches. On gémit tous les deux quand il s'enfonce encore plus profondément en moi et il presse son front contre le mien, le visage tendu.

— Je ne sais pas ce que je ferais sans toi, Will.

Je dois fermer les yeux pour me retenir de pleurer.

— Merci de m'avoir laissé revenir dans ta vie, murmure-t-il. Tu ne sais pas ce que ça représente d'avoir rencontré ta famille ce soir.

Moi qui étais déjà au bord des larmes, ses mots me rendent encore plus sensible. Je n'ai pas envie de parler, alors je l'attire à moi pour l'embrasser, mais il s'écarte un peu.

— Je ne plaisante pas, Katie. Je n'ai jamais vraiment eu de famille. J'ai toujours été seul, sans personne pour s'occuper de moi. J'étais tellement habitué à me débrouiller que j'ai fini par me dire que je n'avais besoin de personne, encore moins d'une femme. Mais avec toi je n'ai jamais l'impression d'être seul.

— C'est parce que tu ne l'es plus.

— Je ne veux pas te perdre. Jamais. J'ai vécu sans toi pendant trop longtemps. Je ne laisserai rien ni personne s'interposer entre nous. Rien, tu m'entends ?

Le baiser qu'il dépose sur mes lèvres est sauvage, presque brutal.

— Tu m'appartiens. On est faits l'un pour l'autre.

Je ne le contredis pas parce qu'il a raison. Le destin nous a réunis et je ne veux pas le provoquer à nouveau.

Will

Je sens un contact froid contre mon bras, suivi de gémissements incessants. J'ai d'abord l'impression de rêver. Un chien me tire sur le bras. Il veut m'emmener quelque part, mais je ne comprends pas pourquoi.

Lorsque j'ouvre les yeux, j'aperçois la tête de Molly à quelques centimètres de la mienne. Elle me lèche la main — que je cache aussitôt sous la couette, mais ça n'a pas l'air de perturber ma chienne. Au contraire, elle halète joyeusement et m'envoie son haleine en pleine figure. Je grimace de dégoût et je ferme les yeux. Sauf qu'il ne suffit pas de fermer les paupières pour la faire disparaître.

Elle me redonne un coup de truffe contre le bras puis le lèche énergiquement pour m'encourager à me bouger les fesses. Je ne vais pas m'en sortir aussi facilement.

— D'accord, Molly, d'accord.

J'ai grommelé à voix basse pour ne pas réveiller Katie. Elle est blottie contre moi et son corps nu délicieusement chaud ne me donne aucune envie de sortir du lit, mais je n'ai pas le choix. Je m'écarte délicatement et elle murmure quelque chose d'inintelligible avant de se tourner vers moi. Heureusement, elle ne se réveille pas.

Je me glisse hors du lit et j'attrape le bas de jogging que j'ai laissé sur une chaise. J'enfile aussi un T-shirt, je claque des doigts et Molly me suit à petits pas. On traverse le couloir et la cuisine, jusqu'à la porte qui mène au jardin derrière la maison.

A la seconde où je l'ouvre, Molly se précipite à l'extérieur. Elle renifle tout le périmètre avant de s'arrêter, le museau dans un buisson, comme si elle avait trouvé un truc extraordinaire.

Je la regarde depuis le porche, tremblant dans le froid de la nuit. Je n'ai pas la moindre idée de l'heure qu'il est. Molly marque plusieurs pauses pour faire pipi et j'attends patiemment qu'elle ait fini son petit rituel. Je sais déjà que, quand elle sera prête à rentrer, elle viendra s'asseoir à mes pieds, comme toujours, pour me signifier qu'elle a terminé.

Mes pensées vagabondent. Je suis encore à moitié endormi et je repense au sexe avec Katie. C'était vraiment trop bon tout à l'heure. Chaque fois qu'on fait l'amour, je me sens plus proche d'elle. Je reconnais les indices que son corps me donne, je sais ce qu'elle aime, les endroits où elle préfère que je la touche et que je la caresse.

Katie aime les longs baisers, doux et langoureux. Elle aime que je la caresse jusqu'à ce qu'elle tremble. Elle adore quand je suce la pointe de ses seins. Et quelque chose me dit que, quand bien même elle voudrait ne pas aimer ça, elle perd complètement pied quand je lui fais un cunnilingus.

Ça ne me dérangerait pas de retourner au lit et de la réveiller en la couvrant de baisers. J'aimerais la caresser entre les jambes, l'embrasser dans le cou et sur la poitrine, la rendre folle avant même qu'elle ne soit bien réveillée…

Un claquement sec retentit quelque part dans les bois

derrière la maison. Je relève la tête en même temps que Molly se fige. Ses narines frémissent furieusement, et d'un coup elle devient comme folle.

Elle pousse un grognement grave, immédiatement suivi par une explosion d'aboiements féroces. Je ne l'ai jamais entendue aboyer comme ça. Elle court le long de la barrière, comme si elle voulait sauter par-dessus et se lancer à la poursuite de je ne sais quoi dans la forêt obscure. Heureusement qu'elle ne peut pas se sauver.

J'essaie de la calmer depuis le porche, mais elle est trop énervée pour m'écouter. Haletante, elle pousse des couinements aigus entre chaque aboiement. Elle fait tellement de bruit qu'elle ne va pas tarder à réveiller tout le quartier. Je la rejoins à contrecœur, frigorifié par le contact de l'herbe froide et humide sous mes pieds nus. Molly continue à aboyer jusqu'à ce que je l'attrape par le collier et que je lui ordonne sèchement d'arrêter.

Elle se tait immédiatement et s'assoit, mais sa queue s'agite toujours dans tous les sens et elle continue à gémir. Tout son corps est tendu, comme si elle était prête à bondir en avant. Je la lâche et je m'approche de la clôture pour scruter les bois, mais je ne vois rien. Il n'y a même pas un croissant de lune pour éclairer le ciel obscur et menaçant.

Au moment où Molly se calme enfin, j'aperçois quelque chose qui brille dans les arbres. Une lampe torche ? Je plisse les yeux en espérant presque que la lumière apparaisse à nouveau. Molly pousse un aboiement joyeux et court vers la maison.

— Qu'est-ce que tu fais ?

Je me retourne en entendant la voix de Katie. Elle se tient sous le porche et la lumière qui éclaire sa chevelure blonde l'enveloppe d'une aura dorée. Même mal réveillée et avec les cheveux en pétard, elle est incroyablement belle. Elle est enroulée dans une couverture et je parie qu'elle est nue en dessous.

Je jette un nouveau regard vers la forêt mais je n'aperçois rien. Pas de lumière, pas de mouvement ou de bruit, rien qui puisse indiquer la présence de quelqu'un ou quelque chose. Molly n'en a plus rien à faire, trop heureuse de voir Katie. Je traverse le jardin à pas rapides pour les rejoindre.

— Molly avait besoin de sortir.

Katie hoche la tête. Elle peine à garder les yeux ouverts.

— Viens, on retourne se coucher, murmure-t-elle.

— D'accord.

Je regarde une dernière fois par-dessus mon épaule, sans rien distinguer de particulier. Je m'inquiète pour rien. C'était probablement un animal qui a marché sur une branche. Molly l'a senti et elle est devenue folle. Je ne peux pas lui en vouloir.

Je passe un bras autour de Katie et on rentre dans la maison avec Molly sur les talons. Je ferme soigneusement le verrou, je vais me mettre au lit avec Katie et je lui fais l'amour une dernière fois avant qu'elle ne s'endorme dans mes bras.

De mon côté, je suis incapable de trouver le sommeil, en proie à un mauvais pressentiment.

Katie

Will travaille comme un fou sur un projet, si bien que je le vois rarement. Et, quand c'est le cas, il a tendance à être distrait. Il apporte son ordinateur quand il vient chez moi et travaille jusque tard le soir.

— *Deadline*, grommelle-t-il toujours quand il fait une pause pour respirer un peu (et boire du café).

Puis il m'offre son sourire d'excuse qui me fait fondre et m'embrasse jusqu'à me faire perdre la tête.

— Je me ferai pardonner quand j'aurai fini. Promis.

Je le crois sur parole. Il s'est déjà fait pardonner au milieu de la nuit, quand je me suis réveillée sous les assauts de ses lèvres et de ses mains qui m'attiraient vers lui. Il me fait l'amour avec une dévotion qui me bouleverse. Je finis toujours à bout de souffle, incapable de parler, de bouger, ou même de réfléchir. Je reste allongée là, le cœur battant et la tête qui tourne, les jambes en coton et la peau brûlante.

Je ne l'ai jamais vu aussi distrait auparavant, mais je ne le connais pas depuis si longtemps. Je le découvre, néanmoins. J'apprends que son métier, que je pensais décontracté, est en réalité peuplé de moments intenses. Le stress dure parfois des jours entiers. Quand il est comme ça, je fais de mon mieux pour ne pas le déranger. J'en profite pour me concentrer au maximum sur mes cours, d'autant que la fin du semestre approche. J'ai une dissertation à écrire et un projet à rendre. Les cours se terminent à la mi-décembre et j'ai hâte d'être en vacances.

J'envisage de faire un break pendant le second semestre. Ma mère va s'affoler et me dire que je commets une énorme erreur, mais j'ai besoin d'une pause. J'ai envie de vivre, de respirer. J'aimerais trouver un travail. Rien d'extraordinaire, un truc simple et à mi-temps. J'ai encore des économies grâce à l'assurance vie de mon père et, même si ça me fait drôle de dépenser cet argent dans des choses du quotidien, j'aime me dire que ça ne le dérangerait pas. Il préférerait me voir heureuse plutôt que vivant en ermite sans toucher à l'argent qu'il m'a laissé, non ?

Du moins, c'est ce que je me répète.

Concernant le travail, tout m'intéresse, que ce soit dans une boutique ou dans un bureau. Je tape vite à l'ordinateur et je suis capable de rédiger des courriers, faire un tableur ou répondre au téléphone. Je suis même prête à travailler dans un fast-food s'il le faut, et tant pis si je sens la friture. J'ai juste besoin de sortir de chez moi, d'interagir avec des gens et de *faire* quelque chose.

Tout ça, c'est grâce à Will. Il me donne confiance en moi. Il me fait prendre conscience que ce n'est pas une vie de rester enfermée chez moi, seule à longueur de journée. Il n'était pas mieux avant qu'on se mette ensemble, cela dit. J'aime penser qu'on s'aide mutuellement à sortir de notre coquille respective.

Il est tellement absorbé par son travail que je suis contente qu'il ait insisté pour que Molly reste plus souvent chez moi. Elle me tient compagnie. Je l'emmène se promener le matin et le soir, avant que la nuit tombe. On fait le tour du quartier et je salue mes voisins. J'ai même appris à en connaître certains un peu mieux en discutant pendant nos balades.

Mais, avec l'hiver qui arrive, il fait nuit de plus en plus tôt et je dois avancer l'heure de nos sorties. Mme Anderson aime bien nous accompagner lorsqu'elle tombe sur moi au moment où je m'apprête à partir. Presque chaque fois, en fait.

Je ne serais pas étonnée d'apprendre qu'elle me guette derrière sa fenêtre et qu'elle se lève d'un bond dès qu'elle voit Molly descendre les marches de mon perron. Elle est étonnamment vive pour son âge. On parle de la vie, de son mari décédé, et elle me laisse radoter sur Will sans me donner l'impression que je parle trop. Elle est même contente que j'en discute avec elle. Elle dit que, comme il n'y a plus de romance dans sa vie, elle vit à travers mes histoires, et que, quand Will fait quelque chose de vraiment gentil pour moi, elle en a des papillons dans l'estomac.

Je ne sais pas si elle me fait marcher ou pas. J'espère que non.

Will doit arriver dans pas longtemps et je guette sa voiture, impatiente. Il fait nuit et un brouillard un peu surnaturel donne une lueur orangée à la lumière des lampadaires de ma rue. Je laisse retomber mon rideau et je vais m'asseoir sur le canapé, aussitôt rejointe par Molly, qui se roule en boule à mes pieds.

C'est Will qui s'occupe du dîner ce soir, mais il ne m'a pas dit ce qu'on mangeait. Je meurs de faim, alors j'espère qu'il ne va pas tarder. Ça me plaît de moins en moins qu'on vive à une heure de route l'un de l'autre.

Il insiste pour frapper à la porte chaque fois qu'il vient chez moi. Je trouve ça un peu bête, mais si ça lui fait plaisir… De toute façon, il ne tardera pas à faire irruption ici comme s'il était chez lui, exactement comme Molly. Elle se promène partout comme si elle était la reine de ces lieux et j'ai fini par me résigner et par accepter qu'elle l'est. Elle semble heureuse chez moi. Will se plaint toujours du fait que Molly est trop grande pour son jardin, qui fait la taille d'un timbre-poste. Il loue la petite maison dans laquelle il vit et son bail se termine juste après le nouvel an. Il me l'a dit il y a quelques jours.

J'envisage de lui proposer d'emménager avec moi. Ce serait son cadeau de Noël. Est-ce que c'est tarte ? Je n'en sais rien. Je sais que je rechignais à vivre avec lui il y a quelques semaines à peine, mais notre relation a évolué. On est plus proches. Je n'ai plus autant de doutes, même si je n'ai pas osé en parler à Sheila lors de notre dernière séance. J'ai presque peur de sa réponse. Je ne veux pas qu'elle me dise que c'est une mauvaise idée de vivre ensemble.

C'est bien la dernière chose dont j'ai besoin.

Un coup bruyant sur la porte me fait violemment sursauter. J'étais tellement perdue dans mes pensées que je n'ai pas entendu sa voiture. Comme toujours, Molly se met à aboyer comme le chien de garde féroce qu'elle n'est pas tout en courant vers la porte. Je regarde dans le judas et j'aperçois Will, un sac de nourriture dans une main et sa sacoche d'ordinateur sur l'épaule.

Super. Encore une soirée boulot.

J'ouvre la porte en grand et il me sourit. Il agite le sac

devant mon nez comme si j'étais Molly et qu'il pouvait m'hypnotiser avec une friandise… ce qui n'est pas totalement faux, compte tenu du fait que je meurs de faim.

— J'ai pris du thaï, annonce-t-il en se dirigeant vers la cuisine.

Molly lui emboîte le pas, pleine d'espoir qu'il lui ait apporté quelque chose, à elle aussi. Je les suis et j'attrape des assiettes tandis que Will étale la nourriture sur le plan de travail. Il ouvre l'un des récipients et je reconnais aussitôt l'odeur de mon plat thaï préféré : un pad thaï. Je m'empare de deux grandes cuillères et de deux fourchettes dans le tiroir et je me sers une quantité indécente de nourriture.

Will rit doucement en secouant la tête.

— On dirait que quelqu'un a faim.

— Je suis affamée. J'ai cru que tu n'arriverais jamais. Qu'est-ce que tu veux boire ?

— Une bière, si tu en as. Est-ce que ça te dérange si j'allume la télé ? Les Niners[1] jouent ce soir et j'aimerais bien regarder le match.

— Pas de problème.

Je le suis dans le salon, armée d'une bouteille de bière pour lui et d'une bouteille d'eau pour moi. On s'installe sur le canapé, il met le match et je me laisse bercer par les clameurs de la foule et la voix du commentateur pendant que je dévore le contenu de mon assiette. Ça me rappelle de bons souvenirs, lorsque j'étais jeune, insouciante et que je regardais les matches avec mon père. J'écoutais avec fascination tout ce qu'il me racontait sur le sport et ses règles, à tel point qu'aujourd'hui encore je peux suivre un

1. Equipe de football américain de la ville de San Francisco.

match sans problème, même si je ne connais pas forcément les meilleurs joueurs actuels.

Après tout ce qui s'est passé, mon père a pris ses distances et je me suis mise à l'éviter. Si bien que j'ai fini par purement et simplement oublier mon amour du football.

Peut-être que je peux le raviver avec Will. Même si mon père est parti, regarder un match me donne l'impression d'être à nouveau proche de lui et ça me fait du bien. J'ai éprouvé tellement de rancœur, j'ai été tellement malheureuse qu'il me rejette après mon enlèvement que je n'ai jamais vraiment réussi à dépasser tout ça. Pas étonnant que je sois aussi distante avec les hommes.

On finit tranquillement notre repas et, à ma grande joie, Will ne touche pas à son ordinateur. Il est trop scotché à la télévision pour ça : il pousse des cris de triomphe chaque fois que son équipe marque et grogne de colère lorsque les joueurs font une erreur ou que les adversaires récupèrent le ballon. Fascinée, je l'observe, assis sur le bord du canapé, tendu comme un arc et les yeux écarquillés. Je n'avais jamais vu cet aspect de sa personnalité auparavant et je dois dire que mon copain en « fanatique enragé de sport » est plutôt sexy.

— Désolé. J'ai tendance à me laisser un peu emporter, me dit-il pendant la mi-temps. Je jouais au foot au lycée.

— C'est vrai ?

Il m'en a peut-être parlé avant, mais ça ne me dit rien. Il hoche la tête tout en caressant distraitement Molly, qui est allongée sur ses genoux. Elle a réussi à se faufiler là pendant qu'on mangeait et je n'ai pas protesté.

— J'ai joué au base-ball aussi. J'ai même été champion régional en terminale.

— Waouh. Tu devais être doué.

Je suis vraiment impressionnée.

— Je me débrouillais, répond-il avec la modestie qui le caractérise. Je rêvais secrètement de décrocher une bourse, mais je n'étais pas assez bon. C'était difficile. Mes notes étaient pile dans la moyenne et je devais travailler pour gagner de l'argent, alors je ne pouvais pas m'entraîner autant que je l'aurais voulu.

C'est triste… Il est passé à côté d'un tas d'opportunités à cause des problèmes dans sa vie. Comme moi… On est aussi pitoyables l'un que l'autre.

— Je suis étonnée, c'est la première fois que je te vois regarder un match.

— D'habitude, j'enregistre et je le regarde en différé, mais c'est un match important et j'avais vraiment envie de le voir en direct. C'est gentil d'avoir accepté.

— Ça ne me dérange pas. J'aime bien le football.

— C'est vrai ? Tu serais la femme parfaite, alors ?

— Ça, on le savait déjà.

Après un instant d'hésitation, je me décide à lui expliquer ce que ce sport représente à mes yeux.

— J'avais l'habitude de regarder le foot avec mon père quand j'étais petite.

— C'est vrai ? demande-t-il d'une voix douce. J'ai remarqué que tu ne parlais jamais vraiment de lui.

C'est douloureux de parler de mon père, de son rejet. J'aime faire comme si ça n'était jamais arrivé, mais c'est loin d'être facile. Le passé me rattrape toujours, peuplé de bons et de moins bons souvenirs, d'anciennes rancœurs qui en font parfois naître de nouvelles.

— C'est parce qu'il n'y a pas grand-chose à en dire. On était très proches et un jour on a arrêté de l'être.

— Après ton enlèvement ?

Je hoche la tête et je m'ordonne de ne pas pleurer. Je refuse. Ça ne servirait à rien et j'en ai tellement marre de pleurer…

— Il ne sait pas ce qu'il a raté, dit Will en posant la main sur mon genou.

Je ferme les yeux et je soupire profondément pour tenter de calmer mon cœur, qui bat la chamade.

— Il avait honte de moi.

Mon cœur se serre douloureusement quand les mots franchissent mes lèvres et je porte la main à ma poitrine. Je devrais avoir dépassé ça, depuis le temps, mais ce n'est pas le cas. Je devrais réussir à me concentrer sur toutes les choses positives dans ma vie, mais je n'y arrive pas.

Je suis marquée. Je le serai sans doute à jamais, mais au moins je peux tenter d'aller de l'avant. C'est la seule chose à faire. Notre vie est ce qu'on décide d'en faire.

Si on décrète que notre vie, c'est de la merde, alors ce sera le cas. Mais, si on choisit d'en faire quelque chose de merveilleux, alors…

— Je pense qu'il n'avait pas honte de toi, Katie. Il avait plutôt honte de lui. Il était en colère d'avoir laissé quelque chose d'aussi horrible arriver à sa petite fille.

— Mais il n'a rien laissé arriv…

— Peu importe, m'interrompt Will. C'est l'impression qu'il avait, et de son point de vue c'était tout aussi horrible. Il se sentait coupable. C'est aussi simple que ça.

Il presse mon genou et rejette Molly sur le côté.

— Pousse-toi, le chien.

Elle se lève doucement et saute au bas du canapé pour se coucher par terre. Aussitôt, Will m'attire à lui et je me blottis contre lui, la tête dans le creux de son épaule.

— Je ne lui en ai jamais voulu. J'étais juste au mauvais endroit, au mauvais moment. Je n'ai pas eu de chance ce jour-là. Ce n'est la faute de personne.

Pas même la mienne.

— C'est vrai, mais je suis prêt à parier qu'il s'en voulait. Je sais que tu as été blessée par son comportement, mais je parie que chaque jour de sa vie a été un enfer. Je suis sûr qu'il se sentait entièrement responsable de ce qui s'est passé.

Pourquoi faut-il qu'il soit aussi raisonnable et sensé ?

Je garde le silence et joue avec l'ourlet de son T-shirt. Je préférerais qu'il n'en porte pas. J'adore quand on est peau contre peau. J'aimerais qu'il arrête de regarder le match et qu'il m'emmène au lit. Ou peut-être même qu'il me fasse l'amour ici, sur le canapé. On ne l'a pas encore testé.

En gros, n'importe quoi pour me faire oublier la douleur que je ressens quand je pense à mon père. Mais je sais que ça ne sert à rien : il est là, qui peuple tous mes souvenirs et ne me laisse jamais oublier. Je me souviens d'un jour, il y a très longtemps, peu après mon retour de l'hôpital. J'étais presque guérie physiquement, mais encore dans un état déplorable du point de vue psychologique. J'ai surpris une conversation entre mes parents. Mon père pleurait et demandait à ma mère comment il avait pu laisser quelque chose d'aussi horrible arriver à sa petite fille.

A ce souvenir, mes larmes se mettent à couler. Je pleure sur ce que j'ai perdu avec mon père et ce qu'il a perdu avec moi. Will essuie délicatement mes larmes. Il les embrasse une par une, ses lèvres effleurent chaque centimètre carré de mon visage jusqu'à atterrir sur ma bouche.

Son baiser chasse les mauvais souvenirs et me rappelle les bons moments de ma relation avec mon père. En dépit de nos difficultés, il continue à me manquer, de même que le lien qui nous unissait. Même lorsqu'on ne partageait plus rien, il était encore là. Il faisait toujours partie de ma vie.

Peut-être que j'ai enfin trouvé un moyen de chérir les mauvais souvenirs. Plus que jamais auparavant.

Will

Thanksgiving est dans pile une semaine, et l'appel que je suis en train de passer à Katie est porteur à la fois d'une bonne et d'une mauvaise nouvelle.

— La bonne nouvelle d'abord, me dit Katie.

Je l'ai appelée à la seconde où j'ai raccroché, impatient de lui raconter ce qui se passait. Pour la première fois de ma vie, j'avais envie de partager ce qui m'arrivait avec quelqu'un.

— On m'a proposé un job qui paie vraiment bien.

Je baisse la voix pour lui annoncer le montant et elle pousse un cri de surprise.

— C'est un gros projet. Tu te souviens de mon ami Jay ? Le chanteur du groupe qui donnait le concert où je t'ai emmenée ?

— Je m'en souviens, répond-elle doucement.

La soirée avait bien commencé mais pas très bien fini. J'avais failli casser la gueule d'un enfoiré qui lui avait fait peur. Ce n'est pas ce qu'on pourrait appeler notre meilleur souvenir.

— Un de ses amis est chanteur dans un autre groupe qui est sur le point de devenir célèbre. Ils ont signé un contrat avec une maison de disques, ils vont partir en tournée dans les deux mois suivant la sortie de l'album et ils ont absolument besoin d'un nouveau site Internet.

— C'est génial ! Pense à la publicité que ça va te faire.

Elle a l'air enthousiaste. Tant mieux, car la suite ne va pas lui plaire.

— Le seul souci, c'est que je vais devoir m'absenter. Juste pour une semaine, peut-être même moins, mais ils veulent que j'aille là-bas. Ils souhaitent que j'assiste à un de leurs concerts, que je les voie enregistrer en studio, que je rencontre les responsables de leur nouvelle maison de disques. Ils insistent pour « immerger leur équipe dans le processus », dixit Jay.

Je ris, mais Katie ne m'imite pas.

Oups.

— Ça passera vite, tu verras.

Une idée prend soudain forme dans ma tête, si bonne que je ne peux retenir mon enthousiasme.

— Tu pourrais venir avec moi. On pourrait découvrir LA, se promener... On pourrait faire tout ce que tu veux.

Elle pousse un soupir.

— Quand est-ce que tu pars ?

— Juste après Thanksgiving.

— J'adorerais venir avec toi, mais j'aurai encore des cours et les examens approchent. Si c'était la semaine de Thanksgiving, ce serait parfait car je n'ai pas cours à ce moment-là.

— Tu es sûre que tu ne peux pas t'absenter ? Tu pourrais passer tes exams depuis l'hôtel. Je suis sûr qu'il y a une bonne connexion Internet dans les chambres.

— Je n'en doute pas, mais je serai trop distraite en

étant là-bas avec toi. Entre les devoirs, les derniers travaux à rendre et les révisions, je dois me concentrer.

Quelque chose me dit que les révisions sont particulièrement importantes pour elle en ce moment.

— Et puis je risquerais de te distraire aussi, ajoute-t-elle.

— Mais non.

En réalité, elle n'a pas tort. Il faut que je sois investi à 100 %. Mais je sais que je penserai à elle de toute façon, et que je m'inquiéterai si elle n'est pas avec moi.

— C'est ce qu'il me faut, si ça se trouve, poursuivit-elle comme pour se convaincre que c'est une bonne idée. Ça veut dire que je vais pouvoir étudier tranquillement.

— A t'entendre, on dirait que c'est une bonne chose.

Je sais que c'est idiot, mais je suis presque vexé.

— Mais *c'est* une bonne chose. Tu es bien trop distrayant, et tu le sais très bien.

Le sourire dans sa voix me remonte le moral.

— Ah oui ? Distrayant comment, exactement ?

— Très distrayant. Et maintenant ça suffit. Je ne vais pas me mettre à chanter tes louanges juste pour flatter ton ego, grommelle-t-elle d'un ton irrité.

— Pourquoi pas ? Je pensais en faire autant avec toi après.

— C'est trop gentil de ta part.

Elle finit par rire à son tour, mais ça ne dure pas longtemps.

— Tu vas me manquer.

Mon cœur se serre dans ma poitrine.

— Tant mieux. Parce que toi aussi, tu vas me manquer. A un point que tu n'imagines pas.

Je pourrais le lui expliquer en détail pendant des heures, mais je ne veux pas lui faire peur ou la faire fuir.

— Parfois, je ne sais pas si tu es sincère ou pas, dit-elle tout bas. Dans le fond, j'ai toujours peur que tu exagères.

Je n'en reviens pas qu'elle puisse penser une chose pareille.

— Bébé, mes sentiments pour toi ne sont jamais exagérés. Je t'aime. Il faut que tu me croies. Tu me crois, pas vrai ?

— Oui. C'est juste... difficile, parfois. Mais c'est moi qui me prends la tête toute seule, ça n'a rien à voir avec toi.

— Je n'ai pas envie de te laisser seule. Peut-être que je ferais mieux de refuser leur offre.

— Hors de question. Tu ne vas pas sacrifier une opportunité aussi exceptionnelle juste parce que j'ai peur à l'idée que tu t'en ailles. Je ne veux pas que tu fasses ça.

Tant mieux. Je refuserais s'il le fallait, mais je suis heureux de constater qu'elle aussi est prête à faire des sacrifices pour moi.

— C'est gentil. Je compterai les jours qui me séparent du moment où je te reverrai, tu sais.

— Moi aussi, m'assure-t-elle en riant tristement. Sans doute encore plus que toi, débordé comme tu vas l'être.

— Tu le seras aussi avec la fin du semestre.

Mon cœur se serre à l'idée d'être séparé d'elle. Je serai dans le sud de la Californie et elle sera ici, toute seule, pendant au moins cinq jours, peut-être plus. Elle a Molly et Mme Anderson, mais est-ce vraiment suffisant ?

Non.

— Au fait, chaque fois, j'oublie de te le demander, mais est-ce que tu veux venir chez ma mère pour le repas de Thanksgiving ? Je ne peux pas te promettre qu'il n'y aura pas de drame, mais je peux te garantir une dinde délicieuse et la fameuse tarte au potiron de ma mère.

— J'ai cru que tu ne me le proposerais jamais.

C'est vrai. J'avais peur qu'elle ne m'en parle pas, ou que sa mère me déteste tellement qu'elle refuse de me laisser m'approcher de la précieuse dinde, sans parler de sa fille.

J'ai dû faire quelque chose de bien pour qu'elle décide de m'ouvrir la porte de sa maison.

— Ça n'a rien d'un dîner de gala, on fait dans la simplicité. Parfois, mon oncle et sa famille se joignent à nous, mais je ne sais pas si ce sera le cas cette année. J'espère que oui, je pense que tu l'aimerais bien.

— Je ne suis jamais allé à un dîner de Thanksgiving.

C'est sorti tout seul. Pourquoi est-ce que j'ai dit ça ? Elle va me trouver complètement pathétique. Elle garde le silence pendant un long moment.

— Sérieusement ? finit-elle par demander.

— Oui... J'ai eu les déjeuners de Thanksgiving à la cantine de l'école, et ils n'étaient pas si mal, mais jamais de repas à la maison. On ne l'a jamais vraiment célébré.

Et on ne fêtait pas vraiment Noël non plus... Lors du dernier Noël que j'ai passé avec mon père, il m'a balancé une cartouche de cigarettes en me souhaitant un joyeux Noël avant de me laisser en plan pour aller au bar. J'ai passé le 25 décembre tout seul, une fois de plus. Je n'ai jamais été fan de cette période de l'année.

— Dans ce cas, il faut rendre ce Thanksgiving encore plus spécial. Je vais dire à ma mère de faire deux tartes au potiron au lieu d'une.

Je ris, heureux qu'elle ne s'appesantisse pas sur ma triste confession.

— Qu'est-ce que je peux apporter ?

— Rien du tout. Je crois que ma mère a invité quelques amis, au fait. Elle m'a parlé d'un veuf qui vit dans son quartier et avec qui elle s'entend bien. D'habitude, Brenna vient accompagnée de son copain ennuyeux comme la pluie mais, comme ils ont rompu, il ne sera pas là cette année, heureusement. Peut-être qu'elle va venir avec un autre mec ?

On ne l'arrête plus. Elle ne parle pas souvent comme ça et j'adore ça. Elle semble excitée et heureuse. Peut-être qu'elle pourra me faire oublier mon aversion pour les fêtes de fin d'année et m'aider à voir leur côté positif.

Katie a un don. Avec elle, je vois du positif dans tout.

Katie

Elle n'arrête pas d'appeler. Je n'ai jamais été aussi heureuse d'avoir enfin enregistré son numéro dans mon répertoire. Maintenant, je sais quand Lisa Swanson essaie de me contacter et je peux l'ignorer.

Il ne sortira rien de bon de cet appel si je décide de répondre. Il ne m'est arrivé *que* des bonnes choses ces jours-ci et j'ai bien l'intention que ça continue. Enfin, à part le fait que Will s'absente pour une semaine au début du mois de décembre. Mais bon, je sais qu'il doit travailler et je ne peux pas attendre de lui qu'il passe tout son temps avec moi. Heureusement, j'ai Molly et je peux même aller chez ma mère si je déprime trop, ce qui n'est pas à exclure. Je suis tellement habituée à ce que Will soit là que ce sera bizarre d'être à la maison sans lui, et puis ma mère sera contente que je lui rende visite. Ça fait longtemps qu'on n'a pas eu l'occasion de passer du temps ensemble. J'ai été tellement prise par Will et par les cours que j'ai un peu délaissé tout le reste.

Mon portable se remet à sonner. Encore Lisa. C'est la quatrième fois de suite et elle a déjà laissé un message vocal que je n'ai pas écouté. J'attends que la sonnerie s'arrête pour consulter mon répondeur.

— Katherine, il faut que vous me rappeliez, c'est urgent. Je pense que j'ai découvert quelque chose sur Aaron Monroe que vous devez savoir. Rappelez-moi dès que vous aurez ce message, s'il vous plaît.

J'efface le message, mais je suis perturbée. Elle a l'air dans tous ses états. On dirait presque qu'elle a peur... Peur, elle ? C'est impossible. Rien n'effraie ni n'arrête Lisa Swanson. Ça fait partie du personnage qu'elle incarne à l'écran. Elle ne recule jamais, devant aucun sujet, et les téléspectateurs adorent son côté tête brûlée.

Si Will était là, il me dirait de laisser tomber. Il aurait sans doute même effacé son numéro de mes contacts après l'avoir bloqué pour l'empêcher de rappeler. Il dit toujours qu'elle n'apporte que des mauvaises nouvelles.

Je vais à l'encontre de toutes mes convictions et je la rappelle. Je suis surprise lorsqu'elle répond à la première sonnerie.

— Katherine, merci, mon Dieu. Je suis tellement contente que vous me rappeliez.

Elle parle à toute vitesse et la panique dans sa voix fait naître en moi une appréhension incontrôlable. Je m'assois sur le canapé avant que mes jambes me lâchent.

— Pourtant, vous mériteriez que je vous ignore royalement après ce que vous avez fait, mais je vous écoute. Vous avez cinq minutes.

Elle prend une profonde inspiration, comme si elle avait besoin de se calmer, puis elle se lance.

— Après l'avoir interviewé, je suis restée en contact avec

Aaron Monroe au cours des dernières semaines. Et je trouve qu'il se comporte de manière inhabituelle ces jours-ci.

Bien sûr qu'il se comporte de manière inhabituelle. Il est complètement taré.

— Comment ça ?

— Il a beaucoup parlé du fait d'être dehors. De ce qu'il ferait s'il était libre.

Elle baisse la voix et je pourrais jurer qu'elle tremble.

— Il dit qu'on ferait un couple parfait.

— Vous et lui ?

— Oui. Il a commencé à le dire de plus en plus souvent, à tel point que j'ai fini par avoir la trouille et par arrêter de l'appeler. Il continue à essayer de me contacter au bureau, mais je crois que je ne veux plus lui parler. Ça me stresse trop.

Je suis tout sauf désolée pour elle. Voilà ce qu'elle récolte pour lui avoir témoigné un semblant de gentillesse. Il profite de tout le monde à la moindre occasion, il ne va pas se gêner avec une journaliste célèbre qui pensait l'utiliser pour faire grimper l'Audimat. Maintenant, la voilà coincée et elle se rend compte qu'elle a du mal à se débarrasser de lui.

Elle mérite ce qui lui arrive, quelque part.

— Il n'est pas enchanté que vous soyez en couple avec Will. Bien au contraire.

Tu parles d'une surprise. Je dois me retenir pour ne pas lui raccrocher au nez.

— Sans parler du fait que, grâce à vous, tout le pays est au courant !

— C'est lui qui m'a demandé de diffuser l'information !

Comme si ça faisait une différence. De toute façon, je ne la crois pas vraiment. Il l'a peut-être poussée à le faire, mais elle aurait fini par balancer le scoop à la face du monde dans tous les cas. Elle vit de ça et elle adore. C'est elle qui contrôle le contenu de ses bulletins d'informations, pas Aaron Monroe.

— Parce que vous faites tout ce que vous ordonne un tueur condamné à mort, bien sûr. Désolée, Lisa, mais je dois y aller.

— Il a quelqu'un à l'extérieur qui vous espionne. Qui épie vos moindres faits et gestes.

D'un coup, je n'ai plus du tout envie de raccrocher. Je me fige. Est-ce qu'elle parle sérieusement ? Qui pourrait bien me surveiller ? Et pourquoi ? Qu'est-ce qu'Aaron Monroe peut bien en avoir affaire de moi ? Est-ce que c'est parce que j'ai réussi à lui échapper ? Ou parce qu'on est ensemble, avec Will ?

J'ai la gorge tellement nouée que j'arrive à peine à parler.

— Qui est-ce ? Est-ce qu'il vous a donné un nom ?

— Il a dit… Il a dit que c'était Will. Qu'il était avec vous pour une seule raison : se rapprocher de vous afin de pouvoir vous faire du mal ensuite pour venger son père.

J'ai l'impression que je vais vomir. C'est impossible.

— Non. C'est complètement faux.

— En êtes-vous bien sûre, Katherine ? Est-ce que vous connaissez Will Monroe si bien que ça ? Rappelez-vous que vous venez juste de renouer avec lui. Il a été une énigme pendant des années. Personne ne le connaît vraiment, personne ne sait ce qui s'est passé dans sa vie pendant tout ce temps. Il pourrait très bien être de mèche avec son père. Ce n'est pas impossible. De quoi est-il réellement capable ?

Chacune de ses questions me déstabilise un peu plus que la précédente. Je refuse de la croire. Elle ne connaît pas Will, pas comme moi. Même son père ne le connaît pas aussi bien que moi. C'est quelqu'un de bien, un homme attentionné et gentil, sans la moindre once de cruauté en lui.

Les seules fois où il a perdu son sang-froid, les seuls moments où il a été violent, c'était pour me défendre. Il est protecteur. Jamais il ne me ferait du mal.

Jamais.

— Il ne travaillerait jamais main dans la main avec son père. Il le *déteste*. Et, si vous avez un tant soit peu de bon sens, vous garderez vos distances avec Aaron Monroe, comme nous.

— Katherine, je ne plaisante pas. Surveillez Will. Observez-le. Et, s'il vous dit quoi que ce soit laissant supposer qu'il pourrait être de mèche avec son père, n'hésitez pas.

Elle croit sincèrement que je suis en danger. Je n'ai jamais rien entendu d'aussi absurde. Elle marque une pause, avant de reprendre la parole.

— Je suis désolée de mon rôle dans tout ça. Je tenais à ce que vous le sachiez.

Des excuses. Alors, là, je suis sous le choc. Mais elles arrivent trop tard. Lorsque je lui réponds, ma voix est ferme et glaciale.

— Merci, mais je préférerais que vous ne me rappeliez pas à l'avenir.

Je raccroche. Puis je la supprime de mes contacts.

Aaron

Thanksgiving. Normalement, je n'en ai rien à foutre de cette fête, mais là je suis reconnaissant. Je suis reconnaissant pour les opportunités que cette année m'a offertes. J'ai pu dire la vérité sur les crimes que j'ai commis. J'ai pu faire parvenir des messages à mon fils. J'ai même réussi à en faire parvenir un à cette salope de Katie Watts.

Je la déteste à un point… S'il y a une chose pour laquelle je ne suis pas reconnaissant, c'est bien elle. Si seulement cette petite peste pouvait crever une bonne fois pour toutes…

Je suis aussi reconnaissant d'avoir Lisa Swanson dans ma vie. Ça, c'est une femme que j'aimerais garder auprès de moi, même si elle se comporte bizarrement ces temps-ci. Elle répond rarement à mes appels et, quand elle le fait, elle abrège toujours en prétextant qu'elle est très occupée. Je sais qu'elle est débordée, que c'est une femme d'affaires et une célébrité à part entière, comme moi, mais elle devrait trouver du temps pour moi. On est importants l'un pour l'autre. Et on va continuer à l'être.

La vie est étrange. Elle peut être si belle et si cruelle à la fois. Elle s'accompagne de son lot d'opportunités, certaines à saisir absolument et d'autres surtout pas. Hélas, je n'ai pas réussi à faire cette différence et je me suis attiré de graves problèmes. J'ai payé pour mes péchés, j'ai fait pénitence, et à présent il est temps pour moi de me relever, de devenir l'homme que je peux être.

Il faut juste que je sois patient. Je dois prendre mon temps, me préparer, mettre soigneusement mon plan au point. J'y travaille depuis des mois et j'en rêve depuis des années.

Quand je serai enfin libre, je vais m'assurer que tout le monde sache que je suis dehors, et que je suis prêt à être vu. Reconnu. Entendu.

Katie

J'ai beau tenter de bannir le coup de téléphone de Lisa de mon esprit, j'y pense sans arrêt. Son avertissement concernant Will et son père me hante. Chaque fois que j'ai essayé de me concentrer sur autre chose cette semaine, les paroles de Lisa sont revenues polluer mes pensées. J'ai tenté de travailler sur le devoir que je dois rendre après Thanksgiving, mais je n'arrive pas vraiment à m'y mettre.

Alors je ne fais que des choses abrutissantes. Je fais du ménage, je trie le contenu de mes placards, je réorganise ma cuisine. J'ai rangé et nettoyé de fond en comble la chambre d'amis. Pendant que je la mettais en ordre, je me suis dit que ça pourrait faire un super bureau pour Will, mais aussitôt mes pensées se sont assombries.

Est-ce que tu veux vraiment qu'il emménage chez toi après tout ça ? Et si c'était vrai ? S'il parlait à son père, si votre relation n'était qu'un complot pour se venger de toi ?

Ça paraît dingue. C'*est* dingue. Mais je ne peux pas m'en empêcher. Malgré mes vacances pour Thanksgiving, on ne passe pas beaucoup de temps ensemble cette semaine. Il est occupé à préparer son voyage et à esquisser le projet de site. En plus de ça, il a aussi un autre projet en cours qu'il veut terminer avant son départ, alors je le laisse tranquille. Moi aussi, j'ai besoin d'espace pour analyser ce que Lisa m'a dit et tenter d'identifier le moindre indice du côté de Will.

Sauf que je ne remarque rien du tout. Lorsque je mentionne son père, il se crispe et dit qu'il ne veut plus parler de lui. Si j'évoque Lisa, il est encore plus récalcitrant. Il la déteste plus que jamais.

Alors je laisse tomber. Ça ne sert à rien de s'acharner. Lisa a tenté d'insinuer le doute dans mon esprit, mais Will ne m'a pas donné la moindre raison de douter de lui. Il faut que je passe à autre chose.

On passe le jeudi de Thanksgiving ensemble chez ma mère et la journée se déroule encore mieux que ce que j'espérais. Brenna est venue avec un ami, un collègue instituteur qui est nouveau dans le coin et dont la famille vit à l'autre bout du pays. Le voisin veuf de ma mère se joint à nous pour le dessert et je suis presque sûre qu'il flirte avec ma mère.

Intéressant.

Will s'adapte et trouve ses marques sans problème. Il a tenté d'aider ma mère à la cuisine, mais elle l'a chassé en l'accusant de vouloir se rapprocher des tartes au potiron. Il est entré dans son jeu et a fait mine d'être un voleur de tarte, ce qui a follement amusé ma mère.

Il s'intègre vraiment bien et ma famille semble l'accepter. Même Brenna, qui était prête à lui arracher les yeux la dernière fois qu'ils se sont vus, plaisante et rit avec lui comme s'ils étaient deux vieux amis. Ça devrait me rassurer. C'est Thanksgiving, la fête où tout le monde doit laisser le passé derrière lui. Je pense que ma mère et ma sœur sont dans cet état d'esprit, même si Brenna reste un peu plus sur ses gardes que ma mère, ce à quoi je m'attendais.

Alors pourquoi est-ce que je suis aussi sceptique ? Pourquoi est-ce que je scrute ses moindres faits et gestes en attendant qu'il dise ou fasse quelque chose d'horrible qui me permettrait de penser que Lisa avait raison ?

Je déteste être aussi soupçonneuse. Je regrette d'avoir parlé à Lisa. Elle a semé le doute, et à présent je n'arrive plus à faire le tri dans mes idées. Elle a jeté le trouble sur la façon dont je vois Will et c'est injuste vis-à-vis de lui.

Injuste vis-à-vis de nous.

Il est adorable avec ma mère, il couvre sa tarte au potiron de louanges au point de la mettre mal à l'aise, et je me demande s'il a une motivation cachée. Il est tellement content, tellement gentil avec tout le monde que je ne peux pas m'empêcher de penser que c'est bidon. Qu'il fait semblant, qu'il joue un rôle.

Mes doutes sont comme une maladie qui me ronge doucement de l'intérieur. Il faut que je parle à Will, que je lui rapporte les propos de Lisa, que je lui dise comment je me sens. Il sera en colère, mais il doit savoir la vérité. J'ai besoin de la lui avouer et de me débarrasser de cette culpabilité qui me hante.

On repart tous les deux chez moi le soir. Will doit rester jusqu'à samedi, puis il rentre chez lui avant de partir pour Los Angeles très tôt le dimanche matin. J'espère que ces deux jours ensemble m'aideront à prendre conscience que je suis ridicule. Je dois me souvenir de toutes les bonnes choses entre Will et moi. Mes soupçons ne sont rien d'autre que ça : des soupçons. Il n'y a pas la moindre preuve derrière les accusations de Lisa.

Néanmoins, si je suis aussi prompte à le soupçonner, est-ce que c'est un signe que quelque chose ne va pas dans notre couple ? Cette pensée me terrifie. J'aurais aimé en parler avec Sheila, mais elle est en vacances toute la semaine. Elle serait la personne parfaite pour discuter, au lieu de ça, je dois garder mes peurs et mes doutes pour moi.

— Ça va ? demande Will alors qu'on approche de chez moi. Tu n'as pas été bavarde aujourd'hui.

— Avec l'agitation qui régnait à la maison, je suis surprise que tu l'aies remarqué.

Ma propre intonation me choque, sèche, presque désagréable. A un feu rouge, Will se tourne vers moi.

— Tu es fâchée ? J'ai fait quelque chose ?

— Je suis juste fatiguée. Souvent, ça me met de mauvaise humeur quand je passe trop de temps avec ma famille.

C'est la vérité, même si c'est un peu plus compliqué que ça dans le cas présent.

Il hoche la tête et fixe la route presque déserte devant lui en attendant que le feu passe au vert.

— D'accord. J'ai passé une super journée, en tout cas. Merci beaucoup de m'avoir invité.

— C'est bon, tu peux arrêter de me remercier.

Là encore, les mots sont sortis de manière bien plus abrupte que je ne le pensais, et je me radoucis.

— Je suis contente que tu aies passé un bon moment.

C'est sincère. Je déteste me dire que son père n'a jamais fêté Thanksgiving avec lui. C'était juste une sale journée parmi tant d'autres chez les Monroe. Chez nous, au contraire, ma mère célébrait la moindre fête. Elle décorait même la maison pour la Saint-Patrick alors qu'on n'est pas irlandais.

En revanche, mon père était écossais et ça le rendait fou. Ce souvenir me fait sourire.

— Tu m'as ouvert ton cœur et tu m'as accueilli dans ta famille, et ça me touche beaucoup. C'est pour ça que je n'arrête pas de te dire merci.

Je sens bien que je l'ai blessé. Tout ça à cause des accusations de Lisa. Est-ce que je devrais lui parler de notre conversation ? Ou est-ce que ça risque de le mettre trop en colère ?

Je ferais sans doute mieux d'oublier tout ça. Mais on dirait bien que j'en suis incapable car les mots sortent de ma bouche avant que j'aie le temps de les arrêter.

— J'ai parlé avec Lisa. Elle a dit… Elle a dit que ton père avait quelqu'un à l'extérieur qui m'espionnait pour lui rapporter tous mes faits et gestes et que cette personne, c'était toi.

Les mains crispées sur le volant, il garde longuement le silence.

— Je n'ai jamais rien entendu d'aussi ridicule, lâche-t-il enfin.

Sa voix est totalement dépourvue d'émotion. J'ouvre la bouche pour répondre, mais il me prend de court.

— Tu vas vraiment croire cette femme, Katie ? Après tout ce qu'on a traversé ? Après tout ce que j'ai fait pour te protéger ? Je le déteste et tu le sais. Je le hais pour ce qu'il m'a fait et encore plus pour ce qu'il t'a fait, à toi.

— Elle a dit qu'elle s'inquiétait pour moi.

En disant ça à voix haute, je me rends compte que Will a raison. Tout cela est ridicule.

— La seule personne pour qui Lisa Swanson s'inquiète, c'est elle-même. Ne la laisse pas semer le doute dans ton esprit. Je t'aime, Katie. Jamais je ne te trahirais de cette façon. Jamais.

Il a l'air désespéré, et las, et je me sens mal d'avoir mis le sujet sur le tapis. Ce n'est pas comme ça que j'envisageais de finir Thanksgiving, mais il fallait que je vide mon sac. Ce qui est fait est fait. A présent, je veux juste rentrer, me mettre au lit et dormir.

On arrive enfin devant chez moi. Quelques maisons sont déjà décorées avec des illuminations de Noël. Je claque ma portière en m'attendant à entendre Molly aboyer pour nous accueillir, étant donné qu'on l'a laissée dehors. On lui a acheté une niche il y a quelques jours et Will l'a montée ce matin avant de partir chez ma mère. Quand on est partis, Molly était allongée dans sa nouvelle maison et elle avait l'air absolument ravie.

— Will, je n'entends pas Molly.

Il fronce les sourcils, mais ne semble pas plus contrarié que ça.

— Elle est sûrement endormie dans sa nouvelle niche.

On a mis un panier à l'intérieur avec une couverture, alors peut-être bien qu'elle dort, effectivement. Mais peut-être pas.

On se dirige vers la maison. Le silence, inquiétant, me fait frémir. J'ouvre précipitamment la porte et je me dirige à grands pas vers la porte de derrière, que je déverrouille d'une main tremblante.

J'entre dans le jardin, prête à voir Molly sortir de sa niche en haletant, mais la niche est vide. Molly n'est pas dans le jardin. Je pense aux mouvements inhabituels dans le quartier, à la fois où Mme Anderson a appelé la police. Mais pourquoi quelqu'un voudrait-il s'en prendre à mon chien ?

— Tu l'as trouvée ? s'enquiert Will depuis l'entrée.

Je secoue la tête et j'éclate en sanglots.

Will

Je fais de mon mieux pour réconforter Katie, mais ses larmes coulent sans arrêt. Elle est passée chez Mme Anderson pour lui demander si elle avait remarqué quoi que ce soit d'inhabituel, mais sa voisine était absente. Elle a passé Thanksgiving chez son fils et elle est rentrée tard.

On a fait le tour du quartier en appelant Molly des dizaines de fois, sans la trouver.

Elle a disparu.

— Je savais que je ne devais pas la laisser toute la journée dans le jardin, dit Katie entre deux sanglots.

Elle blottit son visage dans mon cou et je la serre contre moi. Je tente de la consoler à voix basse, mais le cœur n'y est pas. Je suis malheureux comme les pierres.

Je me sens coupable. C'était mon idée, de laisser Molly dehors. J'avais inspecté la clôture et j'en avais déduit qu'elle ne pouvait pas s'échapper. Elle n'est pas assez forte pour casser les planches. Il n'y a pas de trou au pied de la clôture non plus et elle n'est pas du genre à creuser. Il y a encore des croquettes dans sa gamelle, ce qui me fait penser qu'elle est partie depuis plusieurs heures.

Je n'ai pas grand espoir qu'on la retrouve.

— Est-ce que tu crois que quelqu'un l'a prise ? demande Katie au bout de quelques minutes.

Je repense à la nuit où j'ai cru apercevoir quelqu'un dans les bois derrière la maison. A la fois où Mme Anderson a appelé la police. S'il y avait des voleurs dans le quartier, que feraient-ils d'un chien comme Molly ? Ce n'est même pas un chien de race. Ça n'a pas de sens. Elle s'est sauvée, c'est tout.

— Je ne sais pas, bébé.

J'aimerais trouver les mots pour adoucir sa peine, mais elle est inconsolable. Même moi, j'ai envie de pleurer comme un gosse. J'adore Molly et je déteste l'imaginer seule, dehors. Et si une voiture l'a percutée et qu'elle est encore en vie, en train de souffrir sur le bord de la route ? Ou peut-être qu'elle est coincée dans le jardin de quelqu'un ? Les possibilités sont infinies.

— Peut-être qu'elle s'est sauvée, tout simplement.

Katie me lance un regard incrédule et secoue la tête, les lèvres pincées.

— Impossible. Pourquoi est-ce qu'elle se sauverait ? Elle est bien avec nous. Elle a tout ce dont elle peut rêver.

— Elle est encore jeune. D'après le vétérinaire, elle a à peine un an. A cet âge-là, les chiens peuvent être tentés de se sauver. Peut-être qu'un chat est venu la provoquer et qu'elle a décidé de sauter la clôture pour se lancer à sa poursuite ? Ça n'aurait rien d'étonnant.

En réalité, je n'en sais rien du tout. Je m'efforce juste de trouver une explication.

— Et si…

Katie marque une pause et se mord la lèvre. Ses yeux sont remplis d'une tristesse qui me fend le cœur. Mais comment la réconforter ? La seule chose qui pourrait la consoler, ce serait de faire apparaître Molly, et je n'en ai pas le pouvoir.

— Si elle a été percutée par une voiture et qu'elle est au bord d'une route, quelque part ? Si elle est encore en vie mais blessée ?

Ses sanglots redoublent d'intensité et je ne sais pas quoi répondre. Hors de question de lui dire que c'est ce que je redoute aussi.

— Allons la chercher.

Katie acquiesce silencieusement, on remonte en voiture et on se met en route. On parcourt tout le quartier méthodiquement, mais aucune trace de Molly. En désespoir de cause, je suggère de rentrer et d'imprimer des affiches qu'on pourrait placarder partout, mais Katie ne dit rien. Ses larmes coulent toujours, intarissables. A force de pleurer et de se frotter le visage, elle n'a même plus de traces de mascara sous les yeux.

Au bout d'une heure, on rentre chez elle, épuisés et tristes. Katie se tourne vers moi, l'air férocement déterminé, les poings serrés.

— Et les bois ?

— Quoi, les bois ?

— Peut-être que c'est là qu'elle est. On devrait aller vérifier.

Elle a déjà la main sur la poignée de la portière, mais je lui attrape le bras. Elle me regarde, les sourcils tellement froncés qu'une ride naît entre eux.

— Quoi ?

— Doucement. Il faut qu'on s'organise.

— S'organiser pour quoi ?

Bonne question. Je pense surtout qu'il faudrait qu'elle se calme un peu.

— Notre chienne est dehors, quelque part. Il faut qu'on la trouve. Elle est peut-être dans les bois, blessée et sans défense. Un animal pourrait s'en prendre à elle et elle n'aurait aucune chance de s'en sortir.

Elle dégage son bras d'un coup sec, ouvre sa portière et sort de la voiture. Le temps que je la rejoigne, elle est déjà dans sa chambre, en train de se changer. Elle a retiré ses ballerines noires et sa jupe et enfilé un jean.

— Qu'est-ce que tu fais, Katie ?

— Je me change. Je ne vais pas aller dans les bois habillée comme ça. Tu viens avec moi ? demande-t-elle en attrapant une paire de chaussettes dans un tiroir de sa commode.

— Est-ce que tu veux que je vienne avec toi ?

Ma question peut sembler étrange, mais je préfère vérifier. Elle a été bizarre toute la semaine — maintenant, je sais pourquoi. *Merci, Lisa Swanson*. Et, depuis que Molly a disparu, on dirait qu'elle est possédée.

Elle s'assoit sur le bord du lit et enfile ses chaussettes.

— Oui. J'ai besoin de ton aide, Will. Je ne peux pas aller dans ces bois toute seule.

— Katie.

Elle ne me regarde même pas. Elle se penche pour mettre une paire de Nike noires qu'elle lace à la va-vite.

— Katie, écoute-moi.

Mais elle ne m'écoute pas. Elle est tellement prise dans le tourbillon de son angoisse qu'elle ne peut plus penser à rien d'autre qu'à son envie de se lancer à la recherche de Molly. Je m'agenouille devant elle et je prends son visage dans mes mains pour la forcer à me regarder.

— Respire. On va la trouver. Mais d'abord il faut que tu

te calmes. Tu es dans tous tes états et tu pars dans tous les sens.

Elle ferme les yeux, prend une grande inspiration et expire lentement. Je l'embrasse et on se serre l'un contre l'autre sans rien dire. Au bout d'un moment, je la prends par les épaules et je plonge mon regard dans le sien.

— Tu es sûre de vouloir faire ça ? Je peux y aller tout seul si tu es trop fatiguée…

— Non, répond-elle fermement. Je veux t'aider.

On enfile tous les deux un gros manteau et on emprunte le chemin entre la maison de Katie et celle de son voisin. C'est par là que passent les gamins qui vont dans la forêt pour fumer, boire et faire tous ces trucs que les ados font en secret. En tout cas, quand j'étais ado, c'était comme ça que ça se passait.

J'ai la lampe torche que Katie conserve dans le tiroir de sa table de nuit et elle a celle de la cuisine. On appelle Molly parmi les sapins, mais rien ne répond à nos voix qui se font écho. Le vent léger me fait me retourner sans arrêt, mais ce ne sont que des branches qui craquent. Autrement, on n'entend rien.

On ne voit rien.

Katie est déterminée à aller toujours plus loin, mais au bout d'une heure j'insiste pour qu'on rentre. Il est trop tard et il faut qu'on se repose avant de recommencer à la chercher demain matin.

— Il faut aussi que je fasse les affiches pour qu'on puisse les distribuer demain.

Elle acquiesce et se met à rebrousser chemin à contrecœur.

— Et si on ne la retrouve pas ?

— On va la retrouver.

Elle s'arrête.

— Mais si on ne la retrouve pas ? Hein ? Qu'est-ce qu'on fera ?

Elle crie à présent et me pousse de toutes ses forces. Je recule d'un pas, choqué.

— Si on ne la retrouve pas, eh bien, on la pleurera. Et peut-être qu'au bout d'un moment on adoptera un autre chien à sa place.

— Comment tu peux dire une chose pareille ? Quel genre de monstre sans cœur es-tu ?

J'essaie d'ignorer la peine qui me lacère le cœur. Elle est contrariée et inquiète.

Elle recommence à pleurer, hystérique. Elle est complètement dévastée par la perte de son chien. De notre chien. J'adore Molly et j'ai failli pleurer à une ou deux reprises ce soir, mais Katie se comporte comme si c'était une question de vie ou de mort. A croire que le destin de la planète repose sur le fait de retrouver Molly et que notre monde va s'écrouler si ce n'est pas le cas.

— Katie, sérieusement, il faut que tu te calmes.

— Je ne veux pas me calmer ! Je veux retrouver mon chien ! Tout de suite !

Elle repart dans l'autre sens pour s'enfoncer plus loin dans les bois et je me lance à sa poursuite. Son comportement me perturbe, j'ai peur que sa réaction disproportionnée cache d'autres problèmes plus profonds.

— Bon sang, Katie, attends-moi ! Arrête, sois raisonnable !

Je cours pour la rattraper et je l'attrape par la taille par surprise. Je la soulève et elle se met à donner des coups de pied et à se débattre, mais je la serre de toutes mes forces.

Elle ne va pas se sauver comme ça. Il faut qu'elle se

repose. Elle a besoin d'une bonne nuit de sommeil pour se calmer et recommencer à réfléchir de manière rationnelle.

— Pose-moi !

Elle se débat toujours et me donne même des coups de poing, mais je ne la lâche pas.

— Si ça se trouve, elle est là, toute seule, à pleurer en priant pour que quelqu'un la trouve. Je sais ce que c'est. Je sais à quel point ça fait peur et je ne supporte pas de l'imaginer comme ça.

Quel idiot. Je n'en reviens pas de ne pas avoir compris plus tôt. Tout ça n'est pas juste à cause de Molly : c'est aussi à cause d'elle, de ce qu'elle a ressenti quand elle était seule, enfermée dans cet abri de jardin crasseux. Elle se met à la place de Molly et repense à la peur qu'elle-même éprouvait.

— Katie, je suis là, d'accord ? Je suis avec toi. Tu n'es pas toute seule. On va la retrouver, je te le promets.

Elle se détend petit à petit, jusqu'à être comme une poupée de chiffon entre mes bras. Je la serre contre moi. Je la laisse pleurer, sangloter, soupirer autant qu'elle veut dans la forêt sombre et silencieuse, bercée par le vent qui souffle dans les arbres au-dessus de nous.

Katie purge son âme pour tout ce qu'elle a perdu.

Tout ce que je peux faire, c'est la réconforter du mieux que je peux.

Katie

On se dirige vers ma maison en silence. Will agrippe ma main comme s'il ne voulait jamais la lâcher. Il me fait presque mal, mais ça ne me dérange pas. J'ai besoin de son réconfort, du contact solide de ses doigts autour des miens qui me rassurent. Qui me disent qu'il sera toujours là pour moi.

Comment ai-je pu douter de lui ? Comment ai-je pu laisser Lisa Swanson me retourner le cerveau de la sorte ? Il m'aime plus que tout au monde. S'il y a bien une personne qui veille sur moi, c'est lui.

Mais là, tout de suite, il ne peut rien faire pour moi. Il ne peut pas me faire oublier ma tristesse. Personne ne le peut, à moins de me ramener Molly.

Je n'en reviens pas qu'elle soit partie. Où a-t-elle bien pu aller ? Comment a-t-elle réussi à sortir du jardin ? Tant de questions sans réponses… Et, quand bien même on la retrouverait, ce n'est pas elle qui pourra y répondre… Pour la première fois de ma vie, je regrette de ne pas parler couramment la langue des chiens.

Si je n'étais pas aussi triste, mes idées bizarres me feraient rire.

Alors qu'on approche de chez moi, j'aperçois Mme Anderson devant chez elle, qui agite frénétiquement la main vers nous.

Je lâche la main de Will et je cours vers elle, le cœur battant. Elle sautille sur place et, quand j'arrive à son niveau, je l'entends crier :

— Je l'ai ! Je l'ai trouvée !

Elle pointe le doigt vers l'avant de son jardin et j'aperçois Molly, assise là, qui lèche une de ses pattes.

Elle saigne et on dirait que quelqu'un a voulu lui arracher la patte. Elle n'a plus de poils et je pourrais jurer que je peux voir sa chair et son os.

— Molly !

Je veux courir vers elle, mais Will me retient par le bras.

— Attends, murmure-t-il. Si elle est gravement blessée, elle risque d'être sur la défensive. On doit faire attention.

Depuis quand est-il un expert ? Néanmoins, je décide de l'écouter et je le laisse s'approcher de Molly en premier. Je ne dois pas oublier que c'est son chien, au départ.

Il s'agenouille devant elle en lui parlant d'une voix douce et apaisante. Elle avance la tête vers sa main et il la caresse tout en inspectant sa blessure. Je retiens mon souffle lorsqu'il approche la main de sa patte. Quand il tente de la toucher, elle grogne en montrant les dents. Il retire immédiatement sa main, se relève et se tourne vers nous.

— Je sais que c'est un jour férié, mais est-ce qu'il y a une clinique vétérinaire de garde dans les environs ? Il faut absolument l'emmener. On ne peut rien faire nous-mêmes, sa blessure est trop grave.

Mme Anderson sort aussitôt son portable de sa poche et se met en quête de l'adresse d'un vétérinaire.

— Qu'est-ce qui s'est passé, à ton avis ?

L'expression de Will est indescriptible lorsque son regard croise le mien.

— On dirait… on dirait qu'on lui a tiré dessus.

Aaron

Posséder un téléphone portable est crucial en prison. Les portables de contrebande sont un problème récurrent dans le système pénitentiaire, et le plus drôle, c'est que, la moitié du temps, ce sont les gardiens eux-mêmes qui nous les fournissent. Pour les condamnés à mort, c'est plus difficile de mettre la main sur un téléphone. Néanmoins, de temps en temps, il y en a quand même un qui atterrit dans ma cellule. Et, quand c'est le cas, je deviens fou.

J'appelle absolument tous les gens que je connais à l'extérieur. Généralement, ce sont des personnes qui étaient en prison avant, comme moi. Je me suis fait quelques amis pendant mon séjour ici, et certains d'entre eux ont fini par être libérés.

J'ai toujours su me faire des amis. Ça fait partie de mon charme, je suppose.

Je réponds précipitamment lorsque mon portable vibre et je me réfugie dans le coin le plus sombre de ma cellule. Par chance, le gardien a fait sa ronde il y a quelques minutes à peine, alors je suis tranquille pour un moment. Sauf s'il se passe quelque chose et qu'on l'appelle pour une bagarre ou une connerie dans le genre, mais ça n'arrive pas souvent.

— Alors ? Comment ça s'est passé ?

Je ne m'embarrasse pas de formules de politesse. Je suis trop impatient. Le type est un cousin d'un de mes copains et je lui ai demandé de s'acquitter d'une mission pour moi.

— C'était le bordel. Le foutu clébard m'a mordu à la main, grommelle Bruce. Je douille comme pas possible.

— Et qu'est-ce que tu lui as fait exactement, à ce foutu clébard ?

Bruce surveille la maison de Katherine Watts. Il l'observe depuis sa planque dans les bois, derrière chez elle. Il a même pris des photos, qu'il m'a envoyées sur mon téléphone. Ça a été relativement... intéressant d'avoir une fenêtre sur la vie de Katherine et de mon fils.

Ils ont ce chien débile devant lequel ils sont en extase. Bruce l'a remarqué dès le début. Alors je lui ai dit de s'occuper du chien en guise de petit cadeau de Thanksgiving. Je vous laisse imaginer ma satisfaction quand il m'a envoyé un texto pour me prévenir qu'ils avaient laissé le chien tout seul dans le jardin.

— La sale bête a réussi à m'échapper, alors je lui ai tiré dessus, mais elle est tellement rapide qu'elle s'est sauvée. Je ne sais pas où elle est partie se planquer.

— Tu l'as touchée ?

— A la patte. Mais ça n'a pas eu l'air de la ralentir.

Il tousse dans le combiné et sa quinte de toux grasse et répugnante me fait grimacer. Il est véreux, mais je n'ai personne d'autre sur qui compter à l'extérieur, alors il faut bien m'en contenter.

— Ils sont partis à sa recherche.

— Qui ?

— Ton fils et sa copine. Quand ils sont rentrés et qu'ils

ont vu que le clébard n'était plus là, ils ont fait le tour du quartier. Ils ont fini par se diriger vers les bois, là où j'étais planqué, et j'ai dû lever le camp.

— Autrement dit, tu n'as pas la moindre idée de s'ils ont retrouvé le chien ou pas.

Ma voix est dénuée d'émotion, mais mon agacement augmente un peu plus chaque minute. Cet enfoiré était censé régler son compte au chien une bonne fois pour toutes. Je l'ai déjà payé, en plus.

— Je pensais y retourner dans pas longtemps, mais il flotte comme pas possible. Ça m'étonnerait que tu veuilles que je reste planté dehors sous la pluie juste pour voir s'ils ont retrouvé leur putain de chien, si ?

— Ne te fatigue pas, abruti.

Je raccroche et je fourre mon portable dans sa cachette.

Je bouillonne de colère. Je n'arrive pas à croire qu'il n'a pas buté cette foutue chienne. Enfin, elle est morte, si ça se trouve. Peut-être qu'elle est partie mourir toute seule au fond du bois. Les chiens font ça, parfois. Mais ce n'est pas du tout ce que j'avais en tête.

Non, moi, ce que je voulais, c'était qu'ils se prennent la mort de leur petite chienne adorée en pleine face. Je voulais qu'ils la voient pendue à un arbre devant la maison, éventrée, avec les intestins qui sortent et du sang partout. Je voulais leur rappeler à tous les deux ce que ça fait d'aimer quelqu'un profondément et qu'on vous retire cette personne.

Je voulais qu'ils souffrent, qu'ils aient mal comme moi j'ai mal depuis que je suis enfermé à vie dans cette foutue prison.

Mais c'est fini, tout ça. Ça fait trop longtemps que je

croupis ici et que je laisse d'autres personnes faire le sale boulot à ma place. J'ai tout préparé, tout organisé. C'est prévu pour ce week-end. Ça fait des mois que j'y travaille dans le plus grand secret. Personne n'est au courant. Ils vont être sacrément surpris, vous ne croyez pas ?

Le moment est enfin venu pour moi de retrouver ma liberté.

Will

— Si tu veux que je reste avec toi pour t'aider à gérer Molly, je peux décaler d'une journée et partir lundi…

Katie, qui virevolte dans la cuisine pour nous préparer du café, se tourne vers moi en souriant.

— Ça va aller. Ne change pas tes plans. Je veux que tu démarres du bon pied. Vas-y, je me débrouillerai très bien toute seule.

Je suis assis à table, devant mon ordinateur, mal réveillé. Il est encore tôt. Les deux derniers jours ont été épuisants. Molly va s'en sortir, mais elle n'a plus que trois pattes, désormais. Le vétérinaire nous a rassurés en nous disant qu'elle vivrait tout à fait normalement. Elle est encore à la clinique pour le moment. Quelque chose me dit que la facture va être salée, mais je m'occuperai de ça plus tard. Et si ça veut dire passer à découvert, tant pis. La vie de Molly et le bien-être de Katie valent bien ça.

On a traversé la journée du vendredi dans une sorte de brouillard, morts d'inquiétude pour Molly. Après l'avoir déposée chez le vétérinaire, on est rentrés à la maison, où on a attendu un coup de fil. Katie a pleuré des larmes de joie quand on a su que Molly allait s'en sortir, puis des larmes de tristesse en apprenant qu'ils avaient dû l'amputer.

Je lui ai dit que ça ne faisait que rendre Molly encore plus spéciale.

On ne comprend toujours pas pourquoi quelqu'un lui a tiré dessus. Le vétérinaire a dit qu'elle avait peut-être mis un voisin en colère. Il y a une maison avec un grand terrain et des vaches juste derrière les bois. Peut-être qu'elle est allée traîner là-bas et que le propriétaire lui a tiré dessus ? On n'en a pas la moindre idée. Personne n'a entendu de coup de feu, ce qui est vraiment bizarre. Hier soir, Katie a reparlé de ce que Lisa lui avait dit quant au fait d'être espionnée. Elle se demande s'il n'y a pas quelqu'un qui nous épie vraiment. Ça pourrait être la personne qui a pris des photos de nous. Est-ce que mon père est derrière tout ça ?

Ça me paraît difficile à croire. Je pense plutôt que c'est un des sbires de Lisa qui nous a pris en photo. Je ne vois pas comment mon père pourrait convaincre quelqu'un de faire le sale boulot pour lui. Toute cette histoire me semble complètement improbable.

Quoi qu'il en soit, j'ai raccourci de deux jours mon séjour dans le Sud. Si je travaille comme un dingue, je peux tout boucler en cinq jours. Je veux retrouver Katie aussi vite que possible pour être près d'elle et l'aider à s'occuper de Molly.

— Je vais lui acheter un nouveau panier, annonce Katie. Avec un gros coussin moelleux pour qu'elle soit vraiment bien.

— C'est une bonne idée.

Je me lève pour la rejoindre et dépose un baiser sur ses lèvres.

— Est-ce que tu vas bien ? Et je veux la vérité.

Elle pousse un petit soupir.

— Je suis un peu perturbée par le fait que quelqu'un ait tiré sur notre chien, mais, à part ça, ça peut aller.

Elle m'offre un petit sourire incertain et je l'embrasse à nouveau en espérant la réconforter.

— Peut-être qu'elle s'est aventurée dans un jardin et que les gens se sont fâchés quand elle a refusé de partir ?

— Peut-être.

Depuis qu'on a eu confirmation que c'était bien une blessure par balle, Katie n'arrête pas d'imaginer des théories ou des raisons pour lesquelles quelqu'un aurait tiré sur Molly. De mon côté, je ne sais pas quoi penser. Pourquoi quelqu'un ferait-il ça à un gentil chien comme elle ? Certes, elle a été dressée à la garde pendant une semaine, mais ce n'est pas un molosse assoiffé de sang. Elle serait même plutôt du genre à être trop gentille avec les inconnus.

Le fait qu'elle ait approché un connard décidé à lui tirer dessus ne fait que le confirmer. Si je trouve l'enfoiré qui lui a fait ça…

Je serais capable de l'étrangler de mes propres mains.

— J'aimerais pouvoir dire que ça n'a pas d'importance, dit Katie en me caressant le torse, mais pour moi ça en a. Je n'aime pas penser que c'est peut-être un de nos voisins qui a fait ça. Si c'est le cas, je ne veux plus jamais la laisser toute seule.

Là-dessus, je suis bien d'accord avec elle. C'est inenvisageable que Molly reste seule ici si un de nos voisins est un fou de la gâchette.

— Il est hors de question que tu restes toute seule ici pendant mon absence. Je ne plaisante pas, Katie. Je veux que tu ailles chez ta mère.

— C'est déjà prévu.

Elle me sourit timidement et je l'embrasse à nouveau. Je veux l'embrasser et la toucher autant que possible, avant de partir demain et de ne pas la voir pendant plusieurs jours. Ça va être horrible d'être aussi loin d'elle et le timing est vraiment catastrophique avec ce qui vient d'arriver à Molly, mais je ne peux pas annuler. Au moins, je sais qu'elles seront en sécurité chez Liz.

Non, *j'espère* qu'elles seront en sécurité là-bas. Et merde.

— Quand est-ce que tu vas chez ta mère ?

— Pas avant lundi matin, je pense. Je veux m'assurer que Molly va bien avant de partir. Je ne veux pas être trop loin du vétérinaire au cas où il y aurait un problème.

— Alors tu préfères rester ici, à côté d'un voisin complètement taré.

Ça ne me plaît pas du tout. Ça doit se voir, car Katie me caresse doucement la joue comme pour m'apaiser.

— J'ai Mme Anderson. Tu sais qu'elle a déjà appelé sept fois la police parce qu'elle a vu des « gens louches » traîner dans le quartier ?

J'ai presque envie de rire. Connaissant la voisine de Katie, je ne suis pas étonné.

— Combien d'entre eux étaient réellement louches ?

— Un seul, répond Katie en riant. Une femme qui est en plein divorce a obtenu une injonction d'éloignement à l'encontre de son mari et il a été surpris en train de traîner autour de sa maison. Tout ça grâce à Mme Anderson !

— Tu connais son prénom, au fait ?

— Je crois que c'est Lillian. Ou alors Vivian ? Je ne sais plus. Tu parles d'une amie, je ne sais même pas comment elle s'appelle !

— Tu devrais avoir honte. Regarde sur son courrier la prochaine fois.

Je caresse le dos de Katie et elle s'arque contre ma main comme si elle avait envie de plus. Je serais plus que ravi d'exaucer son souhait. Bientôt, on va aller chercher Molly et le reste de la journée sera consacré à s'occuper d'elle, mais pour le moment il n'y a que Katie et moi.

Et ce que moi, je voudrais, c'est la ramener au lit.

— J'apprécie vraiment beaucoup tout ce que Mme Anderson fait pour moi. Elle est très protectrice, dit Katie doucement.

— Moi aussi, je veux vous protéger, toutes les trois. Enfin, surtout toi et Molly.

Elle tire sur mon T-shirt pour que je me rapproche d'elle et nos poitrines se frôlent.

— Je pense que tu devrais me ramener au lit, murmure-t-elle.

Hum… J'adore la Katie audacieuse.

— C'est marrant, c'est justement ce que j'étais en train de me dire.

Sans plus attendre, je l'embrasse. Elle entrouvre les lèvres et je glisse ma langue dans sa bouche, impatient.

L'ambiance a été tellement étrange ces jours-ci qu'on n'a pas vraiment réussi à prendre du temps pour nous. Notre connexion m'a terriblement manqué et je meurs d'envie de la retrouver. De retrouver Katie.

Tout ce que je veux, à cet instant, c'est la déshabiller et couvrir son corps de baisers. Je veux la mettre au lit et lui faire l'amour jusqu'à ce qu'on jouisse tous les deux.

Voilà ce qu'il me faut. Tout de suite. Et je pense qu'elle en a besoin, elle aussi.

Elle s'écarte avec un petit sourire espiègle aux lèvres, et elle me prend par la main pour m'entraîner vers la chambre à coucher.

Je la suis, comme toujours. Je suis incapable de lui dire non.

Elle se laisse tomber sur le matelas. Elle ne porte rien sous son pyjama : pas de soutien-gorge, pas de culotte, juste Katie. Je la couvre de caresses et de baisers et elle s'agrippe à moi, le corps arqué contre ma bouche. Sans attendre, je passe à la vitesse supérieure : je déboutonne ma chemise, si pressé que je l'arrache presque. Katie tend la main et caresse mon tatouage. Elle ne peut pas s'empêcher de le toucher. Comme pour se rappeler qu'elle comptait déjà tellement lorsqu'on était enfants que j'ai éprouvé le besoin de l'inscrire à l'encre indélébile sur ma peau.

— Je l'adore, dit-elle en levant les yeux vers moi. Même quand on était séparés, tu pensais à moi.

— Je n'ai jamais arrêté de penser à toi. Tu étais toujours dans mon cœur. Je t'ai toujours eue dans la peau.

Je l'embrasse, une main sur sa poitrine et l'autre entre ses cuisses, et elle écarte les jambes en soupirant avant de me rendre mon baiser avec ardeur. Soudain, je pense au cadeau que je voulais lui offrir pour Noël et que j'ai dissimulé dans un coin de sa penderie où elle ne va jamais. Je n'ai pas envie d'attendre Noël, en fait. Mon cadeau aurait encore plus de signification si je le lui donnais tout de suite.

— Attends, je reviens.

En me voyant me lever, elle fait la moue et fronce les sourcils.

— Où est-ce que tu vas ?

L'espace d'un instant, je l'admire, fasciné. Avec ses joues rosies et la pointe de ses seins dressée sous l'effet de l'excitation, elle est si belle que j'ai du mal à croire que, oui, elle est à moi.

— J'ai quelque chose pour toi.

Je me rends dans sa penderie et j'attrape le gros manteau d'hiver rangé tout au fond. Je m'empare du cadeau, que j'avais dissimulé dans une poche, puis je la rejoins.

— Joyeux Noël en avance.

Elle observe le paquet enveloppé de papier rouge puis son regard se pose sur moi.

— Qu'est-ce que c'est ?

— Ouvre, tu verras.

Elle s'empare du paquet, qu'elle déballe avec soin. En ouvrant la boîte, elle retient son souffle. C'est le vieux pendentif en forme d'ange gardien que je lui avais offert. Je l'ai fait polir et monter sur une chaîne en argent. Katie attrape la chaîne et admire l'ange qui se balance doucement. L'ange qui, depuis des années, lui rappelle que je veille sur elle, même quand je ne suis pas là.

— Oh ! Will…

Elle bat des paupières à toute vitesse comme pour retenir ses larmes et serre le pendentif contre sa poitrine.

— Je l'adore. Merci beaucoup.

— Et moi, c'est toi que j'adore.

Je l'embrasse encore et encore, entre deux mots d'amour.

Cette fille est tout pour moi. On a traversé tellement d'épreuves, on a vécu et bravé tant de choses ensemble que personne ne pourra jamais prendre sa place dans mon cœur.

Elle m'appartient.

Aaron

Je pense que, si on décide de se donner les moyens, on peut arriver à tout. Je l'ai appris il y a longtemps, lorsque j'étais adolescent et que je me suis rendu compte que je pouvais avoir toutes les filles que je voulais rien qu'en les dominant un peu. Bien sûr, elles luttaient au début, elles essayaient de se débattre, mais elles étaient faibles, dans le fond. Je leur tenais les bras, allongé sur elles, et elles finissaient toujours par abandonner.

Toujours.

Puis j'ai rencontré ma bonne à rien de femme. C'est à se demander pourquoi je l'ai épousée, celle-là. Sans doute parce qu'elle était enceinte de moi et que j'ai voulu faire « ce qu'il fallait ».

Cette salope ne voulait pas en ramer une. Dès le moment où elle a accouché de mon fils, un enfant dont je voulais faire ma fierté, elle ne s'est plus intéressée à nous. Elle me criait toujours dessus, elle geignait sans arrêt pour des conneries. J'étais heureux qu'elle parte. Will était triste, mais il a fini par passer à autre chose. Tant qu'un garçon a son père, tout va bien.

J'en suis fermement convaincu.

Au bout d'un moment, les jeux avec les femmes sont devenus trop faciles. Elles cédaient toujours. Il n'y avait plus de défi. Je me suis mis à les acheter avec de la drogue. Ça m'a plu pendant un temps. Je trouvais ça excitant de sauter une nana à moitié inconsciente. Mais ça non plus, ça ne m'a pas amusé bien longtemps.

C'est là que j'ai changé de tranche d'âge. Quand elles se débattaient trop, je les cognais sans pitié. Quant à celles qui restaient allongées et se contentaient de subir, trop terrifiées pour se débattre… c'étaient mes préférées.

Peut-être que c'est ça que Will aime chez Katherine Watts. Elle restait allongée et elle se laissait faire. Peut-être bien qu'il est comme son père, en fin de compte ?

J'aurais bien du mal à le savoir. Il refuse de me parler.

Mais là, je pense qu'il va changer d'avis. J'ai fait exprès de choisir ce week-end. Pendant les longs week-ends, ça manque toujours de personnel ici, et puis les gardiens sont distraits. Ils pensent à leur famille, aux fêtes de fin d'année et à toutes ces conneries. Ils pensent à l'argent qu'ils dépensent pour ces petits bâtards ingrats qu'ils appellent leurs enfants et qui détesteront leurs cadeaux, se plaindront pendant toutes leurs vacances.

Les enfants sont une bénédiction. Mais c'est aussi une sacrée merde.

Je sais de source sûre que Lisa Swanson sera à San Francisco pour le week-end. Elle passe les fêtes en famille, comme une brave fille. En faisant quelques recherches, j'ai même réussi à localiser la maison de ses parents. Par le plus grand des hasards, il se trouve qu'ils vivent à Marin. Pas trop loin de là où je suis. Google Earth est l'invention la plus géniale qui soit.

Le rendez-vous est pris. Je pense qu'elle va être étonnée.

Assis au bord de mon lit, j'attends que le gardien effectue sa ronde. J'entends ses pas approcher et je me lève. Je m'accroche aux barreaux de ma cellule en adoptant un air des plus pitoyables. Je sais que je suis pâle, et j'ai extrêmement chaud. J'ai des astuces. Je sais ce que je fais.

Il s'arrête devant ma cellule, l'air méfiant.

— Qu'est-ce qui ne va pas, Monroe ?

— Je suis vraim…

Je m'interromps pour inspirer et expirer bruyamment, dans un sifflement rauque. Je n'aurai pas fumé pendant toutes ces années pour rien. Et mon historique de pneumonie s'avère bien utile, lui aussi.

— Je ne me sens pas très bien.

Il me dévisage, visiblement sceptique.

— Tu te paies ma tête, Monroe ? Tu n'aurais pas pu choisir plus mal ton moment. Il n'y a personne de garde à l'infirmerie ce soir.

Je porte une main à mon cœur.

— J'ai mal dans la poitrine et j'ai des fourmis dans le bras. C'est vraiment bizarre.

J'agite le bras pour faire bon poids, ravi de son aspect faiblard.

Il s'approche de moi, la main à sa ceinture. Ce sale connard pense sans doute qu'il peut avoir besoin de sortir une arme d'un instant à l'autre. Pourtant, je ne suis qu'un pauvre homme faible et malade.

Plus je m'en convaincs, plus c'est facile de convaincre les autres.

— Tu veux de l'aspirine ?

Je lâche un rire râpeux qui ne tarde pas à se transformer

en horrible quinte de toux. Le mieux, c'est que là je ne fais même pas semblant. Mes poumons sont sûrement dans un état déplorable. Non pas que ça m'inquiète. Je m'en fiche totalement. J'ai d'autres chats à fouetter et pas de temps à perdre.

— Ça m'étonnerait que ça m'aide. Je pense que j'ai dépassé le stade de l'aspirine.

Je me remets à tousser et je mets une main devant ma bouche, un peu trop tard. Le garde s'écarte en grimaçant, sans doute effrayé par mes microbes.

Tapette.

— Ecoute-moi. Si ce n'est pas une plaisanterie et que tu n'es vraiment pas bien, il faut que j'appelle un médecin de garde ou que je te conduise aux urgences les plus proches. Le docteur n'est pas là du week-end. Alors, tu n'as pas intérêt à jouer la comédie.

Il commence à stresser, je le vois bien. De petites gouttes de sueur apparaissent sur son front. Il doit avoir les mains moites, aussi.

J'ai envie de le traiter de connard et de lui crier que je sais tout ça, mais je serre les dents. Puis je me laisse tomber par terre, la main toujours agrippée à ma poitrine. Le gardien se met à crier. Je peine à dissimuler un sourire.

C'est tellement facile.

Trop facile.

Lisa

Confortablement installée dans le salon silencieux de ses parents, elle écoutait la pluie tomber tout en dégustant tranquillement son cinquième verre de vin de la soirée. Son avion pour Los Angeles décollait le lendemain matin. Revenir à la réalité était loin de l'enchanter. Elle aurait préféré continuer à se cacher encore un peu. Mais, comme d'habitude, le devoir l'appelait.

Elle se laissa aller contre le dossier du canapé, les yeux fermés dans un effort pour être aussi zen que possible. Elle avait passé les cinq derniers jours à Marin, sa ville natale, entre moments en famille et introspection. Se voyait-elle exercer encore le même métier dans dix ans ? Elle ne rajeunissait pas… Elle fêtait ses quarante ans l'année prochaine, et un milliard de blondasses plus jeunes qu'elle rêvaient de prendre sa place. Les garces.

Elle n'était pas ingrate, au contraire. Elle avait du succès, une belle carrière, un beau pactole à la banque et un statut de célébrité. Mais sa vie personnelle avait pâti de son ambition. Elle ne se rappelait pas la dernière fois qu'elle avait eu un rendez-vous galant.

Elle s'était toujours imaginé devenir mère un jour. Elle

jouait tout le temps avec des poupons quand elle était petite. Mais là elle se retrouvait seule, sans enfant. Elle pouvait adopter, bien sûr, mais quel genre de mère serait-elle si elle travaillait sans arrêt ? Et voulait-elle vraiment continuer à se tuer à la tâche comme ça ? C'était devenu un tel train-train...

Un petit coup frappé à la porte la sortit de sa rêverie et elle se figea. C'était si discret qu'elle crut d'abord l'avoir rêvé, mais bientôt trois autres petits coups retentirent contre la majestueuse porte d'entrée en bois.

Toc toc toc.

D'une main tremblante, elle posa son verre de vin vide sur la table basse. La pendule indiquait 23 h 17. Personne ne venait chez les gens à l'improviste à une heure pareille, encore moins dans le quartier cossu de ses parents.

Soudain, elle entendit une voix, douce et cajoleuse.

C'était une voix familière. Une voix d'homme.

— Lisa... Je sais que vous êtes là...

Elle fronça les sourcils. Elle avait beau essayer d'ignorer le malaise qui l'envahissait, la chair de poule qui recouvrait ses bras la trahissait. Si seulement ses crétins de parents avaient daigné installer un judas... Mais non, ils avaient trop peur que cela gâche l'esthétique de leur fichue porte médiévale. Résultat, elle n'avait aucun moyen de savoir qui se trouvait de l'autre côté.

Elle se pressa contre le bois froid, la main à plat sur la porte.

— Qui est là ?

— Ouvrez la porte et vous le saurez.

Elle recula. Son cerveau tournait à toute vitesse pour essayer de remettre cette voix. Peut-être l'ex qu'elle avait croisé quelques jours plus tôt ? Elle était tombée sur lui dans un bar, alors qu'elle buvait un verre avec un ami. Il était bel homme. Hyper-séduisant, à vrai dire. Récemment divorcé, père de deux enfants, courtier immobilier avec une Rolex au poignet et des dents trop blanches, mais elle avait l'habitude. Il n'y avait que ça à Los Angeles. Il lui avait donné son numéro et elle lui avait aussitôt envoyé un SMS pour qu'il ait le sien.

Si c'était lui, n'aurait-il pas envoyé un message avant de venir ? Et viendrait-il vraiment à une heure pareille, un dimanche soir ? Et, si ce n'était pas lui, qui cela pouvait-il être ? Elle n'avait vu personne pendant son séjour, à l'exception de quelques amies d'enfance. Personne ne savait qu'elle était ici. Elle restait très discrète quant à ses déplacements.

Elle se redressa et attrapa la poignée de la porte. Après tout, c'était sa curiosité qui faisait qu'elle excellait dans son métier et son courage était une des qualités qui contribuaient à sa réussite. Elle n'avait peur de rien et certainement pas d'un type avec qui elle était sortie au lycée et qui venait traîner devant chez ses parents.

Elle n'hésiterait pas à le remettre à sa place et à le renvoyer chez lui la queue entre les jambes.

De sa main libre, elle fit tourner le verrou aussi silencieusement que possible avant d'ouvrir la porte à la volée afin de le surprendre.

Sauf que la surprise fut pour elle. Elle resta bouche bée en reconnaissant l'homme qui se trouvait là, un sourire lubrique aux lèvres. Ses yeux écarquillés brillaient d'une lueur indescriptible et ses vêtements étaient trempés par la pluie. Elle tenta de crier, mais aucun son ne franchit ses lèvres.

Il se jeta sur elle et plaqua une main sur sa bouche. Une panique incontrôlable s'empara aussitôt d'elle. Elle se mit à se débattre avec l'énergie du désespoir, en criant contre sa paume.

— Ferme-la, souffla-t-il méchamment.

Il amena son visage à quelques millimètres du sien. Ses pupilles étaient dilatées. Son regard était celui d'un fou.

Son sourire s'agrandit et il appuya plus fort sur sa bouche. Elle tenta de lui donner un coup de pied, mais il était plus rapide qu'elle et lui décocha un coup de genou dans l'estomac. Elle se plia en deux, à bout de souffle, étourdie par la douleur.

— Tais-toi et je ne ferai de mal à personne. Tu as les clés d'une des voitures qui sont là, dehors ?

Oui. Elles étaient accrochées dans l'entrée. Elle hocha furieusement la tête.

— Alors on prend les clés et on se casse d'ici.

Il l'attrapa par les cheveux et tira si fort qu'elle aurait hurlé s'il n'avait pas continué à la bâillonner de son autre main. Elle avait l'impression qu'il était en train de lui arracher un morceau de cuir chevelu.

— Maintenant, salope.

Tout son corps était en proie à des tremblements incontrôlables. Comment était-il sorti ? Qu'est-ce qui s'était passé ? Savaient-ils qu'il s'était sauvé, à la prison ? Et comment l'avait-il trouvée ?

Il sourit quand elle montra du doigt l'endroit où étaient les clés et il s'empara de celle de la Mercedes.

— Une bien jolie voiture pour une bien jolie fille.

Il retira sa main. Elle essaya de respirer profondément, mais ses poumons semblaient rétrécir de plus en plus et elle ne pouvait pas les remplir d'air. C'était le signe annonciateur d'une crise d'angoisse, elle le savait.

— Reprends-toi. Il faut qu'on y aille.

Il la prit par le bras et la tira jusqu'à la porte restée ouverte. Ses parents dormaient comme des masses. Sa mère portait toujours des boules Quiès et son père utilisait une machine qui diffusait du bruit blanc pour faciliter le sommeil. Ils ne pouvaient pas l'entendre.

Personne ne le pouvait.

— Je… Pas… Chaussures, bafouilla-t-elle en montrant ses pieds nus.

Aaron Monroe rit de bon cœur, la tête rejetée en arrière.

— Parce que c'est ça qui t'inquiète ? C'est marrant, comme les femmes flippent pour des trucs totalement insignifiants. Bande de garces.

Son sourire s'évanouit et une lueur inquiétante brilla dans ses yeux.

— On y va.

Une terreur sans nom s'empara d'elle.

Elle allait y passer.

Katie

Je suis au lit, allongée sur le côté, et Molly est blottie contre moi dans le creux derrière mes genoux. Son corps chaud et solide me réconforte et me fait un peu oublier ma solitude. Je n'arrive pas à dormir et je me tourne dans tous les sens. J'ai presque envie de prendre les somnifères que je garde dans ma salle de bains en cas d'urgence. Jusqu'à récemment, j'en prenais systématiquement, mais j'ai arrêté. Je n'aimais pas l'effet qu'ils me faisaient : je me sentais bizarre et j'avais presque l'impression de suffoquer.

Mais, là, je suis tentée. J'en ai assez de m'inquiéter parce que je suis seule chez moi. Je veux juste dormir. Une semaine chargée m'attend. Je vais avoir énormément de boulot pour la fac. Je vais être pas mal occupée, pourtant, Will me manque déjà. Je sais que c'est idiot et que je ne devrais pas être aussi dépendante de lui mais je n'y peux rien. J'aime qu'il soit allongé près de moi avec un bras autour de ma taille ou ma tête sur son épaule. Il me réconforte et me rassure.

J'attrape mon pendentif et j'effleure les ailes de l'ange du bout de l'index. Je l'adore et ça me fait du bien de le sentir près de mon cœur.

Will m'a promis qu'il reviendrait en un seul morceau et

je le crois. Il tient toujours ses promesses. Mais est-ce que moi, je parviendrai à rester en un seul morceau pendant son absence ? J'ai déjà l'impression d'être sur le point de m'effondrer et je déteste ça. Où est passée la Katherine pleine de confiance en elle des semaines précédentes ? J'ai fait tellement d'efforts pour changer, pour devenir la femme que j'avais envie d'être. Hélas, toutes mes peurs et mes incertitudes ont refait surface quand Molly a disparu.

A vrai dire, elles sont même revenues avant ça, lorsque j'ai parlé à Lisa.

Bercée par le bruit de la pluie qui tombe dehors, je roule sur le côté en prenant soin de ne pas trop déranger Molly. Elle fait beaucoup de progrès et trouve l'équilibre malgré son amputation. Je suis fière d'elle, et infiniment reconnaissante qu'on ne l'ait pas perdue. Elle était si heureuse de nous voir lorsqu'on est allés la récupérer.

— On partira tôt demain matin, Molly. J'ai trop la trouille, ici. On va passer un peu de temps avec ta grand-mère.

Voilà que je parle de ma mère comme si elle était la grand-mère de Molly. Je suis vraiment ridicule. Agacée, je me glisse hors du lit pour gagner la salle de bains. J'ouvre le tiroir et j'attrape le flacon qui contient les somnifères. Je l'ouvre, je fais tomber un cachet dans la paume de ma main et je l'avale sans même boire un peu d'eau avec. Puis je retourne au lit et je ramène les couvertures par-dessus ma tête.

Au bout de quelques minutes, je ressens déjà les premiers effets. J'ai l'impression d'être dans du coton, doux et vaporeux. Un papillon de nuit géant vole au-dessus de mon visage. Ses ailes bourdonnent et effleurent mes joues. Je roule sur le dos et je laisse le papillon descendre sur moi.

Soudain, mon portable sonne et je me redresse si brusquement que j'en ai le tournis. J'ai un message, d'un numéro que je ne connais pas mais qui me semble vaguement familier. Peut-être que c'est Will ? Peut-être qu'il a perdu son téléphone et qu'il a un nouveau numéro ?

J'attrape mon portable et je plisse les yeux pour distinguer les mots sur l'écran.

Vous êtes chez vous ? J'ai besoin de vous parler.

Qui est-ce ?

C'est moi, Lisa.

Quoi ?

Swanson ?

Oui. Vous êtes là ? On peut parler ? Je suis devant chez vous.

Je ne suis pas en état de recevoir. Mes paupières sont lourdes et je suis sur le point de m'endormir comme une masse. J'arrive à peine à garder les yeux ouverts.

Est-ce qu'on peut faire ça plus tard ? Je suis couchée.

Non. C'est urgent, Katherine. Il faut absolument que je vous parle.

Encore un de ses plans foireux, comme dirait Will. Je sors du lit et je vais dans l'entrée pour regarder par le judas, mais je ne vois rien. Pourtant, la lumière du perron est allumée. On dirait que le judas est bouché. Qu'est-ce que c'est que ce bazar ?

Perplexe, j'envoie un autre message à Lisa.

Où êtes-vous ? Je ne vous vois pas.

— Je suis là ! lance-t-elle depuis l'autre côté de la porte.

Elle a l'air bizarre. Sa voix est mal assurée. On dirait qu'elle a pleuré.

J'ouvre prudemment et je trouve Lisa sur mon paillasson. Elle ne porte qu'un petit pull et un jean, elle a les cheveux en bataille et des traces de mascara sur les joues. Elle a un hématome autour du cou et une marque rouge sur la joue, comme si quelqu'un l'avait frappée.

Et aussi elle ne porte pas de chaussures. Elle est pieds nus.

— Je suis désolée. Je suis désolée, sanglote-t-elle.

C'est alors qu'on la pousse violemment sur le côté et qu'apparaît l'homme qui peuple mes cauchemars. Il est vêtu d'un pantalon foncé et d'une chemise en jean, et il a des mocassins bon marché aux pieds, de ceux qu'on donne aux prisonniers. Ses vêtements sont complètement trempés.

Je n'en reviens pas d'être là, à analyser ce qu'il porte. Je le dévisage avec l'impression que mon cœur va exploser dans ma cage thoracique.

Est-ce que je suis en train de faire un mauvais rêve ?

— Katherine, comme on se retrouve.

Il sourit, mais son sourire n'atteint pas ses yeux. Il a un regard inexpressif, presque mort. Ses iris sont d'un noir insondable qui semble briller dans l'obscurité. Il empoigne brusquement le bras de Lisa et elle pousse un cri lugubre qui résonne dans la nuit noire et silencieuse. Naturellement, ça le met en colère et il la gifle d'un revers de main, de toutes ses forces. Je bondis en arrière et je tente de refermer la porte, mais il parvient à m'attraper par le bras.

— Tu ne vas pas te sauver comme ça.

Ses doigts se resserrent au creux de mon coude. J'essaie de me débattre pour me libérer, sans succès. Lisa, elle, profite du fait qu'il soit concentré sur moi pour prendre la fuite. Elle court en direction de la voiture garée devant chez moi. Dans sa hâte, elle trébuche et tombe, mais elle se relève aussitôt et reprend sa course.

— Bon sang, grommelle-t-il en attrapant le pistolet à sa ceinture.

Il met en joue, vise Lisa et appuie sur la gâchette sans la moindre hésitation.

Je suis paralysée. Des cris de peur et d'horreur restent coincés dans ma gorge alors que je regarde Lisa s'écrouler sur le bitume. Aaron m'entraîne vers la berline, une Mercedes noire dernier modèle, avec le canon du pistolet pressé contre ma tempe.

— Tu dis un mot, tu pousses un cri, tu fais un geste et je te bute comme l'autre salope.

Son visage à quelques millimètres du mien, il appuie sur l'arme et je sens le métal froid s'enfoncer dans ma peau.

— Monte dans la voiture.

Il ouvre la portière côté passager et me pousse à l'intérieur, avant de faire le tour en courant pour s'installer au volant. Il met le contact et écrase l'accélérateur si violemment que les pneus crissent. Il passe à côté du corps de Lisa et je pousse un imperceptible soupir de soulagement en constatant qu'au moins il ne lui a pas roulé dessus.

Il en serait bien capable.

— Nom de Dieu !

Il donne un coup de poing dans le volant et regarde dans le rétroviseur, les yeux fous et écarquillés.

— Cette conne n'a pas pu s'empêcher de tout gâcher. Je voulais la garder, bordel ! Elle était parfaite !

La *garder* ? Pour quoi faire ? Comment est-ce qu'il a réussi à sortir ? Est-ce qu'elle l'a aidé ? J'ai du mal à y croire, mais qui sait... Vu la sympathie qu'elle lui témoignait...

Néanmoins, je repense à la façon dont elle s'est excusée juste avant qu'il la pousse, à l'expression de terreur absolue sur son visage. Elle ne l'aurait pas aidé à s'évader de prison. Elle n'est pas folle à ce point.

Enfin... Maintenant, elle est surtout morte, à mon avis.

Il marmonne dans sa barbe et continue à frapper le volant. Je distingue des jurons ici et là. Sa frustration est palpable, si intense qu'elle paraît consumer tout l'oxygène dans l'habitacle. De mon côté, j'essaie de fixer la route qui se déroule devant nous, mais mes paupières se ferment et j'ai du mal à me concentrer.

— C'est quoi, ton problème ? finit-il par me demander. Tu es défoncée ou quoi ?

— Somnifère.

J'appuie ma tête contre le siège et je ferme les yeux, en proie à un tournis insupportable. On dirait presque un rêve, sauf que je sais que ce n'en est pas un. Je sens les vibrations de la voiture et surtout je reconnais son odeur, un mélange de sueur, de peur et d'adrénaline. Ça n'a pas changé, après toutes ces années.

Je crois que je vais vomir.

— Où est Will ? Pourquoi est-ce qu'il n'est pas sorti pour te secourir ?

— Il est…

Je tente d'avaler ma salive, mais j'ai la gorge comme du papier de verre. J'ouvre les yeux pour le regarder, sauf que je vois flou.

— Il est à Los Angeles.

— Ha ! C'est vrai ? Il n'est pas là ?

Il secoue la tête, la mâchoire tendue.

— Voilà qui promet d'être intéressant.

Je ne sais pas ce qu'il veut dire par là et je n'ai pas envie de le savoir.

— Qu'est-ce que vous me voulez ?

— Je veux mon fils. Le fils que tu m'as volé, espèce de petite salope. Tu as essayé le père et après tu as eu envie de tester le fils, c'est ça ? C'est comme ça que tu fonctionnes ?

J'ai un haut-le-cœur. Je vais vomir, je le sens.

Ça ne devrait pas m'étonner, pourtant. C'est un tordu, un malade pour qui la vie n'a pas la moindre importance. Il n'y a qu'à voir comment il a tiré sur Lisa sans aucune hésitation. Il en ferait sans doute autant avec moi.

J'attrape mon pendentif en tremblant, je ferme les yeux, et… je prie. Je ne suis pas croyante, mais là j'ai besoin de Dieu. J'ai besoin que quelqu'un me trouve et vienne à mon secours pour me sortir de cet enfer. Je pense à Will. Si je meurs, ça le détruira. Il se sentira coupable de ne pas avoir été avec moi, de ne pas m'avoir sauvée. Mais ce n'est pas sa faute. Ce n'est la faute de personne.

On ne peut rien faire contre les monstres tels qu'Aaron Monroe. Ils sont incontrôlables.

Will

A 2 heures du matin, alors que je dormais profondément, je suis réveillé en sursaut par la sonnerie de mon portable. Je l'attrape et je vois que l'appel vient de…

Mme Anderson ?

Je m'assois dans mon lit et je réponds aussitôt. Au début, je l'entends à peine. Il y a du bruit autour d'elle, des voix d'hommes couvrent la sienne et… je crois que j'entends un chien aboyer. Aboyer exactement comme Molly.

— … et ensuite ils pensent qu'il l'a emmenée ! Juste après avoir tiré sur Lisa Swanson en plein milieu de la rue ! C'est le bruit du coup de feu qui m'a réveillée. On se croirait en plein milieu d'une zone de combat, ici.

Je bats furieusement des paupières pour me réveiller et me concentrer. Qu'est-ce qu'elle raconte ?

— Madame Anderson, doucement. Je n'ai rien compris.

— Votre Katie a disparu, crie-t-elle. Votre père s'est évadé de prison et ils pensent qu'il l'a de nouveau kidnappée !

— *Quoi ?*

— Attendez, je vous passe un policier. Il va tout vous expliquer.

Elle donne son portable à quelqu'un, je l'entends dire à

Molly d'arrêter d'aboyer, puis la voix d'un homme retentit. Il se présente comme agent du FBI.

— Vous êtes bien William Monroe ? s'enquiert-il.

— Oui, c'est moi. Où est Katie ?

La peur me noue tellement l'estomac que ça me fait mal. Si elle est morte et que c'est mon père qui se cache derrière tout ça, je…

Je ferme les yeux et je retiens mon souffle.

— Votre père s'est évadé. Il s'est plaint d'être malade et le gardien a cru qu'il faisait une crise cardiaque. Votre père s'est carrément évanoui, mais l'employé a réussi à le ranimer. Comme c'est férié aujourd'hui, il n'y avait pas de médecin de garde, alors ils ont décidé de l'emmener à l'hôpital le plus proche. Pendant son transfert, il a poignardé un gardien avec une pointe qu'il avait fabriquée en cachette, puis il s'est emparé de l'arme de celui-ci et s'en est servi pour tirer sur l'autre gardien.

— Il s'est évadé de San Quentin.

C'est tout simplement incroyable.

— Il s'est rendu à Marin, au domicile des parents de Lisa Swanson. Sa mère a découvert qu'elle n'était plus là, de même que leur Mercedes, alors elle a appelé la police. Une alerte a été lancée à toutes les unités pour retrouver le véhicule.

— Et Katie ? Comment a-t-il fait pour l'enlever ?

L'agent soupire et me raconte le reste de l'histoire, ou du moins les quelques éléments en sa possession. Pour une raison qu'on ignore, on a tiré sur Lisa Swanson et elle a été laissée pour morte sur la chaussée. Mme Anderson a été alertée par le coup de feu, alors elle a appelé la police puis elle est allée chez Katie. Elle a trouvé la porte d'entrée grande ouverte et Molly qui aboyait sur le pas de porte. Mais aucune trace de Katie.

Elle n'a vu personne. A part le cadavre de Lisa Swanson sur la route.

— Après qu'il a tué Lisa Swanson, nous sommes presque certains qu'il a kidnappé Katherine Watts, étant donné qu'elle est introuvable. Nous faisons tout ce qui est en notre pouvoir pour la localiser. Votre voisine nous a dit que vous étiez à Los Angeles…

— Oui, mais je pars tout de suite.

J'avais déjà commencé à rassembler mes affaires pendant qu'il me faisait son compte rendu.

— Je ne sais pas exactement comment je vais faire pour rentrer à cette heure-ci, mais je vais trouver un moyen. Il faut que je retrouve Katie.

— Monsieur, vous ne devez surtout pas interférer avec notre enquête. Votre père pourrait très bien être à votre recherche. Vous êtes en danger et…

— C'est Katie qui est en danger si elle est avec mon père. Je ne peux pas rester là sans bouger en attendant qu'il la tue. Parce que c'est ce qu'il va faire, croyez-moi. Il est encore furax de ne pas avoir réussi la première fois.

Je coupe la communication. Je n'ai pas de temps à perdre avec ce type. J'enfile un jean, un T-shirt, un sweat à capuche et mes baskets, puis je me laisse choir sur le lit. Je n'ai pas la moindre idée de comment rentrer. De comment rejoindre Katie.

Le cœur serré, la gorge nouée, je prends mon visage dans mes mains et je laisse libre cours à mes larmes. Pourquoi est-ce qu'on ne peut jamais être libres ? Pourquoi est-ce que mon père veut nous détruire à ce point ?

J'essuie mes larmes et j'attrape mon portable. Ce n'est pas le moment de m'apitoyer sur mon sort. C'est celui de faire jouer mon réseau. J'appelle mon ami Jay, qui répond à la troisième sonnerie, parfaitement réveillé. Dieu bénisse les musiciens et leurs heures de sommeil farfelues.

— Dis-moi que tu connais quelqu'un qui a un avion privé. Même si c'est un vieux planeur auquel il manque une aile, je m'en fous, il faut juste que je rentre chez moi. Tout de suite.

— Qu'est-ce qui t'arrive, mec ?

Il semble sincèrement inquiet, et pendant une fraction de seconde j'ai envie de tout lui dire, mais je n'ai pas le temps. La priorité, c'est de trouver un moyen de me barrer d'ici.

— Je t'expliquerai plus tard. Est-ce que tu connais quelqu'un qui a un avion ?

Jay a énormément de relations grâce à son métier et je sais qu'il m'aidera s'il en a le pouvoir.

— Donne-moi une demi-heure. Je vais voir ce que je peux faire.

Il raccroche sans poser de questions.

Vingt minutes plus tard, il m'a dégoté une place dans un avion qui décolle dans moins de deux heures.

Je n'ai plus qu'une chose à faire. Espérer que je n'arriverai pas trop tard.

Katie

Je me réveille en sursaut et je me redresse si vite que j'en ai le tournis. J'ai du mal à respirer. Il fait jour dehors, le ciel du petit matin, gris et maussade. A côté de moi, Aaron Monroe a allongé son siège. Il a les yeux fermés et la bouche entrouverte.

Il est endormi.

Un froid glacial règne dans la Mercedes. Je regarde autour de moi, en quête d'un indice susceptible de m'indiquer où on se trouve. On est sur un immense parking et il n'y a aucune voiture à part la nôtre. Soudain, je les aperçois qui se dressent derrière moi, comme un phare, un symbole du passé que je voudrais oublier.

Les montagnes russes. On est près du parc d'attractions où il m'a kidnappée.

Je me tourne à nouveau vers lui. J'ai du mal à garder les yeux ouverts. Les effets du somnifère se font encore sentir et je me frotte les tempes pour essayer d'y voir plus clair. Il faut que je m'échappe. Etant donné qu'il dort, je pourrais ouvrir la portière et me glisser hors de la voiture. Mais ensuite que faire ? Où aller ? Le parking est désert, le parc d'attractions aussi. Il est tôt et il n'y a personne, aucun promeneur. Tout est fermé pour l'hiver.

Néanmoins, je ne peux pas rester là à attendre bien sagement qu'il me tue. Ou pire encore… qu'il me viole. Je préférerais encore qu'il me tue et qu'on en finisse. Je ne peux pas supporter l'idée qu'il pose à nouveau les mains sur moi. Plutôt mourir que d'endurer ça.

Tout doucement, je pose la main sur la poignée de la portière. Je ne fais aucun bruit, je ne respire même pas par peur de le réveiller. J'actionne la poignée et je sens la portière qui s'ouvre. Je suis sur le point de la pousser pour me précipiter dans le froid du matin lorsque je sens une main se poser sur ma cuisse.

— Sors de cette voiture et je te tire une balle en pleine tête. Je ne plaisante pas.

Je me tourne doucement vers lui et je m'aperçois que le canon est pointé droit sur moi. Avec un mouvement de recul, je claque la portière et je ferme les yeux, pour ne plus voir le pistolet.

Pour ne plus le voir, lui.

— Tu n'es vraiment pas très maligne. Tu étais tellement défoncée avec ton somnifère que tu t'es endormie tout de suite. Je me suis amusé avec toi toute la nuit et tu n'as même pas essayé de te débattre.

Il rit tout en redressant son siège. Si ça se trouve, l'arme n'est plus pointée sur moi, mais je refuse d'ouvrir les yeux. Je refuse de regarder.

— Tu t'es contentée de rester allongée là et de te laisser faire. Dans le fond, je suis sûr que ça t'a plu, petite salope.

Un frisson de dégoût me parcourt des pieds à la tête. Je

ne le crois pas. Je sais que je le sentirais s'il m'avait touchée. C'est quelque chose que je ne peux pas oublier, peu importe à quel point j'essaie. Peu importe la vigueur avec laquelle je me frotte lorsque je me lave. Peu importe que je tente de purger mon cerveau. Je suis incapable d'oublier ce que ça fait d'être violée par Aaron Monroe.

— Nous revoilà sur la scène du crime.

J'ouvre les yeux. Les siens pétillent et un sourire hystérique flotte sur ses lèvres.

— Je me suis dit que ce serait marrant pour nous deux de revenir au parc, comme au bon vieux temps.

Ça ne fait aucun doute. Il est complètement taré.

— Mais je n'ai pas de chaussures.

Je n'ai que les grosses chaussettes que je portais quand je suis allée au lit hier, un bas de pyjama en flanelle rouge et un vieux pull que Will m'a donné et qui a encore son odeur.

J'ai envie de pleurer rien que d'y penser.

— Vous, les femmes, vous vous inquiétez toujours à cause de vos chaussures. Ce que vous pouvez être connes.

Il agite son arme sous mon nez.

— Reste ici. Je vais sortir de la voiture et ouvrir ta portière. Ne bouge pas, tu m'entends ?

Je hoche la tête, trop effrayée pour parler. Je le regarde faire le tour de la voiture puis ouvrir ma portière, avant d'agiter son arme pour me faire signe de descendre.

L'espace d'une seconde, j'envisage de me mettre à courir, mais je n'ai pas envie de mourir. Pas encore. Je suis trop jeune. Je ne peux pas partir comme ça, pas aux mains d'Aaron Monroe. Je sors de la voiture et j'essaie de ne pas tressaillir quand il me sourit en claquant ma portière.

— Prête pour de nouvelles aventures ? demande-t-il d'un ton qui me fait frémir de dégoût. Ça va être marrant, Katie. Fais-moi confiance.

Il me prend par la main et m'entraîne vers le parc.

Aaron

Ce n'est pas comme ça que j'avais imaginé les choses. Lisa était censée être là pour m'aider. Will aussi aurait dû être là. On aurait pu former une jolie petite famille, à nous quatre. Ça m'aurait plu.

Beaucoup plu, même.

Mais il a fallu que Lisa tente de s'échapper. Elle a tout gâché. Je suis vraiment en colère contre elle. Elle aurait pourtant fait une complice parfaite, mais apparemment ce n'était pas ce qu'elle voulait. Elle a préféré me fausser compagnie, et maintenant plus personne ne peut l'avoir. Pas même moi.

Je suis déçu que mon garçon ne soit pas avec nous. Je voulais qu'il assiste à tout ça et qu'il me voie avec sa copine. Décidément, je n'ai vraiment pas de chance. Il a fallu que je m'évade le seul week-end où il n'était pas là. Et maintenant je suis coincé, tout seul avec son idiote de copine qui desserre à peine les dents. Elle me manque de respect et je n'aime pas ça. Elle passe son temps à me fusiller du regard, comme si elle voulait prendre mon arme, me l'enfoncer dans la gorge et m'envoyer une balle dans les entrailles.

Elle ferait mieux de se méfier, autrement, c'est elle qui va finir comme ça.

Alors qu'on arrive dans le parc, je décide de faire la conversation.

— Tu sais que je travaillais ici, avant ?

La billetterie principale se trouve à quelques mètres à peine. Je sais que c'est là qu'ils entreposent les doubles des clés de toutes les attractions.

Elle ne répond pas, la garce. Pas grave. Je continue à parler.

— J'ai travaillé ici pendant un été, lorsque Will était enfant. J'étais responsable de plusieurs attractions, y compris le Sky Glider.

Aucune réaction. Pourtant, c'est à cette attraction que je lui ai demandé de me conduire, alors qu'elle n'était qu'une gamine de douze ans, naïve et stupide.

— Je sais où ils gardent les clés.

Je la lâche et je presse le pas, tout en maintenant l'arme pointée sur elle.

— Ne bouge pas.

Elle ne fait pas un geste. Elle reste là et me regarde défoncer la porte, qui cède aussi facilement que si elle était en carton. J'entre dans le petit stand et je repère aussitôt les clés, toujours accrochées au même endroit, même après toutes ces années.

— On pourrait croire qu'ils prennent les clés lorsqu'ils ferment pour l'hiver, mais ils les laissent toujours ici. Sans doute parce que personne n'a jamais joué au con avec les manèges depuis l'ouverture de leur parc pourri. Incroyable, hein.

Je prends les clés et je les fourre dans la poche de mon pantalon. Je l'ai volé au gardien sur lequel j'ai tiré. Je l'ai laissé se vider de son sang dans son petit boxer blanc, sans aucune dignité. J'aurais bien aimé pouvoir en faire autant avec tous les gardiens. Tous des connards.

Une fois de plus, elle ne répond pas. Son silence me donne envie de m'arracher les cheveux.

Je l'attrape par le poignet et je l'entraîne à ma suite. On tourne à gauche et on descend le long de l'allée principale. On passe devant les stands de jeux silencieux et de nourriture vides, y compris mon stand de beignets préféré. La maison hantée n'est pas si effrayante dans la lumière du petit matin. On dirait plutôt une vieille baraque mal entretenue qui a connu des jours meilleurs.

Un peu comme moi.

Aucun manège ne m'intéresse, à part le Sky Glider. Je décide de faire un petit test, d'abord. Les chaises volantes ne sont pas loin et je donne un petit coup à Katie dans l'épaule avec mon arme.

— Tu vas monter là-dedans.

Elle se tourne vers moi, pâle, les yeux écarquillés.

— Pourquoi ?

— Parce que je veux être sûr que les clés fonctionnent. Allez, vas-y.

Katy se dirige vers les chaises. Le cliquetis des chaînes en métal résonne bruyamment dans le silence tandis qu'elle prend place sur une des chaises, qui oscillent d'avant en arrière. Katie enroule ses bras autour d'elle, comme pour lutter contre le froid.

— Tu pourrais au moins sourire et essayer d'avoir l'air de t'amuser !

Elle me lance un regard incrédule et une colère sourde monte en moi. Je tourne brusquement la clé et j'actionne tous les boutons. Dommage qu'elle ne soit pas à côté de moi, car je l'aurais sûrement giflée avec la crosse du pistolet. Ça m'aurait bien plu de la voir s'écrouler au sol.

J'appuie sur un bouton et un sourire de triomphe naît sur mes lèvres quand je vois que les chaises commencent à décoller du sol. Tout fonctionne. L'attraction doit durer trois minutes, pas plus. Je m'éloigne du tableau de bord et j'admire le spectacle des chaises qui tournent de plus en plus haut, de plus en plus vite. Comme elles sont vides, elles volent dans le vent, à l'exception de celle où se trouve Katie. Elle s'agrippe fermement aux chaînes, un masque de peur plaqué sur le visage.

Tant mieux. J'aime ça. Cette petite garce a besoin qu'on lui montre qui est le patron. D'abord, on va s'amuser un peu. On va revivre les bons moments du passé, avant de mettre un terme à tout ça. Parce qu'on va y mettre un terme, c'est certain. Je suis un fugitif qui s'est évadé d'une prison de sécurité maximale. Je suis un condamné à mort, nom de Dieu. Autant dire que les médias doivent s'en donner à cœur joie et sérieusement malmener la réputation de la prison et du personnel. Ils doivent être furieux que j'aie réussi à m'enfuir. Je ne suis pas stupide : je sais qu'ils me tueront à la première occasion. Je n'ai aucun doute là-dessus.

Alors autant profiter du peu de temps qui me reste sur cette terre, pas vrai ?

Will

Woods, l'agent du FBI, m'appelle à la seconde où le petit avion à hélice qui me transporte atterrit. Son timing est impeccable, à croire qu'il connaissait mon plan de vol. Je l'écoute patiemment, sans l'interrompre, jusqu'à ce qu'il me communique enfin les informations que j'attendais.

— Nous savons où ils se trouvent. Elle est encore en vie. Il l'a emmenée au parc d'attractions où il l'a kidnappée la première fois.

L'aéroport n'est qu'à quinze minutes. J'ai même vu le parc depuis la fenêtre pendant qu'on volait en cercle au-dessus de l'eau, en attendant de recevoir l'autorisation de la tour de contrôle pour amorcer notre descente.

— Est-ce que l'un de vos hommes peut venir me chercher à l'aéroport ?

Je le sens qui hésite.

— Nous préférerions vous tenir à l'écart des opérations. Vous pourriez être une source de distraction.

— Vous vous foutez de moi, pas vrai ? Il faut que je sois là. J'ai besoin de la voir et de lui parler. Et de parler à mon père aussi.

— Ça pourrait se retourner contre nous.

— Je suis sûr que non. Je connais mon père et je connais Katie.

Je respire profondément, pour essayer de garder le contrôle de mes émotions.

— Même si je ne peux pas vous aider, il faut que je sois là. Il faut que je la voie.

Woods garde le silence un instant, avant de soupirer bruyamment.

— Bon, j'envoie une voiture. Pour le moment, nous attendons. Il ne sait même pas encore que nous l'avons localisé.

Ils sont cinglés de prendre des risques pareils. Ils ne peuvent pas faire irruption dans le parc et lui tirer dessus ? Faire cesser tout ça une bonne fois pour toutes ?

— Les forces spéciales encerclent le parc et nous avons positionné un tireur d'élite en haut de l'arcade. Il a déjà eu Monroe plusieurs fois en visuel, mais chaque fois Katie était dans la ligne de tir.

Je ferme les yeux, en proie à une nausée difficilement contrôlable. Quelqu'un va mourir aujourd'hui. Quelqu'un est déjà mort. Pauvre Lisa. Il lui a tiré une balle dans la nuque et elle s'est vidée de son sang, seule au milieu de la route.

Mon père est un monstre.

Mais quelqu'un d'autre aussi va mourir. Mon père. L'homme qui m'a élevé. Qui m'a traumatisé et qui a bien failli gâcher ma vie. Regarde ce que tu as fait, mon cher petit papa. Regarde-moi, avec mes yeux pleins de larmes, mort d'inquiétude à l'idée que tu sois sur le point de tuer la femme que j'aime. Ce n'est pas ta mort qui me touche. C'est la sienne.

C'est ça que je devrais lui dire, même s'il n'en a rien à faire. Personne ne compte à ses yeux.

A part lui-même.

Katie

L'idée s'impose à moi, claire et limpide. Je ne peux sans doute pas me sauver, mais je peux peut-être convaincre Aaron Monroe de ne pas me tuer.

Il m'a fait monter dans les chaises volantes, la grande roue, un manège pour enfants dans lequel mes genoux touchaient pratiquement mes oreilles, et un carrousel. C'est ça qui a été le plus douloureux. J'arrivais à peine à retenir mes larmes, submergée par mes souvenirs d'enfance. Des souvenirs avec mon père. Il adorait ce carrousel, il y montait toujours avec nous.

C'est en pensant à mon père que j'ai eu cette idée, même si je sais qu'il y a peu de chances que ça réussisse. Maintenant, il faut juste que je trouve un moyen d'annoncer la nouvelle à Monroe. Ensuite, il ne me restera qu'à prier pour qu'il me croie.

— Je garde le meilleur pour la fin, me dit-il quand je descends d'un énième manège.

J'ai un peu le vertige. Les voitures tournaient en rond, de plus en plus vite, en avant puis en arrière. La musique était assourdissante et j'ai l'impression que les basses résonnent encore dans mes oreilles.

Je le regarde en fronçant les sourcils, sans rien dire. Je sais qu'il déteste ça quand je ne parle pas, et c'est la seule arme dont je dispose contre lui, alors je ne me prive pas de l'utiliser.

Il montre le Sky Glider du doigt.

— On prendra celui-là en dernier, puis on ira sur la plage pour regarder l'océan. Ça fait des années que je n'ai pas vu l'océan.

Il a presque l'air mélancolique. Il s'attend vraiment à ce que je prenne place avec lui dans la petite nacelle ? Rien que l'idée me donne la nausée et je porte une main à mon ventre. J'ai faim, en plus de mon envie de vomir. Ça fait presque douze heures que je n'ai rien avalé et j'ai envie de faire pipi.

Mais il s'en moque. Il est dans son monde, obsédé par son petit scénario machiavélique. Il regarde tout le temps autour de lui. Je suis sûre qu'il est à la recherche d'un signe indiquant que quelqu'un nous a découverts. Plus le temps passe, plus il devient parano.

Je pense qu'on nous a trouvés. Je crois avoir vu un homme sur le toit de la grande arcade il y a environ dix minutes, mais peut-être que je me fais des idées. J'ai tellement envie qu'on nous retrouve que mon imagination me joue peut-être des tours.

Est-ce que Will est au courant ? Est-ce qu'il sait que son père m'a enlevée et qu'il a tué Lisa Swanson ? Est-ce que Molly va bien ? Je parie qu'elle est avec Mme Anderson et qu'elle se demande où ses maîtres sont passés.

Des larmes perlent au coin de mes yeux. Je les essuie d'un revers de main et Aaron s'en aperçoit.

— Tu pleures, maintenant ? Pitié, pas ça. Je pense que

le moment est venu de t'emmener faire un tour de Sky Glider. Notre dernier manège.

Le caractère irrévocable de sa phrase me fait peur. Qu'est-ce qu'il veut dire par là ? Il doit bien se douter que ça va mal finir, au moins pour lui.

Et probablement pour moi aussi.

— Je ne veux pas monter là-dedans. J'ai le vertige. En plus, j'ai des nausées sans arrêt et je suis fatiguée.

C'est elle, la phrase qui met mon plan en action. Visiblement, ça fonctionne car il tourne la tête vers moi, incrédule.

— Pourquoi ?

Je pose une main sur mon ventre et je rassemble mon courage. Je n'ai jamais été très douée pour mentir, alors j'espère être convaincante.

— Parce que je… je suis enceinte. Will et moi allons avoir un bébé. Vous allez être grand-père.

Il ne dit pas un mot. Il se contente de me dévisager comme si j'avais perdu l'esprit. J'attends qu'il me réponde, qu'il dise quelque chose, n'importe quoi, mais rien ne sort de sa bouche. Son regard se pose sur mon ventre, puis il relève la tête et se met à ricaner.

Il avance vers moi en secouant doucement la tête. Je me mets à trembler de tout mon corps, effrayée à l'idée qu'il me touche ou qu'il me fasse du mal. Mais non. Simplement, il me regarde avec un tel dégoût que je sens la honte me submerger.

— Je n'arrive pas à le croire. Tu n'es qu'une salope qui essaie de piéger mon fils. Je lui rendrais service en te tirant une balle dans la tête. Tu crois vraiment que c'est ça qui va m'inciter à t'épargner ?

Je ne réponds pas. J'ai l'impression d'être la dernière

des idiotes. Pourtant, j'ai envie de crier : *Oui ! Oui, j'ai pensé qu'il y avait peut-être encore en vous un soupçon d'humanité ! Mais apparemment je me suis trompée !*

Il n'y a plus d'espoir. Mon plan n'a pas fonctionné. J'ai signé mon arrêt de mort.

Une sorte de crépitement se met soudain à résonner. C'est la sono du parc. J'entends les grésillements dans les haut-parleurs et Aaron les entend aussi.

— On dirait bien que quelqu'un nous a rejoints, Katie. Ça devient intéressant.

Il sourit et je regarde autour de nous, mais il n'y a pas le moindre signe de vie.

— Aaron Monroe, nous savons que vous êtes là et que vous avez Katherine Watts avec vous, dit une voix qui sort des haut-parleurs. Si vous la laissez partir et que vous déposez vos armes, nous vous laisserons la vie sauve. Faites ce qu'on vous dit et tout se passera bien.

— Peut-être que je ne veux pas m'en sortir ! crie-t-il en agitant l'arme au bout de son bras. Est-ce que quelqu'un a pensé à ça ? Tu crois que quelqu'un a pensé à ça, Katie ? Hein, dis-moi ?

Il pointe l'arme sur moi et je secoue la tête.

— Non. Mais vous avez raison : peut-être que vous ne voulez pas vraiment vous en sortir.

Je parie même qu'il préférerait se suicider, plutôt que de mourir sous leurs balles.

— Exactement. A quoi ça sert ? A rien. A rien du tout. J'en ai assez. C'est terminé. Viens ici, m'ordonne-t-il. On va monter dans le Glider. Maintenant.

Apparemment, il ne va pas se suicider tout de suite. La déception m'envahit tandis qu'on se dirige silencieusement vers le Glider, côte à côte. Mon cœur bat à tout rompre dans ma poitrine. J'ai impression de marcher vers la mort.

Sans doute parce que c'est ce que je suis en train de faire.

La voix continue à répéter la même chose encore et encore. Aaron ne semble pas y prêter attention. C'est comme si plus personne n'existait, pas même moi. Il est perdu dans ses pensées, il réfléchit, il s'inquiète... je ne sais pas trop. Ce que je sais, en revanche, c'est que, si j'essaie de m'échapper, il tirera et je n'en réchapperai pas.

Je ne suis pas prête à prendre ce risque. Alors je reste à côté de lui.

Au pied de l'escalier qui mène au Sky Glider, Aaron me fait signe de passer en premier. Je monte les marches une par une et je grimace au contact du béton froid sous mes pieds. Mes chaussettes sont déchirées, j'ai mal aux pieds. J'ai mal à la tête, aussi.

Mais c'est au cœur que j'ai le plus mal. Je pense à tout ce qui me reste à faire, à tout ce qui me reste à vivre. Je pense à ma mère et à la peine que ma mort va lui causer. Je pense à ma sœur aussi. Est-ce qu'elle m'en voudra de lui avoir volé la vedette, une fois de plus ? J'espère que non. J'espère qu'elle sait combien je l'aime. Je n'aurais pas pu rêver d'une meilleure sœur qu'elle.

Du haut de l'escalier, j'aperçois l'océan gris et majestueux qui s'étend à l'infini devant moi et je pense à Will. Je songe à quel point je l'aime, et combien il va me manquer. J'espère qu'il arrivera à surmonter cette épreuve et qu'il finira par trouver le bonheur avec quelqu'un d'autre.

Les larmes me montent aux yeux, je baisse la tête. Aaron me bouscule en passant à côté de moi. Il se dirige vers le tableau de commande, insère la clé et met le manège en route. Les nacelles se mettent en branle, l'une après l'autre. Elles se balancent au-dessus du parc, suspendues à un câble métallique.

— Tu es prête ? Quelle couleur tu préfères ? Une rose ou une verte ?

Ce salaud a l'audace de rire.

— Je m'en fiche.

Il secoue la tête en agitant son arme.

— Choisis une couleur, Katie. Jaune ? Bleu ? Rouge ? Orange, peut-être ?

Une voix retentit dans les haut-parleurs, différente de la précédente. Je la reconnais aussitôt et un espoir fou naît en moi.

— Papa. Papa, c'est moi.

Aaron se fige. Il ne plaisante plus, il ne sourit plus. Il ne dit pas un mot.

— S'il te plaît, papa, ne lui fais pas de mal. Tu n'as pas besoin de t'attirer davantage de problèmes. Rends-toi à la police. S'il te plaît.

Les larmes coulent sur mes joues tandis que je l'écoute supplier son père de me laisser la vie sauve. Je ne vais pas m'en sortir. Je le sens. C'est la fin. J'ai l'esprit et le corps légers, comme si les anges étaient déjà descendus sur moi et qu'ils me préparaient pour les accompagner.

— Monte dans la nacelle, ordonne Aaron d'une voix dénuée d'expression.

Il pointe son arme vers les nacelles qui continuent à se balancer l'une derrière l'autre.

— On va monter ensemble. Comme ça, s'il y a un tireur quelque part, il ne peut pas m'atteindre. Tu vas me servir de bouclier. Je ne suis pas aussi stupide que vous le croyez, tous.

Je n'ai jamais pensé qu'il était stupide. Au contraire : il est rusé. Vicieux. Horrible. Monstrueux. Il est beaucoup de choses, mais certainement pas stupide.

— Je t'en supplie, papa. Tu lui as fait assez de mal. Laisse Katie partir. Prends-moi à sa place. S'il te plaît, ne lui fais pas de mal.

Le cœur brisé, je ferme les yeux. Il ne peut pas prendre ma place. Et si son père le tue lui, au lieu de me tuer moi ?

Comment pourrais-je survivre sans lui ?

— Retrouve-nous de l'autre côté du Sky Glider, et là on procédera à l'échange, crie Aaron, la tête levée vers le ciel. Tu m'entends, Will ?

Je rouvre les yeux et je réalise qu'il pleure, lui aussi. Il a les joues rouges et le visage baigné de larmes. Est-ce qu'il se rend seulement compte de ce qu'il est en train de faire ?

Au bout de quelques secondes, la voix de Will retentit de nouveau.

— Je t'ai entendu. C'est d'accord. Je vous retrouve de l'autre côté du Sky Glider et je prends la place de Katie. D'accord ?

— D'accord.

Aaron sourit de toutes ses dents, les yeux étincelants.

— Tu peux même nous regarder pendant qu'on est sur le Sky Glider, Willy.

A ces mots, je repense à ce que Will m'a raconté sur son passé. Quand son père le forçait à le regarder coucher avec des femmes.

Il veut s'en prendre à moi pendant qu'on sera sur le Sky Glider et il veut que Will nous regarde.

Je refuse de laisser une telle chose se produire.

C'est hors de question.

Je me dirige vers les nacelles et je m'immobilise à l'endroit où les gens attendent normalement qu'on leur dise de monter. Une nacelle prend le départ et j'avance d'un pas, prête à monter dans la suivante pour qu'elle m'embarque dans le ciel, au-dessus du parc.

— Attends-moi, dit Aaron derrière moi.

Rapide comme l'éclair, je me retourne et je lui donne un coup de pied dans l'entrejambe sans même réfléchir. Dommage que je ne porte pas de chaussures, j'aurais fait davantage de dégâts. Heureusement, ça a l'air de suffire. Il se penche en avant avec un hurlement et porte la main à sa braguette. Je saute dans la nacelle, j'abaisse le garde-corps devant moi et je le regarde crier tandis que le manège m'emporte.

Le parc s'étale devant moi, mais je n'en ai pas grand-chose à faire du paysage. Il faut que la nacelle avance plus vite. Je dois semer Aaron et rejoindre Will. Je jette un coup d'œil derrière moi et je constate que la nacelle qui me succède est vide. Aaron est monté dans la suivante. Il a le bras tendu, son arme à la main, pointée directement vers moi.

Il appuie sur la gâchette et je baisse la tête. J'entends la balle passer à quelques millimètres. Dans ma précipitation, je glisse et je me raccroche de justesse à la barre en métal. Je suis presque suspendue dans le vide et je dois m'agripper de toutes mes forces pour remonter. Mes mains glissent et un cri m'échappe lorsque j'entends une autre balle siffler dans l'air.

Le vide entre le sol et moi est immense. Si je tombe, je meurs. Agitée par des sanglots incontrôlables, je réussis à remonter tant bien que mal et je me roule en boule sur le siège en plastique, la tête baissée pour ne pas constituer une cible pour Aaron.

— Garde la tête baissée, Katherine !

La voix dans le haut-parleur me fait sursauter. Je tente de m'agripper à la barre du mieux que je peux, en dépit de mes mains moites.

— Ne te relève pas ! crie la voix.

Je ferme les yeux, je me baisse autant que possible et un autre coup de feu retentit. La nacelle se balance d'avant en arrière et j'entends le câble craquer au-dessus de ma tête. Je tremble tellement que mes dents s'entrechoquent. J'ai le sentiment qu'on descend de plus en plus. En ouvrant les yeux, je me rends compte qu'on est arrivés au bout du parcours. Et que Will est là, qui m'attend, comme promis.

Il court vers moi, les bras tendus, avec un mélange d'espoir, d'amour et de peur sur le visage. Je lui tombe dans les bras et je m'agrippe à lui de toutes mes forces, comme si je n'allais jamais le lâcher.

J'ai réussi.

J'ai survécu.

Will

On est à l'hôpital. Les forces de police ont insisté pour que Katie se fasse examiner avant de rentrer à la maison. Ils veulent aussi l'interroger, même si un des agents du FBI lui a déjà posé des questions dans l'ambulance. Ce sont des questions d'ordre général, pour tenter de recréer la chronologie des événements et comprendre ce qui s'est passé exactement pendant qu'elle était aux mains de mon père.

Lorsqu'elle se met à sangloter, je demande à l'agent de faire une pause. Elle n'est pas en état. Ils pourront toujours l'interroger plus tard. On a le temps.

On a la vie devant nous.

— Qu'est-ce qui lui est arrivé ? questionne-t-elle d'une petite voix.

Elle semble si fatiguée, si triste… Heureusement, ils l'ont mise dans une chambre individuelle. Elle porte un pyjama d'hôpital et elle est reliée à un moniteur, ainsi qu'à une perfusion. Ils n'ont voulu courir aucun risque et ont tenu à s'assurer qu'elle était bien hydratée et stable psychologiquement (pour reprendre les termes qu'ils ont utilisés) avant de la laisser partir.

Je meurs d'impatience de sortir d'ici, et quelque chose me dit qu'elle aussi.

— Ton père, ajoute-t-elle.

En voyant que je ne réponds pas, elle attrape ma main et la serre dans la sienne.

— Dis-moi.

J'inspire profondément, mon regard rivé au sien. Je suis assis dans un fauteuil, que j'ai approché aussi près que possible de son lit.

— Quand tu t'es baissée, ils lui ont tiré dessus et il est tombé de la nacelle. Mais il était déjà mort avant de percuter le sol.

Elle ferme les yeux et fait la grimace.

— Je sais que c'est horrible de dire ça, mais… je suis contente qu'il soit mort. Il allait me tuer, Will.

Elle recommence à pleurer.

— Je devrais être morte à l'heure qu'il est. Je m'y étais préparée. C'était comme si j'avais trouvé la paix en acceptant que mon heure était venue.

Ses larmes et son aveu me brisent le cœur. Je me lève pour m'allonger à côté d'elle et je la serre dans mes bras, en la laissant sangloter sur mon épaule. Je lui caresse les cheveux, je respire son odeur familière et je ferme les yeux pour retenir les larmes qui menacent de couler.

Je ne veux plus pleurer sur ce que j'aurais pu perdre. Katie est là, vivante, dans mes bras. Elle est saine et sauve et on est ensemble.

— Mais tu es là, ma chérie.

Je l'embrasse dans le cou, je resserre mon étreinte et elle se blottit contre moi.

— Tu es vivante. Tu vas bien. Tu es avec moi. Et je ne te laisserai jamais partir. Plus jamais.

Mon père est mort. Le cauchemar est enfin terminé.

Katie

Je le crois. Je sais qu'il ne m'abandonnera jamais. Je sais que, quand je vais lui faire part de ce que je viens d'apprendre à la suite des examens qu'ils m'ont faits à l'hôpital, il sera à mes côtés, plus protecteur que jamais.

Alors je prends une grande inspiration et je me jette à l'eau.

— Quand j'étais avec ton père, je… je lui ai menti.

Il s'écarte de moi pour me regarder.

— A propos de quoi ?

— J'étais désespérée. J'ai eu une idée et j'ai espéré qu'après avoir entendu ça il renoncerait à me tuer.

Je tremble comme une feuille, affreusement nerveuse à l'idée de lui dire la vérité. Peut-être que ce n'est pas ce qu'il veut ? Et si on n'était pas prêts ? On est si jeunes, et on a traversé tellement d'épreuves… Il a peut-être envie de respirer un peu.

— Qu'est-ce que tu lui as dit ? demande-t-il d'une voix douce.

— Je lui ai dit que j'étais enceinte de toi.

Les mots sont sortis de ma bouche à toute vitesse. Je baisse la tête, incapable d'affronter son regard.

— Mais ça n'avait aucune importance pour lui. Même si

j'avais vraiment porté ton enfant, ça n'aurait pas compté. Il voulait me tuer, c'était son plan depuis le début. D'ailleurs, je pense que si tu avais été là, il aurait voulu te tuer aussi. Il voulait nous entraîner tous les deux avec lui.

Will jure tout bas, mais à part ça il ne dit rien. Il me serre dans ses bras et dépose un baiser sur mon front. J'essaie de contrôler les frissons qui me parcourent. Peut-être que je ferais mieux de ne rien dire pour le moment, mais il est trop tard pour reculer.

— Quand je suis arrivée à l'hôpital, ils ont fait une série d'examens et ils se sont rendu compte que j'étais vraiment enceinte. Je ne sais pas comment c'est arrivé, mais j'attends un bébé.

Je me fige, immobile comme une statue, dans l'attente de sa réponse. Mon cœur bat à tout rompre et je retiens mon souffle et mes larmes.

Après un court silence, il écarte mes cheveux pour m'embrasser sur la tempe.

— Je pense que tu sais comment c'est arrivé, Katie.

Je ne m'attendais absolument pas à la pointe d'amusement que je discerne dans sa voix.

Je suis tellement soulagée que je sens toutes mes forces m'abandonner. Il n'est pas fâché. Je ne pensais pas vraiment qu'il serait en colère. Contrarié, peut-être. Mais il est déjà en train de plaisanter.

— Je sais. C'est juste que… je n'avais pas vraiment prévu…

— C'est une excellente nouvelle.

Il m'attrape par le menton pour me faire relever la tête. Il y a tellement d'amour dans son regard qu'à cet instant je sais qu'il est sincèrement heureux.

— On se débrouillera. Tant qu'on est ensemble, on y arrivera toujours. J'ai confiance en nous.

— Moi aussi.

Je tente de retenir mes larmes, mais Will les voit et m'embrasse au coin des yeux.

Je suis bouleversée par le soulagement et la joie que j'éprouve d'être dans ses bras. Tout va bien se passer.

— Je t'aime et tu me fais le plus beau des cadeaux, murmure-t-il en posant la main sur mon ventre encore plat. N'en doute jamais.

Je n'en douterai jamais. Promis.

— On devrait se marier, lâche-t-il avec détermination. Si on ne le fait pas maintenant, on ne fait que reculer pour mieux sauter. Epouse-moi, Katie.

Je le dévisage, bouche bée. Dans une seule journée, j'ai cru que j'allais mourir, survécu à un nouveau calvaire, appris que j'étais enceinte et reçu une demande en mariage. C'est complètement surréaliste.

— On n'est pas pressés. On peut prendre autant de temps que tu le souhaites. Il faudra sans doute gérer les médias dans un premier temps et attendre que la pression retombe. Tout le monde ne parle déjà que de ça, tu t'en doutes.

Il s'interrompt pour m'embrasser doucement et je me réfugie dans sa chaleur.

— Mais ça ne change rien au fait qu'on est amoureux. On va avoir un enfant. Marions-nous. Je veux que tu sois ma femme.

En l'entendant m'appeler sa femme, j'ai presque le vertige. Malgré tout ce qui s'est passé, malgré ce que je viens de traverser et ce à quoi j'ai assisté, je suis excitée.

Je veux oublier la mort, la destruction, la peur. Ma vie va changer, grâce à l'homme allongé à côté de moi dans mon lit d'hôpital. Son regard déborde de tendresse et le plus doux des sourires danse sur ses lèvres.

— Oui. Marions-nous.

Katie

Six mois plus tard

— Tu es superbe.

Mme Anderson (enfin, je veux dire Viv) me prend dans ses bras et me serre contre elle.

— Tu es radieuse et ta robe est magnifique. C'est beau, d'être jeune et amoureux. Tu as beaucoup de chance.

Je lui souris et porte ma main à mon ventre en sentant un coup de pied. C'est incroyable. J'ai dit à Aaron Monroe que j'étais enceinte et il s'est avéré que c'était le cas. Pourtant, quand je lui ai raconté ça, j'étais convaincue que c'était un mensonge. Un moyen de sauver ma peau.

Parfois, je me demande si inconsciemment je ne le sentais pas. Je ne sais pas comment, mais ça me paraît un peu trop gros pour être une coïncidence. Et je ne suis pas du genre à croire aux coïncidences. Plus maintenant.

Le bébé donne un autre coup de pied et je souris à nouveau. Je suis enceinte de sept mois et mariée depuis approximativement dix minutes.

— Merci. Merci pour tout.

Je me penche sur elle pour embrasser sa joue ridée. Elle

s'est fait ordonner sur Internet pour pouvoir nous marier. J'ai l'impression qu'elle fait partie de ma famille, un peu comme la grand-mère que j'ai perdue quand j'étais petite. Elle a fait énormément de choses pour nous, particulièrement au cours des derniers mois. Elle m'a aidée en s'occupant de Molly, en la promenant quand je suis devenue trop grosse et trop fatiguée pour le faire matin et soir. Will travaille énormément et doit parfois s'absenter, Viv me donne un coup de main quand il n'est pas là.

Ma grossesse n'est pas toujours facile. Je suis extrêmement fatiguée et les médecins ont découvert que je souffrais d'anémie. J'ai eu énormément de nausées au début. Autrement dit, le petit bout n'a pas attendu pour me donner du fil à retordre. Heureusement, la fin de ma grossesse approche.

Je meurs d'impatience de tenir notre bébé dans mes bras.

— Ça a été avec le plus grand plaisir, ma chérie, tu le sais.

Elle me tapote gentiment la joue et s'écarte en souriant.

— Va plutôt retrouver ton mari, il t'attend.

Je me retourne et constate qu'en effet il m'attend patiemment. Il me sourit, les yeux pleins d'amour. Il est superbe dans son pantalon noir et sa chemise blanche, sans parler de sa cravate. Je ne l'ai jamais vu aussi beau et élégant. Mon cœur s'emballe et pour la millième fois aujourd'hui je me dis que je n'arrive pas à croire qu'il est à moi.

Je le rejoins et il me prend dans ses bras. Il m'embrasse sur le front et je l'entends pousser un soupir. Je ferme les yeux, enivrée par son parfum et le contact de son corps puissant, bercée par les battements réguliers de son cœur.

— Tu es magnifique, murmure-t-il à mon oreille.

— Je porte l'équivalent d'une tente en dentelle, je te signale.

— Ça suffit, je t'interdis de te moquer de ma femme. Et, crois-moi, tu es plus belle que jamais.

Je pousse un petit soupir satisfait.

— Toi aussi.

— Retourne à l'intérieur. Il faut que tu te reposes.

Ma joie s'évapore un tout petit peu. Ça me touche qu'il s'inquiète à ce point pour ma santé, mais ça me tape un peu sur les nerfs, parfois. Il est beaucoup trop protecteur. Enfin… après tout ce qu'on a traversé, j'imagine que je ne peux pas lui en vouloir.

— Tu m'accordes encore quelques minutes ? S'il te plaît.

— Cinq minutes maxi, concède-t-il en m'embrassant sur le bout du nez.

On est dans le jardin de Viv. C'est là que notre petite cérémonie a eu lieu, en présence de ma mère et de Brenna. Même Molly est sur son trente et un pour l'occasion : on lui a fait un collier de roses cueillies dans le jardin. Quelques-uns des amis musiciens de Will sont présents, dont Jay. On a prévu un petit dîner chez nous ensuite. C'est ma mère qui a tout préparé. Par ailleurs, elle est venue accompagnée de Len, son ami veuf.

Ils se voient depuis Thanksgiving et elle est heureuse. Brenna, elle, recommence à sortir et, même si elle adore se plaindre des mecs qu'elle rencontre, je pense que ça lui plaît, dans le fond. Elle est beaucoup plus insouciante et joyeuse. Je crois que sa psychanalyse l'aide beaucoup.

On est entourés de gens qui nous aiment et, même si notre petit groupe est plutôt restreint, on est très heureux comme ça. On n'a pas besoin de grand monde.

Bientôt, on aura aussi un bébé à aimer. Une adorable petite fille. Will n'a que des femmes dans sa vie, mais je sais que ça ne le dérange pas. Il a hâte qu'elle soit là, et moi aussi.

Pour une fois, il n'y a pas d'ombre qui plane au-dessus de nous, pas de fantôme qui nous persécute. Je me sens légère. Heureuse. Libre.

Mon seul regret est que Lisa Swanson ait été tuée. L'Audimat de son programme a explosé et son statut de célébrité s'en est retrouvé entériné. Les gens se souviendront toujours d'elle comme de la femme qui est morte pour son métier. J'aime penser que ça lui aurait plu, mais la triste réalité, c'est qu'il n'y a aucune gloire dans tout ça. Elle est morte toute seule dans ma rue. Il y a eu un petit mémorial en son honneur sur le trottoir pendant quelque temps, jusqu'à ce que des gamins le réduisent en miettes un soir. Le lendemain matin, quelqu'un a nettoyé et il n'y avait plus rien.

Le mémorial a disparu. Exactement comme elle.

J'ai de la chance. Une chance incroyable. J'ai survécu, sans qu'on sache trop comment. Aaron William Monroe n'est plus une menace pour nous. Il ne peut plus me faire de mal. Il m'a hantée chaque instant depuis notre rencontre, jusqu'à sa mort. Autant d'années gâchées à vivre dans l'angoisse et la peur.

Heureusement, tout ça a changé. Certes, il partage son ADN avec mon mari et avec notre future fille, mais il ne peut plus rien me faire. Plus jamais.

J'ai fini par me rendre compte qu'Aaron Monroe avait bel et bien apporté quelque chose de positif dans ma vie. Il m'a donné Will. Et ça peut paraître complètement fou, mais… pour cela, je serai éternellement reconnaissante à l'homme qui m'a kidnappée.

Je suis forte.

Je suis aimée.

Je suis une épouse.

Une mère.

Je suis Katherine Monroe.

Et je n'ai plus peur.

Playlist

J'ai écouté un tas de musique des années 1990 pendant que j'écrivais ce livre. Il y a donc beaucoup de morceaux de cette époque qui figurent dans la liste. La voici :

A Sorta Fairytale, par Tori Amos (parce que, clairement, l'histoire de Will et Katie est un conte de fées un peu spécial).

No Ordinary Love, par les Deftones (la chanson originale était de Sade, que j'adore. Là encore, le titre est approprié car l'amour qui unit Will et Katie est tout sauf ordinaire).

#1 Crush, par Garbage (dans les années 1990, j'avais l'impression qu'aimer cette chanson faisait de moi une tordue excentrique, parce qu'il s'agit de l'histoire d'une personne obsédée par une autre au point de la suivre à la trace, mais… dans le cadre de mon histoire, ça fonctionne).

Big Empty, par Stone Temple Pilots.

Fall in Love, par Phantogram.

Is It a Crime, de Sade (oups, celle-ci est des années 1980, mais j'adore tellement Sade que je l'ai ajoutée à la playlist).

Bloodstream, par Stateless (c'est la *meilleure* chanson du monde. Ce n'est pas la première fois qu'elle figure dans une de mes playlists d'écriture).

Push, par Matchbox Twenty.

Shiver, par Lucy Rose (les paroles ne collent pas vraiment à l'histoire, mais la chanson est aussi superbe qu'elle est triste).

Hey Man, Nice Shot, par Filter (celle-là, je la dédicace au méchant de l'histoire).

The Love You're Given, par Jack Garratt (j'ai découvert cette chanson alors que je terminais l'écriture de *Never Forgive* et c'est bien dommage car j'ai le sentiment que c'est *la* chanson qui représente le mieux ce livre. Dommage que je n'aie pas pu l'écouter en boucle pendant que j'écrivais)

Composé et édité par HarperCollins France.

Achevé d'imprimer en avril 2018.

CPI
BLACK PRINT

Barcelone

Dépôt légal : mai 2018.

Pour limiter l'empreinte environnementale de ses livres, HarperCollins France s'engage à n'utiliser que du papier fabriqué à partir de bois provenant de forêts gérées durablement et de manière responsable.

Imprimé en Espagne.